孙勤 主编

核铸强国梦

——见证中国『两弹一艇』的研制

中国社会科学出版社

前　言

　　"如果60年代以来中国没有原子弹、氢弹，没有发射卫星，中国就不能叫有重要影响的大国，就没有现在这样的国际地位。这些东西反映一个民族的能力，也是一个民族、一个国家兴旺发达的标志。"邓小平同志的话语，诠释了核铸强国梦的真谛。

　　我国核工业的发展，是在不断创业、不断逐梦中实现的。半个多世纪以来，核工业人以国家需要为己任，踏上茫茫戈壁荒无人烟的地方，隐姓埋名，艰苦创业，用智慧、血汗，乃至生命浇铸着核工业人心中最神圣而伟大的强国梦，成功地研制出决定中国命运的"两弹一艇"——原子弹、氢弹和核潜艇。

　　伴随着核工业艰难的创业历程，涌现了钱三强、王淦昌、邓稼先、彭士禄等100多位院士和"两弹一星"功勋，上演了一部波澜壮阔、可歌可泣的"两弹一艇"创业史。这里，我们选择了其中60个感人的事件和人物展开叙述，希望通过本书传颂"热爱祖国、无私奉献、自力更生、艰苦奋斗、大力协同、勇敢登攀"的"两弹一星"（即核弹、导弹和人造卫星）精神，和"事业高于一切、责任重于一切、严细融入一切、进取成就一切"的核工业精神。正如张德江同志在纪念核工业创建 55 周年座谈会上所说,"四个一切"精神,不仅是核工业精神,也是我们党的精神,我们国家的精神,我们民族的精神。

核工业的第一次创业,实现了决定中国命运的"两弹一艇"强国梦;核工业的第二次创业,实现了中国大陆核电零的突破的核能梦;核工业的第三次创业,开启了"做强做优、世界一流"的中核梦。

这里,我们分六个篇章来讲述:第一章"英明决策",主要讲述中央领导对发展核事业的决策、关怀,以及历史背景、过程和意义;第二章"开拓奠基",主要讲述一批在国外的科学家和青年学者回国参加新中国核科研事业,举全国之力建设核工业生产、科研体系的故事;第三章"苦战攻关",主要讲述面对苏联专家撤走和国民经济困难所带来的两大难关,核工业人克服重重困难,开展核燃料技术攻关的故事;第四章"东方巨响",主要讲述奋战在核工业的科学家、领导者、科技工作者以及核工业建设者,为中国第一颗原子弹爆炸成功所付出的故事;第五章"聚变之光",主要讲述一群年轻的科学工作者,开展氢弹研制攻关,并最终获得氢弹爆炸成功的故事;第六章"国之重器",主要讲述一批核工业院士组成核工业"梦之队",推动并完成我国第一艘核潜艇下水,进而实现中国大陆核电"零"的突破的故事。

谨以此书作为一份特殊礼物,献给中国核工业创建 60 周年。

目　录

第一章　英明决策

心系核工业的中共中央总书记邓小平视察了军用核生产反应堆工程，并欣然题词：我们一定要敢于走前人没有走过的道路，敢于攀登前人没有攀登过的高峰。

聂荣臻自愿选择科技工作，他说，我们现在需要科学技术，就像 1927 年需要一支人民军队一样；"两弹"不应该下马，应该攻关。

一位美国将军曾经说过，如果你厉害，别人就不敢揍你。而张爱萍将军说得更形象，再穷的叫花子，也要有根打狗棒。

毛泽东主席主持召开的中共中央书记处扩大会议，作出了建立和发展我国原子能事业的战略决策。从此开始了我国核工业建设和核武器研制的艰巨而伟大的秘密历程。

中国原子能科学院的发展历程是新中国核科学技术事业沧桑巨变的缩影，是中华民族当代科学精英科技报国的生动写照。

第二章　开拓奠基

永怀只是希望自己的祖国早一天强大起来，永远不再受人欺侮。

邓稼先告诉夫人许鹿希，做好了这件事，我的一生就会很有意义。就是为它死了，也是值得的。

朱光亚说，他一辈子主要就做了一件事。在苍穹之上，那颗被命名为"朱光亚星"的小行星熠熠生辉并将永远放射出璀璨的光亮。

从基础研究，到"两弹一艇"技术攻关，再到和平利用原子能，"一堆一器"的建成，为我国核事业的发展作出了不可磨灭的历史贡献。

李觉是军人，造过炮弹，但不知道原子弹是啥样，然而，他却带领科学家们创造了"两弹一艇"奇迹。

首任铀矿冶局局长苏华重视培养高素质的核事业职工队伍，着力建立较为完善的、符合现代企业制度要求的铀矿冶生产系统，为我国铀矿冶事业发展奠定了坚实基础。

野外找矿工作很艰苦，但女子找矿班的队员们却和男同志一样，披星戴月，风餐露宿，顶烈日、冒寒暑、斗风沙，战胜了重重困难。

在内蒙古包头核燃料元件厂创建历程中，形成了"仓库精神"，这是核工业的宝贵财富。

凡是到西北核武器研制基地工作的科技人员，可以首先分享到一份湟鱼佳肴。在三年自然灾害时期，这是何等的待遇啊！

在戈壁滩上长大的孩子们都没有见过树，当他们真的看到树时，却高兴地大喊："好大的骆驼草！"建设者们以"坚韧、自信、奉献"的骆驼草精神，默默地献身戈壁滩。

第三章　苦战攻关

"596"是中国第一颗原子弹的代号。从 1957 年 10 月 15 日中国和苏联签订"国防新技术协定"到 1959 年 6 月，不到两年时间，赫鲁晓夫就把这一协定变成了一纸空文。

设计蓝图化为宏伟的现实，建成了中国众多的"第一"：第一座研究性重水反应堆、加速器；第一个铀浓缩气体扩散厂；第一个核武器研制基地；第一个核潜艇陆上模式堆……

第四章　东方巨响

177 办公室是我国首次核试验信息联络中心。它只存在一个月的时间，但却记载着我国胜利完成第一颗原子弹爆炸的珍贵资料和惊心动魄的故事。

他们的每一滴汗水都和那神圣的目标联系着，做了数百次原子弹爆轰物理实验，这里的每一次炮声都是一个音符，终将汇聚成梦想中的惊天巨响。

在获得"两弹一星"功勋奖章时，周光召说，如果把制造原子弹比作撰写一篇惊心动魄的文章，这文章是工人、解放军战士、工程和科学技术人员不下 10 万人写出来的，而我只不过是十万分之一。

程开甲说，我是一个中国人，我不可能到美国去喊美国万岁，我只能喊中国万岁。我这辈子的最大心愿就是国家强起来，国防强起来。

从不懂到懂，不断积累经验，掌握关键工艺，生产出比原定设计要求更高的成品，王方定实现了"决不能因为我们工作延迟而拖了整个工作后腿"的诺言。

来自上海的高级技工原公浦，凭借着娴熟的车工技术和高度负责的精神，经过七天七夜的艰苦奋战，成功完成了我国第一颗原子弹核心部件加工的最后工序。从此，原公浦就有了"原三刀"的美称。

原子弹能否试爆成功，就看最后插雷管了，因为雷管是否能按规定要求插到正确的位置，直接影响到原子弹能否引爆成功。

8个月的大漠军营生活，陈明焌等一批人随防化兵完成了爆心周围辐射污染区剂量衰减数据的预先计算和爆后的实验，并现场见证了首次核爆过程。

高潮迭起的晚会，使连日来高度紧张、极度疲劳的基地建设者如春风化雨，顿觉欢快、轻松。演员们虽吃了一些苦，但他们都为自己参与了党的伟大事业而欢欣鼓舞……

第五章　聚变之光

美国用了7年3个月，苏联用了6年3个月，英国用了4年7个月，法国用了8年6个月，而我国只用了2年8个月时间，就完成了从原子弹到氢弹的跨越。

面对大大小小的怪题、难题，于敏他们三天一个突破，五天一个过关。这就是为祖国、为民族的献身精神所迸发出来的创造力。

从1963年到第二机械工业部从事核事业，到1983年底去世，曹本熹将他生命的最后20年献给了核工业。他留下的是严谨的科学态度、丰硕的科研成果和无私的献身精神。

刘允斌是一位放弃国外优越生活，不远万里回到祖国，为了党的核科技事业勤勤恳恳、孜孜不倦的共产党员；一位有着苦难童年、并且刚正不阿、忍辱负重的高干子弟；一位为党和国家的科学事业作出卓越贡献的科学家。

作为妻子，她万万没想到刚刚完婚，丈夫就"失踪"了，连公公生病、住院、病危、去世，他都不在身边。等他完成任务回到家，父亲病逝已过"五七"了。

第六章 国之重器

赫鲁晓夫的回绝并没有打消中国研制核潜艇的决心，反而增强了我国研制核潜艇的信念。1959年10月，毛泽东发出了"核潜艇，一万年也要搞出来"的伟大号召。

彭士禄说，他一辈子只做了两件事：一是造核潜艇，二是建核电站。

赵仁恺和他率领的年轻的设计队伍，在一张白纸上画出了中国潜艇核动力装置的蓝图，这是最新最美的强国防、壮军威的图画。

因为有一个团结协作、凝聚力强的领导班子，有一支素质高、作风好、能打硬仗、善打硬仗、吃苦耐劳的员工队伍，才能肩负起历史的重任，圆满完成各批次动力堆燃料元件的生产任务。

从中国第一座军用生产核反应堆总设计师，到中国第一座核电站总设计师，欧阳予见证了"国之光荣"的创业历程。

1. 1956年1月26日，在最高国务会议上，毛泽东主席提出搞原子弹
2. 1956年，全国科学规划会议党和国家领导人接见会议代表
3. 1958年，毛泽东主席参观我国第一座实验性重水反应堆模型
4. 1958年，周恩来、陈毅、贺龙同外宾一起参观原子能所
5. 1958年9月27日，国务院副总理陈毅为重水反应堆、回旋加速器建成典礼剪彩
6. 1958年，聂荣臻在我国第一座原子反应堆和回旋加速器移交生产典礼上讲话
7. 1958年，我国第一座原子反应堆和回旋加速器移交生产典礼现场
8. 1962年，周总理与中央专委委员贺龙、聂荣臻、张爱萍在中南海

3   4

7   8

第一章 英明决策

1963 年 6 月，毛泽东、周恩来、邓小平等中央领导接见铀矿地质会议代表

第一章　英明决策

新中国伊始，面对西方国家的核威胁、核讹诈，发展我国的原子能事业，开启了决定国家命运的"两弹一艇"中国梦。

1951 年 6 月，法国核科学家小居里先生请他的中国学生杨承宗捎口信给毛泽东：你们要保卫世界和平，要反对原子弹，就必须自己拥有原子弹。

1954 年秋，一块铀矿石被送到中南海毛泽东主席的办公桌上。

当刘杰向毛主席、周总理汇报后，毛主席握着刘杰的手说："这是关系国家命运的大事，好好干！"

1955 年 1 月 15 日，毛主席主持召开了中央书记处扩大会议，做出了建立和发展我国原子能事业的战略决策。会上，李四光讲了铀资源情况，周恩来总理让刘杰打开盖革计数器探测第一块铀矿石。当铀放射线通过检测发出"嘎嘎"的响声时，与会领导都十分兴奋。接着，钱三强讲了原子能的概况和中国的现状与设想……最后，毛主席说，我们的国家现在已经知道有铀矿，进一步勘探一定会找出更多的铀矿来。

从此，开始了我国核工业建设和核武器研制的艰巨而伟大的秘密历程。

此后，周恩来做为"两弹一艇"的领导者和组织者，从组建管理机构到延揽人才；从制订规划到确定建设规模；从争取苏联援助到处理苏联停援事宜；从审批具体事项到确定指导方针；从研制到试验工作……事必躬亲，辛勤操劳。

聂荣臻元帅说，我们现在需要科学技术，就像1927年需要一支人民军队一样，"两弹"不应下马，应该攻关。

一位美国将军曾经说过"如果你厉害，别人就不敢揍你。"而张爱萍将军说得更形象："再穷的叫花子，也要有根打狗棒。"

有了坚强的领导，梦想开始起航。

1. 小居里先生给毛泽东捎口信

世界保卫和平委员会主席小居里先生请杨承宗转告毛泽东主席，要保卫世界和平、要反对原子弹，就要自己拥有原子弹。原子弹也不是那么可怕的，原子弹的原理也不是美国人发明的。

在我国著名放射化学的开拓者和奠基人之一杨承宗先生的家里，有一幅珍藏了 60 多年的老照片。照片上是他与法国科学家伊莱娜·约里奥·居里夫人当年在巴黎大学居里实验室门前的合影。这张照片生动地记录了一个令杨承宗终生难忘的故事。

伊莱娜·约里奥·居里是玛丽·居里夫人的女儿，人称小居里夫人。她的夫君弗雷德里克·约里奥·居里，人称小居里先生，担任过世界保卫和平委员会主席，他们同老居里夫妇一样，也都是世界著名科学家，都获得过诺贝尔奖。

1947 年，杨承宗在法国巴黎大学居里实验室师从世界著名女科学家、诺贝尔奖得主——小居里夫人进修放射化学，获博士学位。1951年 6 月 15 日，在实验室全体同人参加的庆贺杨承宗获得巴黎大学博士学位的酒会上，导师小居里夫人为杨承宗举杯："为了中国的放射化学。"

1951 年 6 月 21 日，杨承宗接到了时任中国科学院近代物理研究所所长钱三强欢迎他回国的信函，同时托人给他带去了一笔美元。为了发展新中国的原子能事业，在当时国家经济十分困难的情况下，周恩来总理曾批给钱三强一笔外汇作为科学发展基金，钱三强托人辗转带给杨承宗一部分，让他在法国购买有关原子能科学研究的资料和器材。

对此，杨承宗兴奋得夜不能寐。在当时，美元比价很高，特别是在建国之初，百废待兴，祖国竟然这样有远见，这样慷慨和信任。杨承宗接过厚厚的美钞，深深感到分量的沉重。他恨不得把回国开展原子能研究所需要的仪器、图书统统买回去。他用这笔钱加上他自己在法国五年中省吃俭用的全部积蓄，购买了制造研究原子能设备的器材。通过小居里夫妇的帮助，他得到了 10 克非常珍贵的碳酸钡镭国际标准源，这些都是原子能科学研究的利器，在当时不是随便可以买到的。

小居里夫人问杨承宗："你要那么多标准源做什么？"

杨承宗回答："我们中国大，地方多，各省一分开来，就没有多少了。"

夫人笑了笑说："嗯，也对。"这 10 克碳酸钡镭是国际标准源，是由发现镭元素的老居里夫人玛丽·居里亲手制作的非常珍贵的国际标准源，是中国开展铀矿探测及电离辐射计量研究的唯一标准计量实物，是回国开展原子能科研工作的无价之宝。

然而，那时候的法国是不允许带放射性物品出境的。杨承宗便又买了一些胶卷与碳酸钡镭标准源一起小心谨慎地放在行李箱中，一起

1951年6月，杨承宗（左一）通过巴黎大学博士论文答辩后，导师小居里夫人（中）举行酒会向他祝贺

带了回来。1979年9月，杨承宗先生将碳酸钡镭标准源赠给了中国计量科学研究院。

杨承宗还带回了一台测量辐射用的100进位的计数器。这是一台世界领先水平的珍稀计数器，是由法国原子能委员会自己设计、自己制造的。杨承宗是在小居里夫人的帮助下，经过一番周折才得到法国原子能委员会的特许，如愿以偿买到的。

当时担任世界保卫和平委员会主席的小居里先生是个胸襟开阔、性格豁达的人。他听说杨承宗要回国，便托其夫人转告杨：希望能在杨承宗归国之前详谈一次。

见面后，小居里先生问杨承宗："你为什么要回国。"

"我出国是为了祖国，回去也是为了祖国。"

"好！"小居里先生十分赞赏学生的诚实、开朗和执著。

1947 年，杨承宗在巴黎居里实验室大门前

小居里先生习惯性地在空中挥动着左臂说："你回去转告毛泽东，你们要保卫世界和平，要反对原子弹，就要自己拥有原子弹。原子弹也不是那么可怕的，原子弹的原理也不是美国人发明的。你们有自己的科学家，钱呀、你呀、钱的夫人呀、汪呀。"

小居里先生所说的"钱"是指钱三强，钱的夫人当然就是何泽慧。"汪"指的是汪德昭。

小居里先生话语不多，但充满了鼓舞的力量。他表达了自己对新中国的认同，以及对中国发展和拥有核武器的期望。小居里先生相信自己的学生们，相信中国可以而且一定会制造出原子弹。这是莫大的信任。杨承宗激动不已，深感重任在肩。他反复默记着小居里先生的话，以便回国后，原原本本地向毛泽东主席报告。但当时对于小居里先生为什么讲这番话，杨承宗理解得还不够深。后来他才知道，那时抗美援朝战争正打得紧张，美国为首的"联合国军"不能取胜，就叫嚷要用原子弹，美国军方甚至把能投掷原子弹的重型轰炸机调到了日本，只等一声令下，就要动用核武器轰炸中国人民志愿军和朝鲜人民军，甚至还叫嚣要轰炸中国的东北。美国的核讹诈政策，引起世界爱好和平人士的强烈反对。小居里先生一向同情和支持中国人民。此时，正担任世界和平理事会主席的他，对此非常愤怒，因此，才要杨承宗向毛泽东主席转达他的这段话。

杨承宗先生

这是一次十分重要的谈话。杨承宗听着这谆谆嘱托，看着这位相处 5 年之久的既严厉又慈祥的师长，心潮起伏，兴奋不已。亲爱的老师、同学，我是多么敬重你们，愿意跟你们相处共事啊！5 年来，大学城里的空气一直是那么和谐融洽，气氛友好。来自各国的学者、研究生，一个个都是胸襟坦荡，讨论问题、切磋学术、交流看法，都是热烈、诚实和友好。这种科学至上的氛围使人长进，没有精神上的防范、顾忌，一心扑在学术研究上，向科学的外层空间探索挺进。然而，现在要离开这些亲爱的伙伴，真有些说不出的惆怅和眷恋。

"祖国，您的儿子一刻也没有忘记，我出来是为了学会自己干，我现在要回去，就是为了要自己干啊！"

1951 年 10 月，杨承宗带着购买的十几箱资料和器材，历经曲折，经香港回到祖国。

回到北京不久，杨承宗便向钱三强报告了小居里先生请他转告毛泽东主席的这番话，并谈了自己对发展中国原子能事业的见解。钱三强听后收敛了笑容，郑重地对他说："我要向毛主席和周总理汇报。这是非常机密的大事，我们对谁都不要说，哪怕是我们的妻子，也不要讲。"钱三强把小居里先生的话报告了党和国家领导人。后来，中央又专门派人找杨承宗核实了小居里先生的口信，并且再一次强调了这件事的保密性。

杨承宗是个心直口快的人，可是这件事他却一直守口如瓶。

后来人们知道，这个口信对新中国领导人下决心发展自己的核武器起了重要作用。历史也证明，小居里先生的想法和毛泽东的想法不谋而合。直到30多年之后，杨承宗向他的挚友、时任中国科学院原子能所党委书记的李毅回忆新中国原子能发展史时才谈起了这件事。这段历史才向社会公开披露。

2. 开业之石

毛泽东说：我们国家已经知道有铀矿，进一步勘探一定会找出更多的铀矿来。我们只要有人，又有资源，什么奇迹都可以创造出来。

1955 年 1 月 15 日，在我国广西富钟县花山区杉木冲采集到的第一块铀矿石，被带到了中南海，在中央书记处扩大会议上揭开了它的神秘面纱。这是共和国历史上具有特殊意义的一天。这天下午，毛泽东在中南海主持召开中共中央书记处扩大会议，作出了建立和发展我国原子能事业的战略决策。

时间上溯到 1954 年 4 月，地质部部长李四光，党组书记、副部长刘杰，以及何长工和宋应等领导经过认真研究，并征求了当时在地质部担任顾问的苏联专家组组长库索奇金的意见，决定成立普查委员会第二办公室（简称普委二办），负责筹备铀矿地质勘察工作。

普委二办成立以后，首先组织技术队伍。当时从苏联聘请了在卫国战争时曾任过团政委的铀矿地质专家菲·拉祖特金担任地质部顾问，请毕业于西南联大地质系的高之杕担任普委二办的技术负责人，1949

放置在核工业北京地质研究院里的铀矿石标本

我国首次发现的铀矿石

年从北京大学地质系毕业的刘兴忠，以及刚从东北地质学院毕业的杨士文和曾卓荣等也都先后被调入普委二办。

进入刚刚组建的普委二办的杨士文和曾卓荣等技术人员们虚心向苏联专家学习，夜以继日地查阅各种地质资料，悉心搜集与铀矿有关的线索和信息，很快地熟悉了铀矿地质业务。

杨士文和曾卓荣查阅了国内所有的资料，得知在1934年，中国的地质学家张定钊就用光谱分析法鉴定了中国的赣南钨、锡、铋和钼矿样品，并发现了铀的踪迹。4年后，另一位地质学家张更生在广西的冲积砂内找到了铀的生成物。

1943 年，两位科学家在广西钟山首次发现了真正的铀矿物。杨士文和曾卓荣从查阅的资料中找到了两份有放射性信息的报道：一份是伪满时期日本人富田达记述的辽宁海城大房身伟晶岩长石矿中发现有铀；一份是南延宗、吴磊伯记述的广西富钟县黄羌坪发现有放射性矿物。

1954 年 7 月，由高之杕带队，杨士文、曾卓荣和警卫翻译十来个人，和拉祖特金顾问一起到东北的辽宁海城去实地查看。当时，他们所带的仪器是中国科学院近代物理所组装的中国第一台放射性探测仪——盖革计数器。

由于发现了铀矿，拉祖特金非常重视。他和几位年轻人一起圈定这个矿体，计算储量。但最后计算出这个点只有 800 公斤的铀储量，价值不大。尽管大家非常失望，但对杨士文和曾卓荣他们来讲，从找点到圈定矿体，直至计算储量，这的确是一次很好的实践。

东北海城找铀无望，就只能指望别的地方了。

两个月之后，已是金秋十月，拉祖特金由高之杕陪同，由地质、物探、测量等方面 20 多人组成的工作队，对广西富钟县花山区铀矿进行调查。不久，他们在同一岩体附近的杉木冲果真找到了云英岩化锡石脉中的铀化矿，而且局部富集，原生矿残体和次生矿发育很好。在这里，他们采集了一块铀矿石，即如今完好地保存在核工业北京地质研究院里的中国第一块铀矿石。拉祖特金非常兴奋，一再向高之杕他们竖大拇指说，这个发现太难得了！高兴之下，拉祖特金当晚就带领大家上山进行荧光探测，还亲自参加编录、详测，部署揭露工程。拉祖特金一再叮咛队员们说，这是非常重要的实物资料，要把最好的标本送回北京，作为中国富存铀矿的见证。他认为这个地区是很有希

铀矿普查勘探

望找到铀矿的。

10月下旬，拉祖特金亲自把这块铀矿石标本带回北京，并秘密地锁在自己办公桌的抽屉内。后来，拉祖特金请刘杰、库索奇金观看了铀矿石标本，并汇报了调查的情况。

看到广西铀资源调查的初步成果，刘杰也是异常兴奋，他马上将这一情况向周总理作了汇报。周总理又及时转报了毛泽东主席。

刘杰说：这块铀矿石拿到部里以后，确实让我们都感觉到很突然啊！当时已经60多岁正患着牙痛病的地质部部长李四光也非常兴奋，他说，哎呀，这是铀矿！苏联专家库索奇金的眼睛都瞪大了，很高兴、也很神秘地说，要把矿石标本藏起来，带回苏联去研究。第二天，我们带着这块矿石到了中南海毛主席那里。

当时，毛主席、周总理都在座。刘杰他们把铀矿石就放在毛主席的桌子上。毛主席亲自拿起来看了看，显得很兴奋。刘杰说，这块矿石从广西找到的，仅仅是个次生的铀矿，还不能代表它是不是个矿

我国第一座原地浸出采铀试验厂

床，有没有开采的价值。毛主席说，你怎么证明它是铀矿石啊？刘杰他们用带着的盖革计数器进行了探测，计数器发出嘎嘎的响声。毛主席十分高兴地说：我们终于发现铀矿了！毛主席紧接着讲，只要我们大规模勘探，我相信，我们中国一定会找出很多的铀矿来，我们国家也要发展原子能。临走的时候，毛主席和周总理送刘杰到门口，毛主席握住刘杰的手笑着说：这是决定命运的啊！刘杰，要好好干啊！

广西杉木冲那块铀矿石被找到之后短短两个多月间，两次被带进中南海，成为中央领导反复谈论、提供决策的开业之石。

3. 一封给毛主席的特殊信函

作为"两弹一艇"的组织者，周恩来从组建管理机构到延揽人才；从制订规划到确定建设规模；从争取苏联援助到处理苏联停援事宜；从审批具体事项到确定指导方针；从研制到试验工作……事必躬亲，辛勤操劳。

1955 年 1 月 14 日，中南海，西花厅。

周恩来在主持召开一个小型的会议。参加这次会议的有中国科学院物理研究所所长钱三强，地质部部长、中国科学院副院长李四光，国务院副总理薄一波，地质部副部长刘杰。

周恩来先请李四光汇报了铀矿的勘察情况，然后请钱三强介绍原子核科学研究的状况。他详细地询问了原子反应堆、原子弹的原理和发展这项事业的必备条件。

"毛主席要听取这方面情况的汇报，明天你们还到这儿来。"周恩来最后安排说，"要做点准备，简明扼要，把问题说清楚。地质部可以带点矿石，三强可以带简便的仪器作汇报表演。"

当晚，周恩来给毛泽东写了一封信：

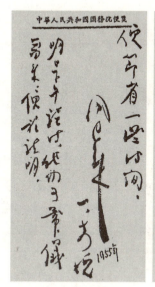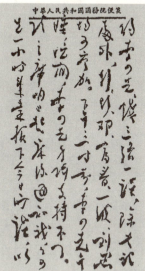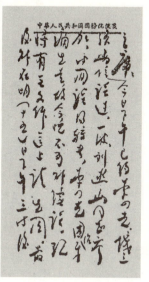

周恩来写给毛泽东主席的报告手记

主席

今日下午约李四光、钱三强两位谈过，一波、刘杰两位同志参加，时间谈得较长，李四光因治牙痛先走，故今晚不可能续谈。现将有关文件送上请先阅。最好能在明（十五）日下午三时后约李四光、钱三强一谈，除书记处外，彭、彭、邓、富春、一波、刘杰均可参加。下午三时前，李四光午睡。晚间，李四光身体支持不了。请主席明日起床后通知我，我可先一小时来汇报下今日所谈，以便节省一些时间。

周恩来 十四晚

明日下午谈时，他们可带仪器来，便于说明。

1962 年 11 月，党中央决定：在中央直接领导下，成立一个十五人专门委员会。图为专委会主任周恩来（左二）与贺龙（右二）、聂荣臻（左一）、张爱萍（右一）同志在一起交谈

周恩来总是这样细心地关心照顾科学家。在做出历史性的重大战略决策的前夕，他连李四光牙痛、午睡这样的细节都想到了。

中国核工业的创建和发展、"两弹一艇"的研制和试验凝结着周恩来的心血和智慧。周恩来作为"两弹一艇"的组织者和执行者，从组建管理机构到延揽人才；从制订规划到确定建设规模；从争取苏联援助到处理苏联停援事宜；从审批具体事项到确定指导方针；从研制到试验工作……事必躬亲，辛勤操劳。

正当第一颗原子弹科研攻关最关键、最紧张的时刻，1962 年 12 月 14 日，中共中央下达了《关于成立中央 15 人专门委员会的决定》。中央专委由总理、7 位副总理和 7 位部长组成，周恩来任主任。从此，周恩来担起了"两弹一艇"研制攻关行政决策和组织指挥的繁重任务。

周恩来向来以机敏、细致、干练著称，中央专委主任的重担，诚

1958 年周恩来（左三）、陈毅（右二）、贺龙（右一）等一起参观中国科学院原子能研究所

如刘少奇所说，非他莫属。

还在中央通知下达之前，周恩来于 11 月 17 日就赴任视事，主持召开第一次专委会。在首次核试验之前，他共主持召开了 9 次专委会，讨论解决了 100 多项重大问题。围绕核工业建设和核武器攻关，组织了 26 个部（院）、20 多个省市自治区的 900 多家工厂、科研机构和大专院校参加攻关。

中央专委的高权威、高效率是与周恩来的崇高威望和组织才能分不开的。他亲自主持每次专委会并最后作出决策。对第二机械工业部的工作，他在专委会上先后提出"实事求是，循序渐进，坚持不懈，戒骄戒躁"，"高度的政治思想性，高度的科学计划性，高度的组织纪律性"，"严肃认真，周到细致，稳妥可靠，万无一失"，"一次试验，全面收效"等要求。周恩来的这些指示，成为核工业战线职工的座右铭，时至今日，仍然是核工业战线基本的指导方针。

4. 一定要敢于走前人没走过的路

心系核工业的中共中央总书记邓小平视察了军用核生产反应堆工程，并欣然题词：我们一定要敢于走前人没有走过的道路，敢于攀登前人没有攀登过的高峰。

1958 年 5 月，中共八大二次会议期间，按照毛主席的批示，中共中央总书记邓小平主持印发了毛主席对第二机械工业部党组关于同苏联专家关系的报告的批示。毛主席的批示指出，四海之内皆兄弟，要尊重苏联同志，刻苦虚心学习。但又一定要破除迷信，打倒贾桂！贾桂（即奴才）是谁也看不起的。5 月 31 日，邓小平同志代表中央批准了第二机械工业部上报的核燃料、核武器、核心单位"五厂三矿"的选址方案。五厂是：衡阳铀水冶厂、包头核燃料元件厂、兰州铀浓缩厂、酒泉原子能联合企业、西北核武器研制基地；三矿是：湖南郴县铀矿、衡阳大浦铀矿、江西上饶铀矿。随后，以此为骨干的核工业30 个项目全面开工。

同年 8 月，在北戴河陪同毛主席听取第二机械工业部领导宋任穷、刘杰关于发展原子能事业的方针和规划的汇报时，邓小平同志强调指

1966 年 3 月，邓小平同志视察酒泉原子能联合企业

出，当着国内粮食、钢铁和机械的生产问题获得解决和国际形势紧张的情况下，发展原子能尖端科学和工业，已经成为可能和必需的事情，今后应该加速发展。邓小平同志的讲话，对刚刚起步的我国核工业建设是有力的支持，使核工业职工群情振奋，斗志昂扬，核工业出现了奔腾向前、快速发展的局面。

为了加速原子能工业建设和加强原子弹研制力量，1961年7月16日，邓小平同志签发了《中共中央关于加强原子能工业建设若干问题的决定》，要求各有关部门从技术和领导力量调配、专用设备制造能力配置、医疗卫生设施保障和物资运输等方面，支援核工业建设。各有关部门认真贯彻中央的决定，发扬共产主义风格和社会主义大协作精神，要人给人，要物给物，尽量满足核工业建设的需要，从而有力地保证了"五厂三矿"的建设速度。

第二机械工业部第一任部长宋任穷在回忆录中说，遵照小平同志的指示精神，为了适应原子能事业发展的急需，特别是加速"五厂三矿"的建设，我们采取了"移花接木"的办法。通过教育部从苏联东欧学习的中国留学生中挑选100多名，改学原子能科学技术专业，又派副部长刘杰、钱三强与高教部部长杨秀峰、副部长黄松龄商定，在北京大学和兰州大学各设一个物理研究室，作为原子能科技人才的培训中心，从全国各大学物理系选拔三年级品学兼优的学生，到物理研究室学习原子能专业。1956年，清华大学成立工程物理系，继续从全国重点院校选拔相近专业的高年级学生，到工程物理系学习原子能专业。依靠高教系统的支持和努力，很快培养出一大批原子能专业的科技人才。这批人才日后大部分都成为"五厂三矿"建设的科技骨干，有些还成为国家和部门的领导人。

由邓小平同志代表中央批准的我国第一座大型军用核生产反应堆工程，于1958年开始选址，1960年破土动工。在党中央、国务院和总书记邓小平同志的亲切关怀下，经过各部门、各地区的大力协同和广大建设者四年多的艰苦奋战，先后攻克了一系列工艺、材料、设备和工程技术等难关，至1966年，进入了收尾阶段。正在这紧要的时刻，1966年3月25日，心系核工业的中共中央总书记邓小平同志亲赴酒泉原子能联合企业，视察了军用核生产反应堆工程建设情况。

3月的天气，阳光明媚，春风吹拂。上午10点多，邓小平总书记和李富春、薄一波、蔡畅等中央领导同志在西北局、甘肃省委领导的陪同下，驱车来到酒泉原子能联合企业反应堆建设工地。在办公楼门口一下车，邓小平同志就受到建设者的夹道欢迎。站在路两旁的工地建设者向前簇拥着，都想一睹小平同志的风采。现场保卫人员手拉手，非常费劲地维持着秩序。邓小平同志身着灰色的中山装，神采奕奕，步伐稳健。在走向工地的路上，他不断向欢迎的人群招手致意，激起了建设者们一阵阵热烈的掌声。他一边听取着陪同领导的工作汇报，一边到各工号察看着。在某工号临时搭建的平台上，邓小平同志无意间瞥见了工地上张贴的一条"吸烟等于放火"的安全警示标语，便很自觉地掐灭了手中刚吸了一半的香烟。这一细节，很快在建设工地上传为佳话。邓小平同志还在中央大厅观看了由八一电影制片厂驻厂工作人员拍摄的反映工程建设的资料片，并不时地向陪同领导询问着工程建设情况，作出新的指示。在视察过程中，邓小平同志应工程领导所邀，欣然为反应堆工程题词："我们一定要有无产阶级的雄心壮志，敢于走前人没有走过的道路，敢于攀登前人没有攀登过的高峰。"视察结束后，小平同志与厂的领导、劳模和先进工作者代表合影留念。

邓小平同志视察反应堆工程的时间虽然很短，但这特大的喜讯仍如春风般吹遍了核城，令广大建设者干劲倍增，大干的浪潮一浪高过一浪。经过大战七、八、九三个月，1966 年 10 月，反应堆开始物理启动，并首次达到临界，提前一个月完成了物理启动中的预定工作量，取得了一次试车成功。党中央、国务院相继向建设者发来贺电。在邓小平同志等中央领导的亲切关怀下，12 月 20 日，反应堆开始提升功率，12 月 31 日达到额定功率。至此，我国第一座军用核生产反应堆建成，为装备部队，形成核威慑力，扬我军威，壮我国威发挥了重要作用。

5. 原子弹不能"下马"

> 聂荣臻自愿选择科技工作,他说:我们现在需要科学技术,就像1927年需要一支人民军队一样。"两弹"不应该下马,应该攻关。

1956年11月,中央任命聂荣臻为国务院副总理,主管科学技术工作。

聂荣臻元帅是自愿选择科技工作的。他曾经说过,用科学技术来改变旧中国的贫穷落后面貌,是我青年时期就有的夙愿。

1961年夏天,中央实行国民经济"调整、巩固、充实、提高"的八字方针。在这种情况下,出现了原子弹是继续"上马"还是"下马"的争论。在北戴河召开的国防工业委员会工作会议上,两种意见尖锐对立,争论的温度不断升高。

有些人认为,研制原子弹困难太大,主张"下马"。他们主要是强调苏联的援助没有了,当前的整个经济形势不好,国防尖端武器研制困难太多太大,我们的工业基础薄弱,原材料无法保证,品种规格不全,新材料研究困难重重,搞"两弹"花钱太多,影响了国民经济其他部门的发展，等等。他们主张只搞常规武器，不搞"两弹"。用他们的话说："你打你的原子弹，我打我的手榴弹。"

聂荣臻是力主原子弹继续上马的。他在回忆录中写道："对我来说，态度一直是很明确的，为了摆脱我国一个多世纪来经常受帝国主义欺凌压迫的局面，我们应该发展以导弹、原子弹为标志的尖端武器。以

聂荣臻元帅

便在我国遭受帝国主义核武器袭击时，有起码的还击能力。同时，通过制订十二年科学规划和前一段研制尖端武器的实践，我们已经感到'两弹'是现代科学技术的结晶。坚持搞'两弹'，还可带动我国许多科学技术向前发展，所以，我们不应该下马，应该攻关，这就是我当时坚定不移的信念。"

6月20日，聂荣臻在一次会议上明确表示："二机部的工作我亲自管。"几天以后，在给中央军委写报告时，他又嘱咐秘书刘长明："第二机械工业部的工作由我亲自管。这一条要补写到报告中。"7月19日，中央军委第97次办公会议讨论通过这一报告。

1962年9月11日，第二机械工业部正式向中共中央提出争取1964年最迟在1965年上半年爆炸我国第一颗原子弹的"两年规划"。

聂荣臻多次对第二机械工业部的领导说，武器研究力量要集中，

聂荣臻（左一）在试验场地

西北核工业基地着重搞基本建设，要确保质量。遵照中央的指示，要求全国科研部门，努力配合研制工作，全国要拧成一股劲，共同完成任务。

按照聂荣臻的意见，科研力量最为雄厚的中国科学院为配合"两弹"攻关，与国防科委商定，组成了两个协作组，其中原子弹攻关协作组由刘杰、钱三强、张劲夫、裴丽生、刘西尧组成。全国国防科研

聂荣臻（前中）钱学森（前左二）李觉（前右二）等在实验基地

机构、中国科学院、工业部门、地方科研机构、高等院校围绕第一颗原子弹开展技术协作，称为五个方面军协同攻关。

聂荣臻同意第二机械工业部的规划，并提出了具体的要求和解决问题的办法。10月10日上午，聂荣臻同国防工办主任、总参谋长罗瑞卿，副总参谋长兼国防科委副主任张爱萍等人一起，听取第二机械工业部部长刘杰、九所副所长朱光亚汇报关于爆炸第一颗原子弹的规划设想，他指出：有这样一个目标有好处，可以更大地调动各方面的积极性，协调各方面的力量。

为了加强对原子弹工程的领导，中央决定成立专门的委员会来直接领导这一工作。中央专委成立后，不定期召开会议，审核第二机械工业部的报告，确定有关原子弹的大政方针。原子弹爆炸之前，中央专委一共开过9次会。组织落实第二机械工业部的"两年规划"，讨论解决了100多个重大问题。

中央专委的成立，对原子弹的成功爆炸，起到了至关重要的作用。聂荣臻作为中央专委委员，积极主动地协助周总理具体组织落实工作，为原子弹的研制殚精竭虑、呕心沥血。

第二机械工业部部长刘杰回忆说："专委会成立以后，整个原子弹（工作）大的方针，以及具体的实施，是由专委会来领导的。这个时候，聂总对这个事情也盯得特别紧，我们通过他的秘书，常向聂总汇报……确定两年计划之后，他特别提出来，一要紧，二要稳。他主要的精力是从科学技术方面来进行支持。采取各种措施，调军队来支援工程技术人员的生活保障。他曾经给我打电话，一讲就半个小时。那个时候就是带来了鼓励，树立了信心。"

　　当时中央专委办公室工作人员刘柏罗回忆说，聂帅要求我们对工作要"严肃认真，一丝不苟。处事要有全局观念"，他自己也是这样严格要求，身体力行的，体现着这种科学态度。为了原子弹的攻关，聂帅把该做的，该想的，都做到、想到了。

　　聂帅在周恩来总理和中央专委的直接领导下，组织全国大协作，为保证原子弹按时炸响兢兢业业、辛勤工作，付出了满腔的心血和热情。

朱光亚、张爱萍、聂荣臻、邓稼先、陈斌（从左至右）在一起

第一颗原子弹炸响后，陈毅元帅到家中看望聂帅，陈老总一本正经地说："聂总，你立了大功。"

"我立了啥子大功？"聂帅不解地问。

"原子弹响了，我这个外交部长腰杆子硬了，裤子也不用当了。"

聂帅使劲地摆摆手，认真地说："没有中央、主席、总理、军委和你老兄的领导、支持，没有全国的大力协同，没有科技人员的齐心协力，我又能怎样啊！"

6. 再穷也要有根打狗棒

一位美国将军曾经说过，如果你厉害，别人就不敢揍你。而张爱萍将军说得更形象，再穷的叫花子，也要有根打狗棒。

1961 年 11 月 17 日，一封"绝密件"送到毛泽东主席的案头。这是一份《关于原子能工业建设的基本情况和亟待解决的几个问题的报告》。

这份文件的前面这样写着：

小平同志：

我于 10 月 9 日到 11 月 2 日同刘杰等同志到第二机械工业部所属的几个厂、矿、研究所了解了一些情况，向军委写了一个报告，现送上一份，供参阅。

此致敬礼！

张爱萍

1961 年 11 月 14 日

张爱萍说：再穷也要有根打狗棒

中共中央总书记邓小平写在这页纸头上的批注是："送主席、周、彭阅"。

在这条批示下，小平同志又特意在括号里用小一些的字体写道："无时间，看前一页半即可。"

这份文件在毛泽东手上一直存放到1962年12月27日。人们不知道在这一年多的时间里毛主席究竟看了多少遍，但从"前一页半"上那钢笔、铅笔画下的一道又一道红色的蓝色的标记上，足以看出毛泽东对这件事情是多么关切和重视。

"中国能不能搞出原子弹？什么时候才能炸响原子弹？当时已成

为党内许多人都很关心的问题。"宋任穷在回忆中说。

张爱萍将军具体接触原子能事业始于 1961 年。此间，他一直在解放军总参谋部主管武器装备研制工作。

当时，苏联毁约停援，已经撤走全部专家，并停止一切技术设备供应。国家由于"大跃进"等"左"的思潮泛滥和三年自然灾害造成了严重经济困难。在这种内外交困的形势下，我国原子弹研制是按既定目标继续往前推进，还是暂时下马，待经济情况好转后再搞？在中央高层领导的讨论中产生了不同意见。

在北戴河召开的国防工业委员会工作会议上，这两种意见尖锐对立，争论的温度不断升高。几位负责经济工作的同志认为，研制原子弹困难太大，主张"下马"，先放一放，待经济情况好转后再搞。军队几位老帅则主张克服困难继续上。聂荣臻元帅是力主继续上马的。他在回忆录中写道，为了摆脱我国一个多世纪来经常受帝国主义欺凌压迫的局面，我们应该发展以导弹、原子弹为标志的尖端武器，以便在我国遭受帝国主义核武器袭击时，有起码的还击能力。

毛泽东对这场争论十分关心。1961 年 7 月，他让秘书从杭州打电话给聂荣臻说，不久前看了一份材料，中国的工业技术水平比日本差得很远，日本现在还没有导弹、原子弹，但对此很重视。内部有争论，我们应采取什么方针？值得好好研究一下。

时任外交部长的陈毅元帅用风趣的语言表示了鲜明的态度，他说："脱了裤子当当，也要把原子弹搞上去。我这个外交部长，现在腰杆子还不太硬，你们把导弹、原子弹搞出来了，我的腰杆子就硬了。"

聂荣臻在国防工业工作会议上明确表示，"常规配套"、"尖端研制"都不能退，并向毛主席和党中央写了《关于导弹、原子弹应坚持攻关的报告》。贺龙和叶剑英也都表示要继续搞下去。当时主持会议的刘少奇表示，先不要确定"下"还是"上"，应先去调查了解一下，把原子能工业情况搞清楚了，再确定也不迟。毛泽东主席也赞成这个意见。于是，陈毅和聂荣臻就把调查研究的重任，交给了时任副总参谋长、国防科委副主任的张爱萍同志。

1961年10月9日，一架飞机带着中央的重托从北京西郊机场腾空而起。

那是一架伊尔14飞机，坐20来个人。这一次调查跑了内蒙古、湖南、甘肃、青海等许多地方。每到一个地方，张爱萍副总长总是走在前面，到工地、到技术人员中间。

张爱萍深知在这个需要中央作出重大决策的历史关头，自己的调查研究必须审慎而又细致。出发前，他首先到北京核武器研究所向核科学家朱光亚讨教，了解了原子弹的基本知识和研制进展情况。随后邀上大学时学物理、不久前被任命为国防科委副主任的刘西尧与他同行。他们在第二机械工业部部长刘杰的陪同下，对核工业系统的铀矿山、水冶厂，铀浓缩厂和核武器研制基地，进行了深入、系统、细致的调查研究。历时一个月，他们一路边走边讨论。回北京后张爱萍先向聂荣臻做了汇报，然后于1961年11月14日，经与刘杰共同商量，以他和刘西尧的名义，向中央写出了《关于原子能工业建设的基本情况和急待解决的几个问题的报告》。报告认为，几年来，我国原子能工业建设总的情况是好的，各项工作都有很大进展，打下了一定的基

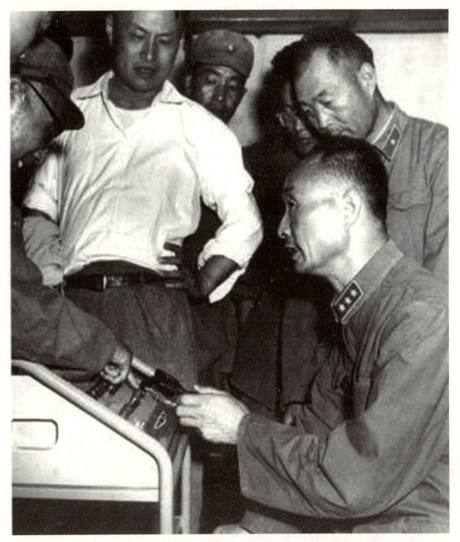

张爱萍（前）与刘西尧、张蕴钰在核武器试验场指导工作

础。配合原子能工业的科学研究工作，自今年进一步组织第二机械工业部和科学院等有关单位的具体协作后，也有很大进展……从我们所了解的一些基本情况来看，明年是最关键的一年。若是组织得好，抓

得紧，有关措施能及时跟上……1964年制成原子弹和进行核爆炸试验是可能实现的。

在这次调查中，张爱萍将军常给大家鼓励的一句话至今仍在广为流传："再穷，也要有根打狗棒！"

这份报告观点明确、论据充足、逻辑缜密，有情况、有数据、有分析、有建议，不但对当时核工业建设和原子弹研制进展的实际情况作出了客观科学的分析和判断，而且提出了存在的问题和解决问题的措施办法，无疑为后来中央决策提供了重要依据，也坚定了上下各方面的决心和信心。现在回想起来，要是没有这份调查报告；没有后来提出的实现首次核试验"两年规划"；没有毛泽东主席批示："很好，照办，要大力协同做好这件工作"；没有周恩来总理亲自主持的"中央专委"的组织协调；没有全党全国人民的支持，错过了当时的历史机遇，按照后来国内外形势的发展和变化，特别是美国和苏联对我国原子能事业的遏制和阻挠，以及"文化大革命"的干扰和影响，我国原子弹、氢弹研制试验和核工业建设，不知会拖延到什么时候。

7. 绝密会议开辟秘密历程

　　毛泽东主席主持召开的中共中央书记处扩大会议，作出了建立和发展我国原子能事业的战略决策。从此开始了我国核工业建设和核武器研制的艰巨而伟大的秘密历程。

　　1955 年 1 月 15 日，是共和国历史上具有特殊意义的一天。这天下午，毛泽东主席在中南海主持召开了中共中央书记处扩大会议。这是一次绝密会议。会议没有文字记录，也没有拍摄照片。但有亲身经历这次会议前后过程的刘杰和钱三强两同志共同的见证。

　　这是中央专门讨论创建我国原子能事业发展的一次历史性会议。周总理为开好这次会议作了精心准备。会议前一天的下午，总理邀请地质学家李四光和核物理学家钱三强到中南海西花厅他的办公室谈话，向李和钱详细询问了我国铀矿资源勘察情况和核科学技术研究情况，核反应堆和原子弹的基本原理，以及发展原子能事业所必须具备的条件。谈话时间较长，涉及内容很多。薄一波、刘杰参加了这次谈话。刘杰还准备了一些相关的文件资料，请总理审阅。谈话结束时，总理告诉刘杰和钱三强，毛主席要召开中央书记处扩大会议，讨论我

毛泽东在最高国务会议上提出搞原子弹

国原子能事业发展问题，要他们进一步作好汇报准备，到时还可带上铀矿石标本和探测仪器，以便现场演示。

　　薄一波、刘杰、钱三强离开西花厅后，总理当立即亲笔给毛主席

写了报告，并附上有关文件。他建议第二天（即1月15日）下午3时后开会，请李四光、钱三强参加。并提出了拟参加会议人员的名单，除朱德、刘少奇、周恩来、陈云等书记处成员外，还建议彭真、彭德怀、邓小平、李富春、薄一波、刘杰等同志参加。那个时候，按照毛主席的工作习惯，中央书记处经常安排在晚间开会，考虑到李四光年事已高，下午3时前要午睡，晚间身体可能支持不了，所以特意定在下午3时后。总理为此还对时间安排特地作了说明。

中央书记处扩大会议按时召开，毛主席亲自主持。在与会人员到齐后，毛主席开宗明义地对两位科学家说，今天，我们这些人当小学生，就发展原子能有关问题，请你来上一课。李四光随即讲了铀矿资源勘察与发展原子能事业的密切关系，分析了中国有利于铀矿成矿的地质条件，并对中国的铀矿资源前景作了预测。接着，时任地质部党组书记、常务副部长的刘杰作了些补充，主要讲了在广西地区发现铀矿的经过，并向在场的领导展示了从广西采来的矿石标本。当听到用于测试放射性的盖革计数器测量该矿石发出"嘎嘎"的响声时，与会领导都感到十分欣喜和兴奋。在一阵惊叹和欢欣之后，钱三强讲了世界几个主要发达国家原子能发展的概况和我国近几年开展原子能科学研究，聚集、培养科学技术人才的情况。他特别谈到，在原子能科学技术方面，目前我们虽然还很落后，但是有党和国家的支持和强有力的领导，有苏联的援助，我们有决心和信心赶上去。

之后，毛主席请与会代表发表意见，大家一致赞同发展我国自己的原子能事业。最后，毛主席作了总结性讲话。他说，"我们的国家，现在已经知道有铀矿，进一步勘探一定会找出更多的铀矿来。解放以来，我们也训练了一些人，科学研究也有了一定的基础，创造了一定的条件。过去几年其他事情很多，还来不及抓这件事。这件事总是要抓的。现在到时候了，该抓了。只要排上日程，认真抓一下，一定可以搞起来。"毛主席看了看大家，问："你们看怎么样？"然后他又满怀信心地强调说："现在苏联对我们援助，我们一定要搞好！我们自己干，也一定能干好！我们只要有人，又有资源，什么奇迹都可以创造出来！"

会议开了3个多小时，结束时毛主席请大家到餐厅吃晚饭。上的是豆豉腊肉等6样湖南风味菜，荤素兼有；主食是大米饭加小米粥。毛主席平时不喝酒，那天格外高兴，准备了红葡萄酒。他特意站起来向大家举杯大声地说："为我国原子能事业的发展干杯！"席间，他询问李四光牙痛治好了没有，还同钱三强谈起了他父亲钱玄同的《新

毛泽东主席宴请钱三强（中）等科学家

学伪经考》序文，称赞钱玄同敢于批评老师章太炎。

　　一个开创我国原子能事业的战略决策就这样定了下来。当时抗美援朝战争刚刚结束，大规模经济建设刚刚开始，我国经济力量还十分薄弱，科学技术和工业基础还十分落后，在这样的历史背景下，毛泽东、周恩来等老一辈无产阶级革命家，高瞻远瞩，审时度势，以最大的魄力，毅然作出了创建我国原子能事业的战略决策，是很不容易的。历史证明，这个决策极其英明、正确。诚如1988年邓小平同志在谈到我国必须发展自己的高科技，在世界高科技领域占有一席之地时所特别指出的："如果60年代以来中国没有原子弹、氢弹，没有发射卫星，中国就不能叫有重要影响的大国，就没有现在这样的国际地位。"

8. 从皇城根、中关村到大石河畔

中国原子能科学院的发展历程是新中国核科学技术事业沧桑巨变的缩影，是中华民族当代科学精英科技报国的生动写照。

中国原子能科学院创建于 1950 年，由初期的中国科学院近代物理研究所，先后更名为中国科学院物理研究所、中国科学院原子能研究所、中国原子能科学研究院。从皇城根聚英才到中关村创业再到大石河映辉，原子能院一步一个脚印，为我国核科学技术的发展作出了重要贡献。

原子能院是新中国成立的第一批科研机构之一。1950 年 5 月 19 日，由政务院第 33 次政务会议批准成立。中国近代物理研究所所长为吴有训，副所长钱三强。1950 年 12 月 26 日，吴有训调任中国科学院副院长后，钱三强任所长，王淦昌、彭桓武任副所长。在周恩来总理的关怀下，钱三强四处奔波，延揽人才，为所里汇聚了一大批科技精英，被世人称为"满门忠烈"。

建院初期，近代物理研究所所址在北京东皇城根甲 42 号。在百

原子能院旧址（北京东皇城根甲 42 号）

废待兴的年代，近代物理所成为了分散在国内外我国核科学家的聚集中心，核事业如磁石般吸引着科技工作者，在此开创了从零开始的核科学研究工作。这期间，主要的工作是选定研究方向，聚集力量，创造条件，培养人才，让核科学技术在中国扎根，为我国核科学技术的发展奠定基础。

1950 年 5 月，中国科学院确定研究所组建方案之后，有些南方的研究所需迁进北京，在京各研究所也要扩充实验室和办公室，摆在当时科学院领导们面前最紧迫的一项任务，就是要在北京选择一个能有较大发展空间的科研基地。8 月 24 日，科学院决定由钱三强先行了解情况。几经勘察和比较，才确定以北京近郊中关村一带为新的院址。

1951 年 1 月 20 日，国务院文教委员会在中南海召开会议，中国科学院汇报 1951 年度工作计划时，明确提出优先考虑在北京修建近代物理所和地球物理所两座科研大楼。预算已定，急需落实建楼场地。经政务院批准划地，科学院决定首先在中关村保福寺北侧修建近代物理研究所大楼。1951 年 11 月初正式动工，于 1953 年底竣工。钱三强所长率领全所于 1954 年初从东皇城根迁址到中关村，成为中关村科学城中第一家研究机构。当时由于院名为中国科学院物理所，故该楼被称为"中关村物理楼"。1958 年，更名为"原子能研究所"，该楼亦随之而称"原子能楼"。

事业初建，开展科研工作的条件是极其困难的。国内没有现成的仪器设备及其相应的工业基础，西方国家又对我国实行封锁禁运。在这种情况下，第一代原子能人发扬"自力更生，艰苦奋斗"的精神，一切从零开始，自己动手研制仪器设备，建立各种核物理和放射化学的实验技术。在核物理、宇宙线、谱仪、加速器和核电子学、放射化学、理论核物理等方面皆取得了突破性的成就。

原子能所旧址（中关村物理大楼）

　　科学院当初之所以选址中关村，就是因为它靠近清华大学和北京大学，这样可以充分利用已有交通条件和电力条件，使建楼工程和日后科研工作得以迅速走上轨道。而更重要的是，科学院的发展需要借助大学的高级科研人才，大学培养人才也急需研究所的支持，地理上的接近，便于学术上的合作交流。

　　1955年1月，周恩来总理特别指示"责成科学院近代物理研究所帮助北京大学创办技术物理系，帮助清华大学创办工程物理系，学生从全国物理系三年级学生中择优选拔"。原子能楼是中关村科学城中第一座科学建筑物，作为科学城展翅冲霄的起飞点，在中关村科学城建设史上发挥着引领和示范的作用。原子能楼既是中关村科学城发端的标志，也是新中国核科学事业的摇篮。

　　1955年10月，经中央批准，选定在北京西南远郊坨里地区大石

中国原子能科学研究院全景合成图

河畔兴建一座原子能科学研究新基地。在建设过程中，得到党中央、国务院的关怀和各部委、省市的大力支持。从选址到土建、安装，从大量调集科技骨干到各类物资的供应、运输等，只要新基地需要，各方都给予支持和配合。建设工地上，从上到下，从施工、安装到使用各方面，大家心往一处想，劲往一处使，工程建设紧张、热烈、有序地进行。当基地建设进入全面施工阶段时，彭德怀、贺龙、聂荣臻和彭真都亲临现场指导工作。广大建设者为早日建成新基地，不怕严寒酷暑风吹雨淋，夜以继日地艰苦奋战，表现出高度的主人翁精神。从 1956 年 5 月破土动工，到 1958 年 7 月，仅仅用了两年多的时间，一座新的原子能科研基地在大石河畔的荒滩田野上奇迹般地屹立起来了。

　　1958 年 6 月，中国第一座重水反应堆和第一台回旋加速器在原

子能院坨里基地建成并正式运转。7月1日，经第二机械工业部和中国科学院决定，将中国科学院物理所改名为"中国科学院原子能研究所"。9月27日在工程现场举行了"一堆一器"隆重的移交典礼。它们的建成，标志着我国已经跨进了原子能时代。

1958年10月5日，党和国家领导人毛泽东、刘少奇、周恩来、朱德、陈云、邓小平、彭德怀等先后参观研究性重水反应堆模型展览。毛主席指出，你们科学工作者，一定要自力更生，艰苦奋斗，敢于走前人没有走过的道路。

从20世纪50年代末到70年代，原子能所人以身许国，无私奉献，奋发图强，努力拼搏，顶压力抗灾荒，猛攻科技难关，科研设施建设呈现出勃勃生机，取得了瞩目的成绩，为我国"两弹一艇"研制成功作出了重要贡献。

中国原子能科学研究所鸟瞰

1

2

6   7   8

1. 铀矿普查勘探
2. 地质队员在树皮房前研究铀矿勘探地图
3. 江西上饶铀矿
4. 甘肃酒泉原子能联合企业
5. 浙江衢州无轨凿岩车开采铀矿
6. 甘肃兰州铀浓缩厂
7. 创业初期"土法"炼铀
8. 我国第一座原地浸出采铀试验厂
9. 湖南郴县铀矿
10. 西北核武器研制基地

3   4   5

9   10

第二章　开拓奠基

1950 年 8 月 29 日，邓稼先（后排右二）在威尔逊总统号上与自美国洛杉矶同船回国的中国留学生合影

第二章　开拓奠基

为了圆我中华民族的复兴之梦，新中国成立后，一批在国外学有成就、甚至有相当知名度的科学家和青年学者，纷纷回国参加新中国的核科研事业。

"回国不需要理由，不回国才需要理由。"这是著名核物理学家彭桓武在回答挽留他的英国同仁时所说的话。

继中国的"居里夫妇"钱三强、何泽慧夫妇于解放前夕回到祖国的怀抱；1950 年 8 月，邓稼先在美国获得博士学位仅仅 9 天，便怀揣着一腔报国热情，谢绝恩师和同学好友的挽留，回到祖国的怀抱。两个月后，他就职中国科学院近代物理研究所，开始了科研工作。

同年，年仅 26 岁的青年科学家朱光亚，拒绝了国外优越的工作条件和优厚的物质待遇，辗转香港回国。回国前夕，他与 51 名留美同学联名发出了一封激情澎湃的《致全美中国留学生公开信》，召唤华夏游子回国圆梦。

为了核事业的全面启动和快速发展，宋任穷上将毛遂自荐搞核工业。

1958 年 5 月 31 日，中共中央总书记邓小平批准了第二机械部上报的"五厂三矿"选点方案。"五厂三矿"即衡阳铀水冶厂、包头核燃料元件厂、兰州铀浓缩厂、酒泉原子能联合企业、西北核武器研制基地，以及湖南郴县铀矿、衡阳大浦铀矿、江西上饶铀矿。

1958年，苏联援建的我国第一座重水反应堆和第一台回旋加速器正式建成，标志着我国开始跨进原子能时代。

一场举全国之力建设"两弹一艇"的伟业迅速拉开了序幕。淳朴、善良、率真的西北核武器研制基地人永远怀念着他们曾洒下热血与汗水的金银滩草原，永远忘不了青海湖里美味的湟鱼。

戈壁滩上，经受沧桑的建设者们，以"坚韧、自信、奉献"的骆驼草精神，默默地把自己的一切一点一点地献给了核工业，他们奉献了青春年华，奉献了子孙后代，却无怨无悔……

因为，他们为了一个共同的梦想。

9. 毛遂自荐搞核工业

> 要从军队里调个中央委员出来搞核工业，行伍出身的宋任穷上将向周总理毛遂自荐，就把我调出来吧，我对穿那一身上将制服不习惯。

1956 年 4 月，在一次会后，周恩来见到宋任穷，对他说，要从军队里调个中央委员出来加强核工业。宋任穷当时是中国人民解放军总干部部副部长，主管部队干部的任免、调动、考核等事宜。经过慎重的考虑，宋任穷决定自己承担这个任务。这是一个艰难的选择：他一方面希望自己能够投身于祖国的经济建设，亲手为社会主义大厦添砖加瓦；另一方面又与军队有着难以割舍的情愫。

宋任穷是参加过秋收起义的老战士，几十年南征北战，战功卓著。他随毛泽东上了井冈山，先后任红军连党代表，团、师政委；长征中任干部团政委；到陕北后任 28 军政委、军长；抗日战争时期任冀南军区司令员、平原分局代理书记；解放战争时期任晋冀鲁豫中央局组织部部长、豫皖苏分局书记兼华野副政委。1949 年后，任南京市委副书记、云南省委书记、西南局副书记。1955 年，被任命为解放军总干

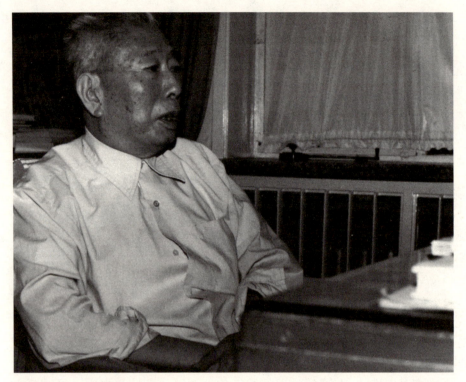

第二机械工业部前任老部长宋任穷

部部副部长。同年国庆前夕，被授予陆军上将军衔。

　　两天后，宋任穷再次见到周总理，毛遂自荐地说："就把我调出来吧。我对穿那一身上将制服不习惯。"

　　周恩来听了，高兴地说："你能来，当然是再好不过了。但是，你能出来吗？你那一摊子谁来接？"宋任穷说："部里还有人。"周恩来说："那好，但要请示主席。"不久，周恩来告诉宋任穷："主席有新的考虑，要成立原子能委员会。"

　　1956年11月，成立"原子能事业部"的建议提交人大常委会议正式通过，决定成立第三机械工业部（1958年2月改为第二机械工业部）主管原子能事业建设和发展，任命宋任穷为部长。能够肩负如此重担，宋任穷感到无上光荣，同时也感到责任重大。

1958 年的一天，宋任穷到北京 2102 厂调研。保卫干事贾振波冲进集训队学习小组的房门便喊："宋部长来啦！"话音刚落，宋任穷部长面带笑容进屋了。他说："同志们好！"集训队全组同志不约而同地站立欢迎。宋部长摆手说："快！快！都坐下。"小组长吴传发连忙叫小陈给宋部长搬把椅子。部长一把拽住小陈的手，亲切地说："谢谢！不用了。"随即坐在了床边。

宋部长问他们叫什么名字？什么地方人？集训队人员一一站起来回答。宋部长有力地按着他们的肩膀，让他们坐下，然后又一一询问。宋部长的务实作风给基层群众留下了深刻印象，也成为他们将青春献给核工业建设的精神动力。

1959 年，宋任穷来到甘肃酒泉原子能联合企业调研。那时，基地的几个重点工程项目即将全面铺开。建设者们到基地后住的是帐篷，吃的是干菜，饮用水是从 50 公里外运来的。洗脸后的水泡衣服，洗完衣服的水再和煤打坯，人们从不浪费一滴水。戈壁滩的环境极其恶劣，气候变幻莫测。当时流行着这样一首顺口溜："戈壁滩上有三宝，石子、黄羊、骆驼草。风卷沙，石子跑，大衣蒙上头，走路像摔倒。"就在这样的环境中，军用列车仍不断开进基地，一批接一批建设大军进驻基地……参战者来自祖国的四面八方，有专家、教授、技工，各行各业的建设大军汇集在一起，目标只有一个，那就是尽快建成一个强大的国防核基地。

戈壁滩的八月，秋意已浓。一场狂风整整刮了三天，厂区就餐的大灶食堂电源被风刮断，食堂断炊。在这种情况下，宋任穷部长亲临基地调研，并召开了万人大会。宋部长发表讲话，他讲了基地与社会主义祖国的关系，讲目前国防基地建设中面临的重重困难；讲毛主席、党中央如何关心国防建设。最后，他号召大家，要发扬艰苦奋斗的光荣传统，认清形势，顾全大局，要求小道理服从大道理，局部利益服从整体利益。

在宋部长讲话的同时，纸条纷纷向主席台传去。宋部长语重心长地说："同志们！我给大家念念这个条子，条子上写的是'你说的都是老一套，你别卖狗皮膏药了'，这个条子上没写姓名，如果有名字，我一定请他上台来讲一讲。但我可以告诉他，在某种意义上他说得不

1959年11月，宋任穷（前中）在新疆铀矿勘探519队24分队1号钻机前

错。跟着共产党干了几十年的革命，取得了革命的胜利，就是靠的这一套，靠卖这膏药换来了今天！"这时，现场掌声雷动，一片欢呼。

聆听宋任穷部长一席话，与会者无不为之振奋和感动。在散会的路上，人们议论、赞扬着……

宋部长的讲话在酒泉原子能联合企业影响很大。建设者与战友们一直将他的讲话铭记在心，时时激励自己奋进向上。

10. 这是关系命运的大事

当铀矿石摆在毛泽东主席的桌子上时，毛主席笑着对刘杰说，这是决定命运的。

1954 年 4 月，地质部部长李四光，党组书记、副部长刘杰以及何长工和宋应等领导经过认真研究，并征求了当时在地质部担任顾问的苏联专家组组长库索奇金的意见，决定成立普查委员会第二办公室，负责铀矿地质勘察工作。

办公室成立以后，组织技术队伍经过八个月的艰辛探测，10 月在广西富钟地区采集到了我国第一块铀矿石。当刘杰将这一情况向周总理报告以后，周总理立即转报了毛主席。刘杰带着铀矿石标本和探测仪器向毛主席作了汇报。毛主席作出了"很有希望，要找，一定会发现大量铀矿"的判断，并且坚定地表示："我们国家也要发展原子能。"毛主席还握着刘杰的手说："刘杰！这是关系命运的，要好好干哟！"

那一刻，主席的这句话，在刘杰心里重如泰山。从那时起，刘杰抱定"责任比天大"的信念，踏实而坚定地工作，带领着核工业人开

第二机械工业部部长刘杰

创了原子弹、氢弹、核潜艇等一系列的辉煌。

为早日实现首次核试验，刘杰亲自主持，由第二机械工业部机关与下属各有关厂矿院所共同研究、反复平衡制定了"两年规划"，并向中央专委呈报了《1963、1964年原子武器、工业建设、生产计划大纲》。

然而就在这时，计划局的一位工作人员由于不了解全面情况而写信上告，对两年规划提出质疑。由国防工办和国防科委组成联合工作组，对第二机械工业部"两年规划"的有关情况进行了全面检查，肯定两年规划的提出是有根据的，当然也存在明显的薄弱环节，但还没

刘杰（左二）与王淦昌院士

有出现什么不能解决的问题。1963 年 3 月 19 日和 21 日，在中央专委第四、第五两次会议上，周恩来总理听了汇报后说："有了规划就有了轨道，要有信心，能搞出来。"毛主席指示："要大力协同做好这项工作。"刘少奇同志也说："经过努力，即使推迟一些时间搞出来也是好的。"总之，我们要相信中国人民的智慧，原子弹一定能够搞出来。总理的讲话，肯定了"两年规划"和第二机械工业部的工作，使刘杰放下了思想负担，全力以赴狠抓"两年规划"的实施。

当时刘杰经常念叨的"地质矿山、二、四、六、五、八、九"这几个数字，实际就是要制成原子弹的八大环节。1963 年下半年，核燃料的前端，即地质矿山和二、四、六已经基本不成问题，问题的重点在于如何拿到浓缩铀和核部件，以及爆轰试验如何得到足够的中子。1963 年 8 月至 1964 年 3 月，半年内刘杰连续两次深入兰州铀浓缩厂、酒泉原子能联合企业和西北核武器研制基地检查指导工作，并与基层领导和科技人员一起讨论科研生产问题，作出了一系列重大技术决策。

1964 年 3 月，西北核武器研制基地工作有了决定性的进展。聚合爆轰出中子试验成功了，核装置引爆系统和结构部件设计已经完成，各项环境条件模拟试验也获得了令人满意的结果，一切都在为原子弹出厂进行国家试验做准备。

1964 年 9 月，首次核试验准备工作基本就绪，在中央专委会议上，有关试验时机的选择问题，提出了早试与晚试的两个方案，报请中央和毛主席决定。毛主席从战略上进行了分析，认为原子弹是吓人的，不一定用；既然是吓人的，就应当早响。周总理于 9 月 23 日召开中央专委小会全面部署了首次核试验的各项工作。其中，为了做好北京与核试验现场的联络工作，决定由第二机械工业部和国防科委联合组织一个临时工作机构，作为首次核试验的信息枢纽。

这个临时工作机构被命名为 177 办公室，由刘杰同志直接领导。9 月 25 日办公室成立，制定了严密的保密措施和纪律，当天便开始了紧张而有序的工作。刘杰夜以继日、关注前后方联络的一切信息，包括原子弹出厂起运、试验现场安装、吊到塔上插雷管、现场天气预报、往返请示确定起爆时间、爆后放射性微尘监测等等。在这关键时刻，刘杰始终保持了沉着、镇静和淡定的心态。

10 月 14 日，首次核试验的前两天，张爱萍、刘西尧发来电报，表示前方科技专家在研究试验万一不成的问题时，提出可能发生只是化学爆炸和由于铀 -238 自发裂变出中子而提早核爆的两种不正常爆炸情况。

周总理在午夜召见刘杰，听取他的意见。刘杰认为，仅仅发生炸

刘杰（右三）与苏联专家合影

药爆炸的可能性不大，因为多次聚焦爆轰试验都没有出过问题，表明我们对聚焦技术的掌握是好的。至于铀-238自发裂变出中子发生早爆问题，还需请专家再研究。

15日上午，刘杰找了当时在北京核武器研究所主持工作的理论物理学家周光召，周又找核物理学家黄祖洽、数学家秦元勋参加研究。他们经过精密计算，于当晚写出报告，认为："我国第一颗原子弹爆炸试验成功的可能性超过99％"。总理看到三位科学家的报告后，沉默一会儿又问刘杰："你现在考虑我们这次试验会有什么样的结果？"

刘杰深知总理此时的心情，沉着、镇静地回答："总理，我的估计有三种可能，第一是干脆利落，第二是拖泥带水，第三是完全失败。根据目前的情况来看，第一种可能性是最大的。"总理感到满意，但仍郑重地叮嘱刘杰："要做好以防万一的准备工作。"

1964年10月16日下午3时，我国第一颗原子弹爆炸试验成功了！试验现场来电话报告，张汉周主任可能由于紧张，话筒没有抓好，掉在桌上，刘杰上前一步，抓起话筒就与张爱萍对话，并对爆炸成功表示祝贺。

傍晚5时左右，毛泽东、周恩来、刘少奇、朱德等党和国家领导人在人民大会堂接见大型音乐舞蹈史诗《东方红》的3000余名演职人员，毛主席让周总理宣布了原子弹爆炸试验成功的消息，顿时全场欢声雷动。

当夜3时，刘杰从中南海回到177办公室，遵照总理指示，对搜集研究放射性微尘沉降与对环境污染和健康影响的问题作了安排后，回家走到机关大楼门口时，见到警卫战士向他敬礼，他停下脚步淡定地告诉警卫："我们的第一颗原子弹爆炸成功了！"

11. 一面飘扬在原子能科技战线的旗帜

钱三强说，如果我们选择了最能为人类福利而劳动的职业，我们就不会为它的重负所压倒，因为这是为全人类所做的牺牲。

1936 年，23 岁的钱三强毕业于清华大学物理系。次年他考取了中法教育基金委员会公费赴法国巴黎大学镭学研究所居里实验室的研究生，师从小居里夫妇。1939 年，钱三强与导师合作，参加铀和钍受中子打击后产生镧同位素 β 射线能谱的研究工作。

1940 年，钱三强在小居里夫妇指导下，完成了粒子同质子碰撞的研究工作，以此为题的博士论文获得通过，获得博士学位。1946 年，钱三强、何泽慧赴英国剑桥大学参加基本粒子会议，两位年轻的博士关于乳胶记录中子打击铀核的报告引起学界关注。钱三强回到巴黎，在小居里夫妇支持下，带领两位法国研究生和何泽慧一起，进行夜以继日的研究工作，终于从精确的统计数字中发现：在中子撞击铀原子核发生裂变时，每三百次出现一次这种新奇现象。

1946 年 12 月 9 日，经小居里夫妇推荐，钱三强领导的科研小组在法国科学院《通报》上公布了三分裂变的研究结果。1947 年 2 月，钱三强、何泽慧在美国《物理评论》上发表论文，第一次对三分裂和四分裂作出明确结论。这一为中华民族争得荣耀的划时代的研究成果，使人们对核分裂的认识向前推进了一大步，在国际物理学发展史上写下了极为光辉的一页。

为了表彰钱三强的科研成就，1946 年底法国科学院曾向他颁发了亨利•德巴微奖金。1947 年夏，法国国家科学研究中心在继 1944 年任命他为研究员后，又晋升他为研究导师。钱三强的勤奋、才智和严谨的科学态度赢得了小居里夫妇的好评与同伴们的钦佩。

第二年春天，钱三强找到中共驻欧洲的负责人刘宁一和孟雨同志，向他们表示了要回祖国的心愿。同时，钱三强又把自己要回国的打算告诉了两位导师。

1948 年春，钱三强回国前与小居里夫妇合影留念

钱三强和夫人何泽慧在讨论理论问题

听了学生想回国组建研究机构和参加教学的回答，小居里夫妇对钱三强很满意："很好！我要是你的话，也会作出这样的决定！"

回国前夕，钱三强的两位导师——小居里夫妇签署了一份评语。他们写道："……他对科学事业满腔热忱，并且聪慧有创见。我们可以不夸张地说，在那些到我们实验室来并由我们指导工作的同代人当中，他最为优秀……钱先生还是一位优秀的组织工作者，在精神、科学与技术方面，他具备研究机构领导者应有的各种品德。"

1948年5月，钱三强和何泽慧抱着刚满半岁的女儿祖玄，带着丰硕的科研成果和报效祖国的热忱，带着约里奥·居里夫妇的殷殷嘱托和难忘的记忆，返回 10 年来魂牵梦萦的祖国。

刚刚诞生的新中国，贫穷落后，无法给钱三强和何泽慧提供搞科研的好条件，但是，却给了他们报效祖国的大好机会。很快，中国科学院成立，钱三强和何泽慧受命筹建近代物理研究所。1950 年，新中国的原子能事业从零起步，钱三强任研究所的副所长，何泽慧任研究员。

"什么仪器也没有，必须得到街上旧货摊上去买东西，连一个钳子都要现买。"对于那段时间的回忆，何泽慧并不觉得艰苦："倒是挺有兴趣的，自己来解决问题。反正是难不倒我。"

当时研究所只有四五个人，什么设备也没有，钱三强和何泽慧一人骑一辆自行车，在北京的旧货摊、废品收购站到处串，寻找可用的材料，何泽慧绘图，钱三强动手制作，不久就制造出两台简易机床，用它们又制作出各种急需设备。到 1955 年，近代物理研究所已经初具规模，发展到 150 人，建立了新中国第一支核物理研究队伍。

1949 年 1 月 13 日，北平宣告和平解放。几天以后，钱三强接到了一个不寻常的通知：党组织决定让他参加新中国派出的第一个代表团，到法国巴黎出席世界和平大会。

屹立在世界东方的新中国为钱三强提供了广阔的舞台。钱三强说："我们这一代从事科学工作的人，多少年来，一腔热情渴望着为祖国的强盛而施展抱负。然而，只是到了新中国诞生，受到中国共产党的启发教育和信任，才真正实现了自己的夙愿。"

中华人民共和国诞生一个月后，钱三强参与创建的中国科学院成

1946年，钱三强在法国居里实验室

立了。钱三强被任命为中国科学院计划局副局长兼近代物理所副所长，所长是吴有训教授。不久，吴有训就任中国科学院副院长，近代物理所所长职务由钱三强接任。

一天，宋任穷部长对钱三强说："三强同志，你过去主要抓原子能所的工作，现在你要有一半时间坐在部里，在部里二楼原来苏联总顾问的办公室里，主要做出主意和选调技术人员提名方面的工作。"接着他意味深长地说："你把名点出来，配备了人员，我到东北去也就放心了。"

从此，钱三强搬到了苏联专家总顾问的办公室。以前，他每周5天在原子能研究所，1天在第二机械工业部；现在，这个时间安排倒了过来，每周5天在第二机械工业部上班，1天回原子能研究所处理工作。这是钱三强最繁忙、心情也最舒畅的日子。他说："曾经以为是艰难困苦的关头，却成了中国人干得最欢、最带劲、最舒坦的黄金时代。"

身为第二机械工业部副部长兼中国科学院副秘书长和原子能研究

所所长的钱三强，承担着各相关技术协作项目的具体组织领导工作。他说："前面有道道难关，而只要有一道攻克不下，千军万马都会搁浅。真是这样的话，造成的经济损失且不说，中华民族的自立精神将再一次受到莫大创伤。但是，历史的进步客观存在。中国已经改朝换代，尊严和骨气再也不是埋在地层深处的矿物！"

在钱三强的推荐下，邓稼先最先投身于原子弹研制事业；苏联单方面撕毁新技术协定后，钱三强推荐了朱光亚到核武器研究所，协助李觉所长负责科技组织协调工作。

1949 年冬的一天，浙江大学物理系主任王淦昌，收到了一封来自北京的信。信的内容是邀请他到中国科学院近代物理研究所从事核物理学方面的研究工作。发信人署名：钱三强。1950 年 4 月，两位

1959 年，钱三强在重水反应堆控制室指导工作

"两弹一星"功勋钱三强

核物理学家——王淦昌和钱三强的手紧紧地握在了一起。

在给王淦昌写信的同时，钱三强来到清华园彭桓武教授的住地，动员他到近代物理所专职从事科学研究工作。

与此同时，在苏联莫斯科杜布纳联合核子研究所学习的何祚庥、周光召、吕敏，也在钱三强的协调和帮助下顺利回国，投身国家的核工业事业中去……

在钱三强的组织领导下，一大批科学家在近代物理研究所聚集，他们中有实验核物理学家、宇宙线和加速器专家赵忠尧、肖健、杨澄中、陈奕爱、戴传曾、梅镇岳、张文裕、汪德昭、谢家麟、李整武、郑林生、丁渝、张家骅；理论物理学家邓稼先、胡宁、朱洪元、金星南、王承书；放射化学与理论化学家杨承宗、郭挺章、肖伦、冯锡璋；计算机和真空器件专家夏培肃、范新弼；这批科学家和已在所内的科学家王淦昌、彭桓武、何泽慧等，均是我国核科学各个领域的带头人。研究所还从高等院校、科研单位调入了一批专业对口或专业相近的科技人员，他们是金建中、李寿楠、忻贤杰、黄祖洽、陆祖荫、于敏、叶铭汉、徐建铭、何祚庥、胡仁宇、唐孝威等。

到 1955 年，近代物理研究所已从原来的十几人，增加到 100 多人。在聚集人才的基础上，钱三强又根据周恩来总理的批示和事业发展的需要，有计划地抓人才培养，协助北京大学、中国科技大学先后办起了技术物理系、原子核物理系和放射化学系，支持清华大学创办了工程物理系，为我国核科学和核工业的崛起，造就了一批批后备军队伍。

1962 年，在全国科学技术工作会议上，钱三强介绍了有关科技攻关情况后，激动地宣布："我国原子弹的总体设计已经开始走上了轨道！我国将在预定的时间里爆炸第一颗原子弹！"

在钱三强的领导和精心组织下，只用了 5 年时间，原子能研究所就在许多领域取得了重要成果，造就了一批人才，为原子能事业的发展奠定了良好的基础。

12. 我愿以身许国

　　王淦昌十七年的悄无声息和无影无踪，是作为伟大的爱国者和忠诚的科学家用自己的生命来实现的诺言。

　　1961 年 4 月的一天，刚从苏联回国的王淦昌，正在北京西南郊的原子能研究所着手准备建造加速器，突然接到第二机械工业部的通知，部长刘杰约他见面："有要事相商。"

　　他有些纳闷，百思不得其解："刘杰是二机部的领导，这么急着约我见面，会是什么事情呢？"王淦昌边想着，边从北京西南郊赶往城区的三里河。

　　第二机械工业部部长办公室内，刘杰正用信任的目光看着这位享誉海内外的物理学家。

　　事实上，一年多以前，王淦昌在苏联杜布纳联合原子核研究所从 4 万张底片中发现了反西格玛负超子，轰动了国际物理学界。这个发现对证实反粒子存在的普遍性提供了有力证据，填补了微观体系中的一个空白。多年后，物理学家杨振宁说："杜布纳这台加速器上所做的唯一值得称道的工作，就是王淦昌及其小组对反西格玛负超子的发现，全世界的物理学家都知道。"这项科研成果使王淦昌获得了国家自然科学奖一等奖。

寒暄过后，刘杰说："今天请你来，是想请你做一件重要的事情。"他平静的语气中透出几分严肃："参与领导研制战略核武器——原子弹！"

其实刘杰也不舍

"两弹一星"功勋王淦昌

得让眼前这位世界级物理学大师去造原子弹，然而，苏联突然单方面撕毁协议，撤走专家，妄想让中国的原子弹研制计划夭折。想到这，部长的表情严峻起来，他走到王淦昌面前，气愤地告诉这位刚从苏联回来的科学家说："有人卡我们，说我们离开他们的援助，10年、20年也休想造出原子弹！"

王淦昌静静地听着，期待着部长的进一步指示。

这时，刘杰亲切地靠近他，加重语气说："我们一定要造出自己的争气弹！"

王淦昌迎着部长刘杰的目光，铿锵有力地回答："我愿以身许国！"如此简单的一句话，道出了科学家诚挚的报国心。王淦昌也正是身体力行地用心血和生命验证了这句话的意义。

刘杰和王淦昌商量说："你现在在国际上名声很大，而这项新的工作，因涉及国家安危，必须严格保密。隐姓埋名，断绝一切海外关系，你要有心理准备。"王淦昌毫不犹豫地表示："可以做到。"

从此以后，王淦昌的名字在国际物理学界消失了，而在中国核武器研究队伍中，多了一位名叫"王京"的领导者和学术带头人。他年过半百、默默无闻，面对艰苦的环境和劳累的工作，总是精神抖擞、

王淦昌院士（中）在实验室指导学生

王淦昌院士（左二）与科技人员研究问题

热情洋溢。

　　王淦昌负责的是核部件的试验。早期的爆轰试验是在长城脚下进行的。王淦昌多次亲临爆轰试验现场指挥，一年之内竟在野外进行了上千次实验元件的爆轰试验。王淦昌和其他科技专家们一起，冒着弥漫的风沙做爆轰物理试验，他们爬过长城脚下崎岖的山路、住过古烽火台前简陋的营寨。王淦昌亲自带领年轻的科技工作者，天天与炸药

王淦昌（右）与苏联专家

雷管打交道。风沙弥漫，常常是没做完试验，人就和风沙、汗水黏在一起，变成了土人或者泥人。在爆轰试验、固体炸药工艺研究、新型炸药研制，以及射线测试和脉冲中子测试等方面，王淦昌指导解决了一系列难题。当时正是三年困难时期，不仅试验条件简陋，物质生活也很艰苦，过分的辛苦使他们中的许多人都得了浮肿病。

一年以后，年近花甲的王淦昌又带领一大批无名英雄来到人迹罕至的青海高原进行缩小比例的聚合爆轰试验和点火装置测试。在海拔3200米的高原上，常年缺氧，呼吸困难，吃不好饭，睡不好觉，王淦昌仍和年轻人一样夜以继日地工作。他对每项技术、每个数据都严格把关，一丝不苟。起爆的结果令人鼓舞，得到了理想的爆轰波，点火装置一次点火成功。

1964年9月，王淦昌来到戈壁沙漠，不分昼夜地进行试爆前的准备工作，在原子弹被吊上102米高的铁塔以后，他又坐着吊车上到摇摇晃晃的铁塔上，亲自对装置逐项进行严格的检查和验收。当原子弹爆炸的蘑菇云冉冉升起的那一刻，所有人都激动不已、欢呼雀跃，作为核试验总指挥的张爱萍将军慎重起见，问坐在身边的王淦昌："是不是真的核爆炸？"王淦昌肯定地回答："是核爆炸，现在已经看到了逐渐形成的蘑菇云。"张爱萍这才向周总理作了核爆炸成功肯定的报告。

王淦昌和成千上万的科技人员一起，在核武器研制试验基地从事秘密工作，连家人也不能告诉。回不了家，只能以家书表达对家人的惦记。王淦昌的儿子王德基回忆说："那时我不知道为什么爸爸常不回家，只看到信箱里爸爸寄来的信，我问妈妈，爸爸哪去了？问烦了，妈妈就说我：'你爸爸就住在那个信箱里。'因此，我常常跑到信箱那儿偷偷地看，不知道爸爸怎么住在那么小的绿色箱子里……"

在原子弹、氢弹试爆之后，王淦昌又在技术上成功地领导我国前三次地下核试验。有一次，核试验基地的山洞出问题了，王淦昌匆匆赶到现场，侧耳听到探测器发出"啪啪"的响声，忙问："怎么回事？"无人回答。王淦昌戴上防护口罩，进洞内认真检查，终于发现了氡气。这时已近中午，因为氡气对人体是有害的，王淦昌督促战士们到洞外吃饭，还叮嘱技术人员："防护口罩，要一次一换。"但王淦昌一忙起来，就不顾自己了。别人劝他少待在洞里，他却说："我年纪大了，没关系，你们年轻人要注意。"在场的人被感动得流下泪来。王淦昌经常对大家说：一个真正的科技工作者，永远不应该逃避责任和危险境遇。为了祖国核科技的研发，要用全部心血甚至生命来争取时间抢速度，圆满完成任务。"

作为"两弹一星"功勋的王淦昌，就是这样以自己的实际行动履行"以身许国"的誓言，他的故事，却在漫长的 17 年间无人知晓。

13. 回国不需要理由

　　彭桓武说，集体、集集体，日新、日日新。刚开始没有谁懂得原子弹、氢弹，是靠集体智慧，集体攻关，集思广益，才攻破了一个又一个难关。

　　在物理学界的"江湖"中，彭桓武成名极早。他天资聪颖，15岁便考入清华大学物理系，不到 20 岁又进入清华研究院深造，曾与王竹溪、林家翘、杨振宁一起被称为"清华四杰"。 1938 年，彭桓武又远赴海外，在人杰地灵的爱丁堡，成为当代理论物理学大师波恩的第一个中国弟子，与"原子反应堆之父"费米、"原子弹之父"奥本海默等科学界的精英师出同门。在波恩门下，彭先生广泛研究了晶格动力学、分子运动论，涉足场论、固体物理等多个领域，先是获得了哲学博士学位，并与海特勒、汉密特在都柏林高级研究院对宇宙线现象作了较系统的解释，创造了以三人姓名首字母命名的 HHP 理论。随后，彭桓武又回到爱丁堡大学，独立开展研究，于1945 年又获得了科学博士学位。同年，他以量子力学与统计力学的一系列探索性工作，与波恩共获爱尔兰皇家学会的麦克杜格尔·布

（从左至右）彭桓武、周光召、宋任穷在一起

里斯班奖。并应邀出席了在剑桥大学召开的战后第一次基本粒子会议，在科学界拥有了自己的位置。

才华横溢的彭桓武在海外同人眼中因其自然洒脱而广受欢迎。海特勒后来在回忆都柏林高级研究院生活时说："同事中最受热爱的一个是中国人彭桓武"，"经常的兴致结合着非凡的天才，使他成为同事中最有价值的一个。"彭桓武也曾用"浪漫鲲鹏庄子梦，芬芳兰蕙屈原风"的诗句浪漫地描绘出内心对自然洒脱的向往。

然而，在报效祖国之时，彭恒武却是拳拳赤子，豪情尽显。在海外，他心中一直渴望着回到阔别多年的祖国。第二次世界大战一结束，他便和在法国的钱三强相约，回国后联合志同道合的人干一场，让祖国借助原子时代的科学技术强盛起来。当时，回国的船票很紧张，凑巧彭桓武一个同学正在英军服务，于是他走英国海军的"后门"，于1947年底搭英国海军军舰踏上回国路。1948年，当爱尔兰皇家学会选他为会员时，彭桓武已经在云南大学执教了。

彭桓武认为："回国不需要理由，不回国才要理由，这是很自然的事情，学成归国嘛！"平静的语言显出豪迈的情怀，淡然与豪情在彭桓武身上得到了完美的统一。

1949年，彭桓武来到已经解放的北京，在叶企荪教授家里，他和钱三强重逢了。钱三强兴致勃勃地告诉彭桓武："中央准备成立一个人民的科学院，如果我的意见被采纳，就能成立一个近代物理所。"

"这回，咱们可以干起来了！"彭桓武跃跃欲试。

彭桓武和钱三强商定，先从教育开始，解决物理学人才匮乏的问题。他回到母校清华大学，在国内第一次开设了正规的量子力学课程。1960年的夏天，苏联突然背信弃义，撕毁协议，撤走专家，致使我国的核武器研究陷入停滞。紧要关头，彭桓武毅然放弃已经熟悉的领域，走进核武器这个神秘的领域，全身心地投入到我国核武器的理论攻关中。回顾当年的心情，彭桓武坦然地说"这件事情总要有人来做，国家需要我，我就来了。"自然与豪情在他身上的统一悄然再现。

在核研究领域，彭桓武先生的传说颇多，他的道德文章堪称一流，数学计算从来不需要助手。他是诗社的活跃分子，同行尊称其为"彭公"，被誉为"影响了整整一代理论物理学家的宗师"。

当初，彭桓武和王淦昌、郭永怀三位国内一流的科学家临危受命，三天内到第二机械工业部核武器研究所紧急报到后不久，周总理在中南海西花厅亲切接见了他们。总理问："彭桓武，你过去见过原子弹吗？"

"谁见过那玩意儿呀！"彭桓武用地道的东北话老实地答道。

"你以前懂不懂原子弹？"

"谁懂那玩意儿呀！"

"彭桓武呀，这可是严肃的政治任务呀！"

总理提醒彭桓武，也许是因为看到他的回答比较随意，其实在这随意的后面彭桓武早已作出扎实的准备和辛苦的付出。朱光亚曾说过："彭桓武没调来之前就开始出主意了，那时，我们经常到原子能所去找他请教……"

许多年后，当中国第一颗原子弹、氢弹在西北大漠震撼世界的时候，功勋卓著的彭桓武仍对总理的话记忆犹新："我一直没有忘记那句话：'这可是严肃的政治任务呀！'"

在核武器研究中，彭桓武负责的每项工作几乎都是开创性的。由于国外严格保密，核武器研究中许多重要的物理现象、规律以及计算方法都要依靠我们自己研究掌握。其细琐和艰难非常人可以想象。

彭桓武建议核武器理论的攻关者们每个星期一的上午召开专题研

彭桓武与黄祖洽、何泽慧

讨会。卓有成就的著名科学家和初出校门的后辈聚在一起，对难题"会诊"，各抒己见。他的淡然风格营造出积极的学术氛围，这里没有年龄与资历的差别，只有对科学真理的平等探讨。会议室的黑板上，是大伙儿疾思走笔的场所，一个个公式写上去又被擦掉，一个个计算结果得出后又被否定，谁有道理就听谁的。

　　洒脱自然的彭桓武从不以大科学家自居，始终平等待人，实事求是地研究问题，不懂就问。他一直认为，研制原子弹离不开集体的智慧和力量。他特别器重和喜爱年轻人，深知他们为计算每一个参数要

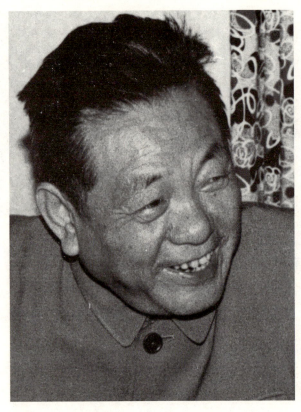

"两弹一星"功勋彭桓武

付出多么大的努力。当发现年轻人在某些方面考虑不周时，他就提出自己的看法。他有时在黑板前，写出一大串计算公式，启发年轻人的思路。他热情鼓励年轻人谈出自己的看法，并从不同的意见中发现有价值的东西。他运用强有力的理论手段把复杂的方程组予以简化，完成了原子弹反应过程的粗估计算，科学地划分了反应过程的各个阶段，提出了决定各反应过程特性的主要物理量，为掌握原子弹反应的基本规律与物理图像起了重要的作用。

当时，虽然国家把仅有的科学院自制的电子计算机尽量保证让他们使用，但计算尺和手摇计算机仍是"常规武器"。如此简陋的条件下，难题被一个又一个地解开了。"穷人有穷人的办法，想了些窍门"，"整个过程中，数学计算没拖实验的后腿。"看似简单的话语，又寓多少豪情于其中啊！

1963年3月，我国第一颗原子弹的理论方案宣告诞生。

　　彭桓武主持的核武器理论设计也在后来获得国家自然科学奖一等奖。按照国家规定，这项一等奖的唯一的一枚金质奖章应授予名单中的第一位获奖者。当所长给彭桓武送去这枚奖章时，他却执意推辞：

　　"这是集体的功勋，不应由我一人独享。"

　　"不，彭公，这是国家的规定，请您一定要收下。"

　　略为思索之后，彭桓武接过了奖章："好，既然这么说，我就先收下，"但是他接着说，"现在这枚奖章已经归我所有了，我就有权来处理它，请您带回去，就放在研究所，送给所有为这项事业贡献过力量的人们吧！"

　　说着，彭桓武提起笔来，顺手撕下一张日历，写下这么两句话："集体、集集体，日新、日日新。"

　　有人曾问起这件事，彭桓武说道："我不是谦虚，是事实，我们的核武器完全是集体智慧的结晶。刚开始，没有谁懂得原子弹、氢弹，是靠集体智慧，集体攻关，集思广益，我们才攻破了一个又一个难关……"

14. 与警卫员抱着公文包殉职

作为新中国的一个普通科技工作者，特别是作为一名共产党员，郭永怀只是希望自己的祖国早一天强大起来，永远不再受人欺侮。

郭永怀是和王淦昌、彭桓武一起来到核武器研究所的。提起这位科学家，人们都称他有一颗金子般的赤子之心。

1968 年 12 月 4 日，郭永怀在青海基地为我国第一颗导弹热核武器的发射做试验前的准备工作，在试验中发现了一个重要线索。他要急着坐飞机赶回北京，可谁会想到，这竟是郭老与试验基地的永别。

5 日凌晨，飞机在首都机场上空徐徐降落。在离地面 400 多米的时候，飞机突然失去了平衡，偏离降落的跑道，歪歪斜斜地向 1 公里以外的玉米地里一头扎了下去。凶猛的火焰冲天窜起……

郭永怀的遗体被发现时，他身上的衣服已被烧焦大半。他和警卫员牟方东紧紧地拥抱在一起，当人们费力地将他俩分开时，才发现郭永怀的那只装有核武器资料的公文包安然无恙地夹在他们胸前。

中央领导震惊了，整个科技界震惊了！人们为这位惨遭不测的伟大科学家仰天顿足，扼腕垂泪！

钱学森十分沉痛地说："一个生命，有智慧的人，一位世界知名的力学家离开了我们，生和死，就那么十秒钟！"

战友们并没有辜负郭永怀的遗志，郭老牺牲后的第 22 天，我国第一颗热核导弹试验成功！

郭永怀烈士的妻子李佩教授回忆说，在国外的 16 年，郭永怀每天都在思念祖国，他常说作为一个中国人，最大的希望就是

"两弹一星"功勋郭永怀

我们这样一个大国早日实现现代化，早日建设成繁荣富强的社会主义国家。"如果郭永怀活着，他一定会为今天祖国的强大高兴的。"

早在 1940 年 1 月，郭永怀和同学们到上海集合，乘船去加拿大留学。刚上船就有消息传出，他们将在日本横滨停船三日登岸"观光"，

郭永怀与苏联专家交谈

并接受日本政府的签证。面对这种羞辱，郭永怀和同学们无比愤慨，郭永怀说："我宁愿不出国，也不能丢掉中国人的骨气！"同学们一致决定，一不登岸观光，二不接受敌国的签证。尽管中英庚款基金会的英国董事威胁要取消他们的留学资格，22名同学仍义无反顾地集体携带行李下船，毅然返回了昆明。

　　同年8月，他们第三次在上海集合，乘坐苏联皇后号邮轮再度出发。经过28天的海上颠簸，来到了加拿大的多伦多大学，成了该校第一批来自中国攻读研究生学位的留学生。从此，郭永怀开始了他长达 16 年的海外求学生涯。

在多伦多大学，郭永怀以非凡的才智和勤奋，仅用半年时间就获得硕士学位。1941 年 5 月，郭永怀来到了当时著名的美国加州理工学院古根海姆航空实验室，在航空大师冯·卡门教授的指导下开展研究工作。经过 4 年艰苦探索，郭永怀完成了有关跨声速流不连续解的出色论文，获得了博士学位。

当时，人类虽已实现了飞行的梦想，但飞机的飞行速度并不理想，声障是提高飞机飞行速度的难关。郭永怀和钱学森合作拼搏，拿出了震惊世界的重要数论论文，首次提出了上临界马赫数概念，并得到了实验证实，为解决跨声速飞行奠定了坚实的理论基础。

1945 年，郭永怀为解决跨声速气体动力学的难题，探索开创了一种计算简便、实用性强的数学方法——奇异摄动理论。这一理论在许多学科中得到广泛应用，郭永怀因此闻名世界。他突出的学术成就，引起了美国方面的高度关注。

1946 年，美国康奈尔大学聘请郭永怀到该院任教。郭永怀一进校门，就向校方声明："我来贵校是暂时的，将来在适当的时候就要离开。"为此，校方不让他从事机密工作。但技术难题，又不得不请郭永怀处理。他们便要郭永怀填一张表格，在"如果发生战争，是否愿意为美国服兵役？"一栏中，郭永怀填"不"，主动放弃了查阅秘密资料的权利。

新中国诞生前夕，郭永怀在康奈尔大学参加了中国留学生的进步组织——留美中国科学工作者协会。大家谈论最多的是中国的前途和命运。当然，还有一个非常秘密的话题，那就是在什么时候、通过什么途径，把所学到的科学知识贡献给自己的祖国。

1955 年 8 月，朝鲜停战协定签订后，日内瓦中美大使级会谈开始。不久，美国政府取消了禁止中国学者出境的禁令，周培源、钱伟长、钱学森相继回到祖国，这让郭永怀的回国之心更加迫切。

许多美国朋友、包括已经加入美籍的华人朋友劝他留下。郭永怀说："家穷国贫，只能说明当儿子的无能！我自认为，作为一个中国人，有责任回到祖国，和人民一道共同建设我们美丽的国家。"

当时，美国当局对中国留学人员进行填表摸底，以这种方式进行威胁。郭永怀在摸底表格上坚定地回答："中国是我的祖国，我想走的时候就要走。"他请律师向美国移民局交涉，据理力争。美国政府迫于舆论压力，不得不同意郭永怀回国。

1956 年 9 月 30 日，郭永怀等归国科学家克服重重困难进入罗湖边防站，踏上了祖国大陆的土地。周恩来总理在中南海接见了郭永怀，问他有什么要求，郭永怀说："我想尽快开始工作！"

1959 年 6 月，苏联单方面撕毁协定和合同，停止供应一切技术设备和资料，给我国刚刚起步的核工业带来了意想不到的困难。郭永怀临危受命，担任九院副院长。当时九院的首要任务就是在一无图纸、二无资料的情况下，迅速掌握原子弹的构造原理，开展原子弹的理论探索和研制工作。

为了加快核武器的研制步伐，1963 年，中央决定将集中在北京的专业科研队伍，陆续迁往青海新建的核武器研制基地。

研制基地位于海拔 3200 多米的高原地区，气候变化无常，冬季寒气逼人，经常飞沙走石，最低温度零下 40 多摄氏度。一年中有

郭永怀（左三）等在核试验场罗布泊考察地形

八九个月要穿棉衣。试验现场寂寞荒凉，寸草不生……

高原作业，加上要抢时间争速度，由于缺氧所造成的头晕、胸闷、心悸、厌食，再加上营养跟不上，不少科研人员都出现了不同程度的高原浮肿反应。而由于工作原因，郭永怀必须经常奔波于北京和青海之间，更加重了高原反应复发的频率。

研究试验工作异常繁忙，郭永怀每天一大早便赶到现场，了解工作进展情况，一旦发现问题便及时研究处理。在即将进入正式试验阶段的日子里，郭永怀每天都要工作十几个小时，有时更是通宵达旦，就连吃饭也是大家席地而坐边研究边吃。

1964年10月16日下午3时，在西北高原浩瀚的沙漠上，一声巨响，中国的第一颗原子弹爆炸了！当蘑菇状怒云扶摇升腾之时，郭永怀和他的战友们无不满含热泪欢呼雀跃！

原子弹的试爆成功，党中央的鼓舞激励，使郭永怀和他的战友们士气大振，紧接着，他们又投入了新一轮战斗……

1966年10月27日，我国第一颗装有核弹头的地地导弹飞行爆炸成功！

1967年6月17日，我国第一颗氢弹空爆试验成功……

昔日洒下的辛勤汗水，终于变成了累累硕果。

从原子弹到氢弹装置再到核航弹、导弹核武器，在致力于我国核武器发展的8年多时间里，郭永怀不知倾注了多少心血和汗水！然而，郭永怀谈及这些，经常挂在嘴边的却是这样的话："作为新中国的一个普通科技工作者，特别是作为一名共产党员，我只是希望自己的祖国早一天强大起来，永远不再受人欺侮。"

15. 一位被称为元勋的人

邓稼先告诉夫人许鹿希，做好了这件事，我的一生就会很有意义。就是为它死了，也是值得的。

有人说，中国的原子弹之父，不是一个科学家，而是一个卓越的科学家群体：朱光亚、彭桓武、王淦昌、郭永怀、程开甲、邓稼先、陈能宽、周光召……尽管在核物理各个领域各有建树，但相同的是，他们都是中国核武器的奠基人和开拓者，为打破西方和苏联的核讹诈，隐姓埋名，以身报国。

相同的底色，不同的精彩，在诺贝尔物理学奖获得者杨振宁先生看来，邓稼先或许更有着别样的色彩。

杨振宁在纪念文章《邓稼先》中，把邓稼先和美国的原子弹之父奥本海默相提并论。他说："我以为邓稼先如果是美国人，不可能成功地领导美国原子弹工程；奥本海默如果是中国人，也不可能成功地领导中国原子弹工程。"奥本海默是一个拔尖的锋芒毕露的人物，而邓稼先则完全相反，他最不喜欢引人注目，他的从不骄人的气质和品格，恰巧使得他能够团结和融洽中国科学家和许许多多阶层的工作者，创造中国核武器事业的奇迹。人们知道他没有私心，人们绝对相信他。

正是因为没有私心，所以邓稼先的一生，是"有方向、有意识地前进的。没有彷徨，没有矛盾"。

在夫人许鹿希看来，1958年的一天，国家要"放一个大炮仗"的决定，改变了邓稼先的人生轨迹。许鹿希说，1950年（稼先）从美国留学回国后，我们恋爱、结婚、生子，过着平静幸福的生活。1958年，这样的生活突然中断了。

1958年春天，第二机械工业部副部长钱三强找到邓稼先，开门见山地说："国家要放一个大炮仗，我们认为，让你加入到这项重要的工作中来，是合适的选择。工作的保密性很强，一旦涉足进来，就意味着你今后要隐姓埋名。你的一切学术成就，也许永远都不会公开。也不能让你的家属知道你的工作性质和内容。"邓稼先很快就明白这个"大炮仗"是什么，但如何和妻子解释，却让邓稼先十分为难。因为，这是一项无法解释的工作，连理由都给不出，邓稼先只能对妻子说，"做好这件事，我的一生就会很有意义，甚至可以说是为它死了，也是值得的。我这样说，你能理解吗？"

新成立的中国政权面临西方大国的核讹诈。1955年，美国国会正式通过授权，总统可以对中国使用核武器。根据这一授权，美国军方研究制定了用原子弹攻击中国东南沿海地区的多种方案。而美国之所以敢如此嚣张，正是因为中国没有原子弹，没有与之抗衡的力量。1957年，赫鲁晓夫为了争取中国的支持，才在尖端武器技术的转让上有所松动，并与中国签订了《中苏国防新技术协定》，主要内容包括：

"两弹一星"功勋邓稼先

邓稼先（左）与原第二机械工业部副部长
赵敬璞冲向核试验场前合影

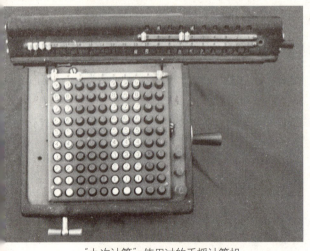

"九次计算"使用过的手摇计算机

苏联向中国提供原子弹的教学模型和图纸技术资料；苏联同意向中国提供包括原子弹、导弹在内的部分尖端武器的制造技术；苏联派有关专家来华帮助开展研制工作。

在参照苏联专家的方案图长达一年之久，邓稼先才发现所谓的苏联承诺，不过是"皇帝的新装"。教学模型迟迟不见踪影，图纸技术资料残缺不齐，专家逐渐以各种理由回国休养。而这一切，终于在苏联单方面撕毁《中苏国防新技术协定》后，变成了一个中国人必须要自己独自面对完成的时代命题。

用一年的等待，中国人明白：任何尖端武器都是国家的最高秘密。没有任何参考和借鉴，事实证明，谁也靠不住。唯一靠得住的，是我们自己的脑袋。

中国搞原子弹，第二机械工业部是龙头，第二机械工业部的龙头在核武器研究院，研究院的龙头在理论部。作为理论部的主任，邓稼先的作用十分关键。他面临的是，无数的技术难题要去攻克，中国人

1965 年 10 月钱学森、邓稼先、朱光亚（从左至右）在天安门国庆观礼台上合影

必须自己拿出原子弹设计的理论方案。经过反复摸索，邓稼先选定中子物理、流体力学和高温高压下的物理性质这三个方面作为研制我国第一颗原子弹的主攻方向，这是邓稼先为我国原子弹理论设计工作作出的最重要贡献。

在原子弹总体力学的计算中，有个参数对探索原子弹的原理有着重要作用，但他们的计算结果与一般概念相比，误差竟达一倍以上。

问题究竟在哪里？他们已经是第四次重复计算了。每计算一次不知要付出多么复杂而艰辛的劳动。

那单调、机械的动作，每个人都要重复千万次。此外，还要把得出的数据画在比桌子还大的图表上，一次要填空几万个。由于工作量大，忙碌的时候，需要三班轮换着计算、画图、分析，昼夜不停地工作。第五次计算、第六次计算……每一次计算，他们都加进一些新的因素。

在第九次计算结束不久，周光召从国外回来了。他仔细看了第九次计算后的一沓厚厚的手稿，觉得他们的计算是可挑剔的。问题是需要有个科学的论证，才能使人信服。周光召与周毓麟等研究人员，经在中国科学院计算技术研究所的 104 电子计算机上进行计算，其结果和特征线计算结果完全相符。谜底终于解开，难关攻破了，邓稼先和理论部年轻的科研人员，为自己正确的计算结果得到科学论证而欢欣鼓舞。

后来，著名数学家华罗庚赞叹："九次大运算是集世界数学难题之大成。"

1964 年 10 月 16 日，中国爆炸了第一颗原子弹。

1967 年 6 月 17 日，中国爆炸了第一颗氢弹。

之后，邓稼先继续在罗布泊和九院之间，进行有关核武器的研究与试验。长年累月积劳成疾，邓稼先的身体每况愈下，直至癌细胞侵入骨髓。直到 1984 年，邓稼先亲自指挥完一次重要的试验后，才不得已离开工作岗位。

"鞠躬尽瘁、死而后已"，邓稼先用一生诠释了中国知识分子的情怀与品质，被授予"两弹一星"功勋奖章。而张爱萍将军亲笔题词，称"两弹元勋邓稼先"，邓稼先当之无愧。

16. 火一样的爱国激情

朱光亚说，他一辈子主要就做了一件事。在苍穹之上，那颗被命名为"朱光亚星"的小行星熠熠生辉并将永远放射出璀璨的光亮。

1950 年 3 月，新中国刚刚成立，满目疮痍，百废待兴，急需人才建设国家。朱光亚，这位年仅 26 岁的留美博士、青年科学家，面对共和国的召唤，激情难抑，他牵头组织 51 名留美同学联名发表"给留美同学的一封公开信"，宣传爱国思想，动员回国工作。

朱光亚在 "给留美同学的一封公开信"中诚挚地说："同学们，是我们回国参加祖国建设工作的时候了。祖国的建设急迫地需要我们！……我们都是靠千千万万终日劳动的中国工农大众的血汗供养长大的。现在他们渴望我们，我们还不该赶快回去，把自己的一技之长，献给祖国的人民吗？是的，我们该赶快回去了。同学们，祖国在召唤我们了，我们还犹豫什么？彷徨什么？我们已经站起来了，回去吧，赶快回去吧！祖国在迫切地等待我们！"

这封激情洋溢的信发表后，在当时海外中国留学生和学者中引起

1947年，李政道、杨振宁、朱光亚（从左至右）在美国密执安大学研究生院

了强烈的反响。如今，一个甲子都过去了，当年这一封信，依然传递着一位年轻科学家澎湃激昂的爱国情愫。正是受朱光亚他们的影响，一大批海外留学的莘莘学子和年轻的科学家在政府的精心安排和帮助下回到祖国怀抱，其中，许多人后来成为中国"两弹一星"事业的奠基者和带头人。

　　1950年，朱光亚毅然回到祖国，在东北人民大学（现吉林大学）物理系任教，为此后的国防科技事业尤其是"两弹一星"研制培养了大批人才。

　　1955年，党中央作出发展原子能工业的战略决策。朱光亚奉调参与筹建北京大学物理研究室，担负起尽快为我国原子能科学技术事业培养专门人才的重任。次年9月，朱光亚又调任中国科学院物理研究所中子物理研究室副主任，在所长钱三强的领导下，带领年轻人从事中子物理和反应堆物理研究。这段时间，他领导设计、建成了轻水零功率装置并开展堆物理试验，为掌握研究性重水堆物理实验技术做了开创性工作，跨出了我国自行设计、建造核反应堆的第一步。

1959年，35岁的朱光亚临危受命，担任起中国核武器研制的科学技术领导人，为开创中国的核武器事业做了大量艰苦细致的基础工作。

1962年，我国原子弹的理论设计、爆轰试验、中子源研制均取

1964年10月16日，我国第一颗原子弹爆炸成功以后，（从左至右）朱光亚、刘西尧、李觉、吴际霖等欢迎参试人员凯旋归来

聂荣臻（中）、王淦昌（左）、朱光亚在核试验基地研究工作

得了重大进展。但当时正值三年困难时期，国内对原子弹研制项目是否"下马"出现了争论。9月，当时的二机部部长刘杰与李觉、吴际霖、朱光亚等，向中央提出了两年内进行我国第一颗原子弹装置爆炸试验。并先后快速完成了原子弹试验的一系列理论研究、提出了核爆炸试验"两步走"的正确计划。11月3日，毛泽东对"两年规划"作出重要批示："很好，照办。要大力协同做好这件工作。"随后中央召开会议，研究落实"两年规划"，周恩来在会上拉着朱光亚的手说："请你回去告诉研究所的同志们，主席和中央领导同志很感谢你们！人民感谢你们！你们要不懈地努力！"

1964年10月16日，我国第一颗原子弹爆炸成功！试验结果表明：我国第一颗原子弹从理论、结构、设计、制造到引爆控制系统、测试技术等均达到相当高的水平。

朱光亚望着腾空跃起的蘑菇云，禁不住潸然泪下。当晚，作风严谨的朱光亚开怀畅饮，生平第一次也是唯一一次，他喝醉了。

是啊，酒不醉人人自醉，醉在一条不归路上。

1963年，按照朱光亚等人建议把地下核试验作为设计项目的架构，1967年10月底至11月中旬，在国防科委领导下，地下核试验准备工作全面展开，经过近两年的艰苦工作，攻克了大量技术难关。

根据毛主席"原子弹要有，氢弹也要快"的指示，朱光亚和同事们加快了研制速度。1967年6月17日，我国第一颗氢弹爆炸成功，强烈的冲击波又一次震撼了世界……

1969年9月23日，在朱光亚等人的指挥下，我国首次地下平洞核试验取得圆满成功。1975年10月和1976年10月，朱光亚参与组

朱光亚星

织领导了我国第二次、第三次地下平洞核试验。1978 年 10 月，朱光
亚又成功组织首次地下竖井核试验。

1991 年 5 月，朱光亚被选为中国科协第四届全国委员会主席，
领航中国科技界。1996 年 10 月，朱光亚获得"何梁何利科学技术成
就奖"，奖金为 100 万元港币。他分文未动，把全部奖金捐给中国工
程科技奖励基金。1997 年，又将积攒的 4 万余元稿费捐给了中国科

学技术发展基金会。

"我们不能两眼不看世界风云，只顾埋头搞武器研究。"朱光亚说。从 20 世纪 80 年代开始，朱光亚在国防科技领域，除继续指导核武器和核试验技术研究发展工作外，他还指导了潜艇核动力、核材料技术的研究发展，指导了国防科技与武器装备发展战略研究、武器装备预先研究、国防关键技术报告制定、国家安全重大基础研究等重大工作，提出了许多战略性、前瞻性和创新性的重要思想和建议，为迎接世界新军事变革的挑战，实现我国国防科技和武器装备的跨越式发展作出了重大贡献。同时，按照组织上的安排，他还积极参与了国防高科技向民用转移、为国家经济建设服务，以及"军民结合"发展我国高技术等方面的组织领导工作，特别是在我国核电技术发展、放射性同位素应用开发和 863 计划制定与实施方面发挥了重要作用。

1999 年，朱光亚获中共中央、国务院、中央军委颁发的"两弹一星"功勋奖章。2004 年 12 月，国际编号 10388 小行星正式命名为"朱光亚星"。

"我一辈子主要就做了一件事。"朱光亚说。从 22 岁赴美国考察原子弹，到 35 岁成为我国核武器研制的领军人物；从见证我国第一颗原子弹、氢弹的爆炸，到全面领导和组织我国国防科技发展战略研究，朱光亚的一生与中国核事业的发展紧紧联系在一起。半个世纪以来，他始终处于我国核武器发展科技决策的高层。在核武器技术发展的每一个关键时刻，都凝聚了他的智慧和决心。无论是发展方向的抉择，还是核武器研制和核试验关键技术问题的决策，他都起到了主导作用，并作出了卓越贡献。

17. "一堆一器" 奠定中国核科研基础

从基础研究，到"两弹一艇"技术攻关，再到和平利用原子能，"一堆一器"的建成，为我国核事业的发展作出了不可磨灭的历史贡献。

1958 年 9 月 27 日。早晨，空中飘着毛毛雨。

北京市西南远郊的房山县坨里地区，一个平时宁静的大院变得热闹非凡，一些远道而来的贵宾，将要揭开这座神秘大院的面纱。

上午 10 时，在职工大食堂，随着中国科学院副院长张劲夫宣布典礼开始，会场响起了雷鸣般的掌声，建设在这里的我国第一座实验性重水反应堆和第一台回旋加速器正式移交生产。国务院副总理、国家验收委员会主任聂荣臻在移交簿上验收签字，并发表重要讲话。他指出："我国发展原子能科学技术是用来造福人类而不是危害人类的。原子反应堆和回旋加速器的建成，将促进我国原子能科学技术迅速发展。"

中国科学院院长郭沫若在讲话中指出："大家可以看到，原子能科学技术在我国已经奠定了坚实的基础，它今后的发展将会同生产建设的跃进相适应，是十分迅速的。"

1958年，毛泽东主席参观我国第一座实验性重水反应堆模型

移交典礼后，在重水反应堆厂房门前举行了剪彩仪式，由国务院副总理兼外交部长陈毅剪彩。中外来宾分批参观重水反应堆和回旋加速器。一时间，这个地处北京西南远郊的基地沸腾起来了，来宾们及原子能所全所职工都喜气洋洋，热烈庆祝"一堆一器"的建成。

这天虽遇阴雨，但是庆典仪式十分隆重热烈。举办如此空前盛大的典礼，表明国家对发展原子能科学的重视，标志着从这一天起中国原子能科学事业进入了快速发展时期。9月28日，《人民日报》在第一版刊登了典礼的消息和照片，并以"大家来办原子能科学"为题发表了社论。邮电部为此发行了以重水反应堆和回旋加速器为画面的两枚纪念邮票。

早在1952年，近代物理所的科学家们在制定核科研第一个五年计划时，就提出了要建造"一堆一器"开展核科学研究的建议。以当时

1958 年 9 月 27 日，国务院副总理陈毅为重水反应堆、回旋加速器建成典礼剪彩

中国的工业基础和技术水平，自主建造反应堆困难重重。

1955 年 1 月 31 日，周恩来总理主持召开了国务院第四次全体会议，通过了《国务院关于苏联援助中国研究和平利用原子能问题的决议》。同年 4 月 27 日，中央派刘杰、钱三强、赵忠尧组成中国政府代表团与苏联政府签订了《关于为国民经济发展需要利用原子能的协议》。《协议》规定，在核科学研究方面，苏联向我国出售一座 7000 千瓦的重水反应堆和直径 1.2 米的回旋加速器。

为了加强组织领导工作，中苏协定一签订，中共中央政治局会议便做出决定，成立归国务院三办领导的以刘伟为局长，钱三强、张献金、冯麟、罗启霖、力一等为副局长的国家建设委员会建筑技术局，直接负责基地的建设和各类人员的选调工作。

1956 年 5 月 26 日，"一堆一器"及新科研基地开始正式兴建。这时正值我国经济恢复期，各方面条件有限，基础设施条件不足。当时办公和居住条件也很简陋。基建办公室设在破庙里，工作人员住在工棚里，有的分散住在附近村子的老乡家。为早日建成新基地，科学家和建设者们不怕严寒酷暑、风吹雨淋，夜以继日地艰苦奋战，表现出高度的主人翁精神。

为了确保工程质量，按时完成建设任务，在建设过程中，聂荣臻副总理、彭真市长都曾亲临建设现场指导工作。根据聂荣臻副总理指示，决定由北京市委书记处书记郑天翔挂帅，第三机械工业部副部长刘伟、建筑材料工业部副部长杨春茂和工程设计、施工、生产单位负责人参加的工地党委，统一领导指挥工程建设，及时协商解决施工中的各种问题。

钱三强所长不会忘记彭德怀那双温厚的大手握住他时说的话："你们这些核专家盯住世界先进水平，尽管往前迈，我这个国防部长当好你们的后盾，当好你们的后勤。"

彭德怀元帅1954年9月率中国军事代表团访问苏联时提出希望苏联帮助中国研制反应堆和加速器。他参加华沙条约国会议时又当面向赫鲁晓夫和朱可夫要求帮助研制原子能科学的重要设备。1954年10月他亲自给负责中苏合作谈判的李富春打电话："要把建造那个反应堆的问题提请苏联帮助，宁可削减别的项目，这个堆一定要争取尽早建起来。"1957年6月来所了解工作情况时，他重点听取了工程建设进度和苏联援助情况。

钱三强所长亲自过问反应堆和加速器的运行队伍的培训和配置，组织赴苏联实习回国的科技骨干和来华苏联专家培训国内第一批运行人

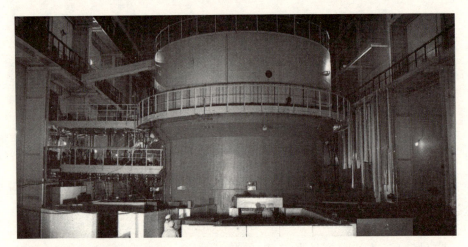

中国第一座重水反应堆

员，值班主任由有经验的高级工程师担任，操作员由学工程和学物理的新大学生组成。彭桓武不仅亲自讲课还与黄祖洽等作为理论物理师参加临界实验。朱光亚同苏联专家一道参加反应堆计量监测系统的安装调试工作，带领反应堆物理启动小组对重水反应堆进行了一系列物理参数测量。

1958 年 6 月，一个令人振奋的消息传来：6 月 10 日，我国第一台回旋加速器第一次得到了质子束并且打到靶上；6 月 13 日 18 点 40 分，我国第一座重水反应堆首次达到临界。6 月 14 日，第二机械工业部党组向聂荣臻副总理、周恩来总理并报毛主席、党中央，发出《关于原子能研究中心几件喜讯的报告》。

10 月 5 日上午 10 时，毛泽东主席迈着矫健的步伐来到中国自然科学跃进成果展览会，在重水反应堆模型前详细询问了基地建设情况。他一边听讲解员讲解，一边不时向身旁的郭沫若、吴有训等人询问有关情况，表现出了极大的兴趣。参观结束时，毛泽东对大家说："你

中国第一座回旋加速器

们今日展出的科研成果很好，你们科学工作者，一定要自力更生，艰苦奋斗，敢于走前人没有走过的道路。"

　　"一堆一器"的建成，为中国的核科学技术研究奠定了基础，开辟了一大批新的学科，也为核工业建设提供了重要的科学实验条件。以"一堆一器"为主要设备的综合性研究基地，是中国原子能事业取得辉煌成就的基础。原子能所这个基地在我国核工业建设和发展中，起到了"老母鸡"的作用，是我国原子能科学事业的发祥地。

18. 迈向核门槛的将军

李觉是军人，造过炮弹，但不知道原子弹是啥样，然而，他却带领科学家们创造了"两弹一艇"奇迹。

曾任西藏军区参谋长、副司令员兼后勤部长，后调任第二机械工业部九局局长的李觉，从高唱"大刀向鬼子们的头上砍去"，到解放全中国，把五星红旗插到喜马拉雅山上；从使用冷兵器到发展高科技，从扔手榴弹到造原子弹，从烧牛粪饼到建核电站，在长达70年的革命生涯中，演绎了跌宕起伏而又波澜壮阔的传奇篇章。

1957年6月，李觉因伤病中止了在西藏的工作，到北京治病。第二机械工业部决定成立核武器研究所，任命李觉为所长，而李觉对此却一无所知。

一天，时任中国人民解放军副总参谋长的陈赓大将来看望李觉，问道："李觉，身体怎么样啦？"

李觉回答说："能吃能睡，没什么事了。"

陈赓笑着说："那好，我们准备欢送你。"

李觉感到莫名其妙，问："副总长，为什么要欢送我？往哪里送？

该不会是把我送到伤残军人疗养院吧？"

陈赓说："没有那么便宜的事。"

陈赓是个性格开朗、爱开玩笑的人，但李觉知道，这样一位大将军不会专门到医院来与他这个下属开玩笑的。

陈赓又接着说："详细情况，宋任穷会告诉你。"说完他狡黠地一笑，露出一丝神秘。

李觉准备去找宋任穷，

李觉

可是没有想到，宋任穷却先来看他了。寒暄几句后，宋任穷开门见山地说："老李，你的工作已经定了。"

李觉问具体工作时，宋任穷说："要你来搞原子弹！二机部新成立核工业研究所，让你来当所长。"他又说："这个研究所是我国第一个专门从事原子弹研制的机构。为了保密，对外称'九局'，你的职务就是局长。小小一个局长，没有参谋长、司令员那样威风，但工作很重要。"

听说要让自己搞原子弹，李觉感到很吃惊，心想自己过去扔过手榴弹，也造过炮弹，还用手电筒的灯泡搞过电雷管。可原子弹是什么

李觉（中）在核试验场地

东西，我不懂啊！

　　军人出身的宋任穷说话很干脆："你不懂，我也不懂；你没有见过，我也没有见过。我看还是依靠我们的老传统，一定要把原子弹造出来。"

　　李觉没有立即回答，宋任穷以为他还有些畏难情绪，似乎想起什么似地说："抗战时期，你不是造过炮弹吗？"

"那是造小钢炮的炮弹，跟造原子弹不一样！"李觉说。

宋任穷说："战争年代，条件那么困难，我们都能造出炮弹来。新中国成立了，有党中央、毛主席的领导，有国家和人民的支援，我们也一定能够造出原子弹来。"李觉见组织上已经决定了，便急切地问局里现在有多少人。

"一个人"。宋任穷指着李觉，"就是你！"

李觉不禁愣了一下，一时说不出话。

宋任穷又问李觉："关于所领导的其他人选你有什么考虑？"

李觉说："我刚到北京，不了解情况，也不认识什么人……搞原子弹，我一点思想准备也没有。"

宋任穷说："那好，我先给你找了两个人任副局长，做你的助手，你们先搞起来再说。要充分依靠科学家，依靠工程技术人员。只有依靠他们，才能把原子弹搞出来。"

宋任穷说的两位副局长，一位叫吴际霖，另一位叫郭英会。在后来的工作中，李觉对宋任穷给他配备的两个副手赞不绝口，因为他们配合得非常默契。

在北京，李觉见到的第一个青年科学家是邓稼先。一天，李觉到工地，正赶上邓稼先带着一批青年人在劳动，他脱掉上衣，光着膀子正在砌砖。

李觉伸出大手，紧紧握着邓稼先满是泥浆的手："我是李觉，大博士，你好！"

邓稼先有点不好意思地说："李将军，您好！"

"不要叫我李将军，我已经脱了军装，就叫我老李吧！"李觉脱

1950年进藏途中李觉在德格印书院前

去上衣，给邓稼先搬砖，一起砌墙。

邓稼先憨厚地一笑："您也不要叫我'大博士'。"

以后的日子里，只要有时间，李觉就到工地去，一边参加劳动，一边向专家们学习。

一次，李觉从青海回来向部里汇报工作，正碰上邓稼先组织一批学生学习核物理知识。

李觉问："你们学些什么？"

邓稼先拿起桌子上的几本书给他看："我让他们从这几本书开始学起。"

李觉一看，是法文原版，他懂一点英文，法文一点也不懂，就问：

"这里讲的是制造原子弹的原理？"

邓稼先笑了："我的大局长，今天的世界上，还没有怎样制造原子弹的书。这几本书，都与原子弹有关。是钱学森同志从法国带回来的，他借给我看，很受教益。关于核物理和原子弹，对这些大学生来讲，还是一个陌生的世界，我以这几本书为基础，从原子世界的 ABC 开始讲起，他们称这是核物理的'扫盲班'，从零讲起……"

"好！"李觉一拍桌子，高兴地说："我就上你这个扫盲班，从 ABC 听起，你就收我这个学生吧！"

邓稼先若有所思地说："关于核工业的知识，不但您这位局长，这些大学生要从头学习，我们这些留过几年洋，有博士头衔的人，懂得也不多。欧美各国根本不让我们这些留学生接触这方面的知识，我们整个国家都需要从零开始，从头学习。"

核武器研究所的爆轰试验场地最初设在燕山脚下一处工程兵靶场，后来迁移到青海基地。中国第一批研制、试爆的原子弹和氢弹是在李觉主持下，由青海基地制造的。氢弹爆炸成功后，科学家们又投入了研制核潜艇的工程。李觉带着科技人员多次从青海高原到东海之滨的海军某基地，不断改进和完善设计方案。李觉不避艰险，亲自进入潜艇，入深海，进行试验。终于依靠中国人自己的力量，制造出当时条件下世界上最先进的核潜艇，在波涛汹涌的辽阔海疆，奏响一曲自力更生、奋发图强的凯歌。

19. 没有专家靠大家

首任铀矿冶局局长苏华重视培养高素质的核事业职工队伍，着力建立较为完善的、符合现代企业制度要求的铀矿冶生产系统，为我国铀矿冶事业发展奠定了坚实基础。

我国铀矿冶工业在 30 多年的发展中，经过学习苏联铀矿冶工作的经验，又经过全面自力更生，与国内各有关厂、矿、院、所协作，学习先进单位的经验，在基建和生活方面都取得了比较丰富的经验。

作为第二机械工业部十二局的首任局长和分管十二局工作的第二机械工业部副部长，苏华经历了中国核工业铀矿冶从无到有、从小到大艰苦创业的整个历程。创建和发展铀矿冶事业中的风风雨雨，时刻留在他的记忆中，挥之不去。

苏华，1918 年 6 月出生于山西翼城县南樾村一个普通的农民家庭，幼时的苏华性格倔强，一心向学，不仅放弃了家里人给他找的"粮食店会计"的好工作，还自作主张参加了"新翼学社"等进步组织。前后八年的学生生活，使他不但学到了文化知识，还开阔了眼界，提高了思想觉悟和分辨能力。他不断听教员讲一些反帝爱国的道理，阅读进步书刊和报纸，思考怎样才能改变中国一穷二白的落后状况，怎样使国家富强起来等问题，年轻的心灵中早早撒播下了革命的种子。

苏华 1937 年 5 月参加革命工作，先后从事了人民武装、军官预备役和核工业工作，为打败日本侵略者、推翻三座大山、建设新中国作出了重要贡献。

1959 年 6 月，苏华调第二机械工业部工作。刚开始，

苏华，1959 年 10 月摄于东四四条 32 号院

苏华有顾虑，觉得自己仅有县立国民师范程度，做这种尖端工作恐怕难以胜任，希望能有一个"看得见摸得着的工作"。部领导经考虑，任命他为铀矿冶管理局局长兼党委书记。

铀是我国开发的新矿种，是原子能工业的原料。毛主席 1955 年在听取原子能科学研究的情况时，就指示要认真抓这方面的工作。1956 年又提出我国要有自己的原子弹。为了打破美帝国主义的核讹诈、核威胁，必须加紧研制自己的核武器。这就要加速开发铀矿。

1955 年，我国地质部门发现了铀矿床，经过进一步的勘探，有了开发铀矿的条件。1958 年 4 月第二机械工业部向中央报告，计划在湖南郴州、衡山各建设一个铀矿，在衡阳地区建设铀水冶厂，再在

江西上饶地区建设一个铀矿，并就矿建一水冶厂。5月末，中央批准了这一计划。之后，我国第一批铀矿和铀水冶厂相继筹建。

核工业在我国是一个新兴的工业，从事这一事业的职工都要从头学起。苏华就任后，面对苏联彻底撕毁与我国的合作协议，新中国刚刚起步的核事业遭到重大挫折的局面，为了加快铀矿冶的建设，为核武器研究提供核材料，依靠"没有专家靠大家"的思路，到任不久他便深入到铀矿冶基层单位了解情况。1960年春节，苏华就是在湖南郴州铀矿和职工一起度过的。

由于刚开始建矿，食宿条件很差，生活非常艰苦，广大职工怀着献身核工业的豪情壮志，艰苦创业。工地上呈现出一片紧张工作的局面，到处张贴着"抓晴天、抢阴天、战雨天"，"争分夺秒，向时间宣战"，"早上班晚下班、不完成任务不下火线"等标语口号。职工们肩扛人拉运设备，用垒金字塔的方法吊装机器，夜以继日地筑路、建房、架电线、安装设备。干部不分内外，哪里需要就到哪里。一次，上饶地区铀水冶厂需要的钢管，必须按时运到矿区，但钢管到北京车站，一时没有装卸工，铀矿冶局便组织数十名机关职工到车站装车。

在苏华主持下，铀矿冶管理局组织制定了七项科研生产措施，铀矿冶系统从上到下成立了技术委员会或技术领导小组，实行科研、设计、生产"三结合"和领导、技术人员和工人"三结合"，开展技术攻关活动，特别是在周总理的亲自过问下，苏华组织协调了与冶金、煤炭、化工、轻工、机械和中国科学院等40多个部门和单位及一些省市的协作，解决了200多项技术难题；并在自力更生解决第一批厂矿安装投产中存在的技术问题的过程中，独立设计了几个重要项目；同时

苏华在工作会议上讲话

对苏联专家的一些错误设计进行了修正，从而确保了国家确定的"三矿一厂"建设全面完成，以最快的速度生产出合格的铀材料，满足了核武器研制工作的需要，为我国核武器研制提供铀材料作出了突出的贡献。他在长期的领导与管理工作中，逐步建立起铀矿冶的管理制度与规范合理的科研机制、有效的职工队伍建设管理办法、铀矿冶安全生产标准和劳动保护要求以及厂矿建设模式。

1977年8月，苏华出任第二机械工业部副部长，他从战略的角度，对多年来我国铀矿冶建设的经验进行总结，认真研究铀矿冶的发展方向，组织制定了《铀矿冶工作技术经济政策》；完整、系统地阐述和规范了我国铀矿冶生产、建设、管理与劳动保护的各个方面，对促进我国铀矿冶建设和生产的标准化和规范化及我国铀矿冶的长期健康发展产生了积极而深远的影响。

苏华（前排右三）与赴加拿大铀矿冶代表团部分成员及驻加使馆参赞在渥太华国家公园合影

　　苏华经历了我国铀矿冶事业创建发展的全部过程，他重视培养高素质的核事业职工队伍，为建立较为完善的、符合现代企业制度要求的铀矿冶生产系统，为我国铀矿冶事业的长远发展奠定了坚实的基础。在长期的革命和建设工作中，苏华表现出丰富的政治工作经验和较高的领导才能。他对工作认真负责，有魄力，不畏困难，严于律己、宽以待人，求真务实，坚持原则，坚持真理，为人诚恳直爽，团结同志，生活上艰苦朴素，高风亮节。他具有良好的民主作风，倾听群众意见，平易近人，和蔼可亲，深入基层，善于发现问题和解决问题。他为我国核武器研制成功，壮国威、振军威，打破核大国的核威胁和核垄断做出了重要贡献。

20. 安下心 扎下根 戈壁滩上献青春

在"大漠孤烟直、长河落日圆"的茫茫戈壁深处，创业者们以坚韧不拔的毅力，克服重重困难，艰苦创建甘肃酒泉原子能联合企业。

1958年，戈壁滩创业第一个冬天，工地上的人数已达6700多人。当时，人力、物力、交通运输都很紧张，能在短时间内组织这样一支施工队伍进驻戈壁滩，并使一些项目迅速铺开很不容易。没有住房就挖地窝子、搭帐篷；生活和施工用水要从50公里外的地方用汽车和火车运来，水量有限，每人每天只能领到一盆水，喝水、洗脸、洗衣服，用过的脏水还舍不得倒掉，要用来和煤。

这里没有一户人家，没有一棵树，只有稀稀拉拉的骆驼草。这里年降水量是50多毫米，蒸发量却是2000多毫米，钻孔时打到基岩都见不到水。这里的施工、生活用水都要靠火车、汽车从几十里外拉到工地，一吨水的成本相当于一吨汽油的价钱。为了解决用水问题，决定修建输水管线。但是52公里的正式输水管线工程量大，一时建不起来，只能突击抢修临时流水线和泵房。

　　戈壁滩上的冬天是非常冷的，晚上常冻得人不能入睡。6000多人住的是"地窝子"和帐篷。大家吃的是刮进沙子的饭菜，有时刮起狂风连饭也不能做，只能靠饼干充饥。最难熬的是夜晚，睡觉时需要"全副武装"，穿上大衣，戴上口罩和皮帽子，钻进被子里还冷得直打哆嗦。夜里一刮风，沙子从缝隙里刮进来，帐篷里一片混浊。有时帐篷被吹得鼓起来，忽闪忽闪的。帐篷里生个小火炉，但睡到半夜火就灭了，坐在炉子上的壶里的水冻得硬邦邦的。早晨睁开眼，被子上、枕头上都落了厚厚一层黄沙。

　　残酷的严寒、艰苦的环境，没有摧垮创业者的信心。当时大家有一个口号，叫"不怕风吹沙打"，坚持施工建设，以实际行动实践着"安下心、扎下根、戈壁滩上献青春"的豪迈誓言。4个月里，创业者们基本完成了4000平方米的住宅建筑和铁路、公路、输电线路的施工，为工程全面铺开创造了条件，在戈壁滩上站稳了脚跟。

　　正当工程全面铺开、进展迅速的时刻，国家遭遇了三年自然灾害，这使创业者们又面临着更严峻的考验。

　　1960年，开始实行粮食限量供应，到了1961年，连定量供应的每人每月二十几斤粮食也无法保证了。春节临近，工地上的几万人只剩下三天的存粮。怎么办？厂里一方面向中央、省、部领导告急，请求解决；一方面派人到处奔波，千方百计寻找粮源。

　　当每人每顿连仅有的一个馒头也无法保障的时候，大家只有吃变质的玉米面、青稞面，甚至吃戈壁滩上打来的骆驼草籽。有的同志开玩笑说，骆驼草籽还有股羊肉味呢。

　　由于较长时间的断粮和严重的营养不足，有千余人出现了浮肿现象，情况非常紧急。中央和第二机械工业部领导十分关心酒泉原子能联合企业的断粮情况，多次打来电话询问，并要求厂里考虑及时撤离工地的安排，以保存职工队伍。怎么办？处在这样的困难时刻，不早点撤出戈壁滩，万一到了弹尽粮绝时撤也撤不动了。同时又考虑到，如果把队伍撤出去，等情况好转了再重新上马，那么战略目标就不能如期实现，其后果也是严重的。当时，厂领导倾向工程不下马，队伍

当时住的帐篷

不撤离。

为了慎重起见，准备了两种方案。一是千方百计筹集生活必需品，稳住队伍，守住阵地。当时，组织了一支由 50 辆车组成的运粮队，前往新疆调粮。厂材料处处长阎德山从新疆调进一些玉米和大豆，原粮来不及加工，就直接放进锅里煮着吃，大家称为"珍珠汤"。二是为撤出戈壁滩做准备。厂里派人前往天水、西安、石家庄、兰州等地寻找落脚点，但都不合适。紧接着，又去新疆伊宁调研，也是行不通。于是，厂领导商量决定——咬紧牙关不疏散，坚守阵地渡难关。

当苏联毁约停援，建设工程还能不能上？核事业还能不能继续前进？大家认为，别的国家能办到的事，我国依靠自己的力量，走自力更生的道路，迟早也一定能够办到，大家有这个信心。事实上从 1959 年开始，厂里就组织科研攻关了。后来，中央批准了第二机械工业部的两年规划，就是要在 1964 年爆炸第一颗原子弹，目标更加明确了。作为一线工程需要先上，怎么上呢？应组织技术人员先把技术难关摸清。再排出表来，然后组织力量攻关。厂里在北京建立了攻关基地，六氟化铀的简法生产、化学冶金、部件的加工技术及中子本底测量技术等都是在北京进行攻关的，第二机械工业部内外的科研单位，

周秩（左）和工人切磋技艺

还有一些大学、工厂都参加了攻关。宋任穷部长称之为"摸着石头过河"。攻关的条件是简陋的，有的是从一根铜管、一个玻璃钟罩、一台旧真空泵

自力更生

开始着手组织模拟试验的。

　　在攻克铸件技术关时，已临近交付期限了。时间非常紧迫，大家都很着急，四分厂的技术问题由姜圣阶总工程师拍板。技术人员、工人、车间负责人组成了攻关小组，集中大家的智慧，夜以继日地奋战。有关单位和部门都尽力为攻关创造必要的工作和生活条件，做到吃好、睡好，不带问题上岗。经过多次研究和反复试验，铸造的最后一道难关终于被攻克了。产品在精加工时，为了防止碰伤，保证不出事故，推送产品的小车路线，都是经过反复查看演习后才确定的。加工产品谁上车床，谁主刀，经过研究比较后选定。根据每人的技术专长、操作水平、思想状况、身体条件及性格特点，排定先后次序。当时，原公浦同志排在第一位。加工时要做到一丝不苟，有专人进行监护复核，特别是最后三刀，每进一刀都得经过计算，认真核对，确保没有差错，经总工程师批准才能进刀。

1957 年 7 月，周秩（左三）到 801 筹备处参加选择厂址

　　回顾酒泉原子能联合企业所走过的每一步，无不饱含着党和上级的关怀，全国人民的支持。酒泉原子能联合企业人抱着为党争光、为国争气的高度政治责任感，不畏艰险、不怕困难，在戈壁滩上奋斗40 多个春秋，终于在古丝绸之路上建成了我国第一个核工业联合企业。

21. 一波三折的铀浓缩创业历程

王介福厂长说，我们有信心、有能力独立自主地建设铀浓缩厂，靠集体的智慧和力量，攻克技术难关，粉碎核断援！

兰州铀浓缩厂是我国生产高浓铀最早的工厂。为了保证原子弹使用的高浓铀的生产，这个厂在苏联专家的帮助下建立起来。可是没过多久，苏联专家撤走了，建厂的任务落在我们自己肩上。对于这个重大的变动，兰州铀浓缩厂在老厂长王介福的带动下，出色地完成了原子弹需要的高浓铀的生产任务。

我国核科技工业创建之初，曾得到苏联的技术援助。1956 年 2 月 29 日，毛泽东主席在给赫鲁晓夫的复信中附了一个请苏联提供帮助的项目清单——《供讨论用的提纲》。4 月，时任国务院第三办公室副主任的刘杰率领中国原子能代表团，赴莫斯科就请苏联政府帮助中国建设原子能工业进行秘密谈判。

在谈到核燃料循环相关事项时，苏方介绍：生产浓缩铀的原料可以用天然铀，也可以用提取钚的同时回收的堆后铀。就是说，一种铀原料可以生产出钚 -239 和铀 -235 两种产品。这使刘杰等意识到，我

兰铀公司老领导在企业建设工地现场合影。党委书记张丕绪（右一）、厂长王介福（右二）、副厂长王中蕃（左一）

国对核燃料循环流程了解得还不够。国内确定的我国原子能工业技术路线，只搞钚-239，因为专家们认为搞铀-235的工厂，用电量大，投资也很大，中国当时没有这个条件。所以，《供讨论用的提纲》上没有铀浓缩这个项目。但缺了这个环节，将造成铀资源的很大浪费。

同时，刘杰还想起一份资料上说，美国建一座小规模的、日产5公斤铀-235的工厂，只需投资5亿美元。如果真是这样，那么我国也是可以做到的。

于是，在第二天的谈判中，刘杰向苏方提出我国也要建铀浓缩厂，这使苏方感到惊讶。他们立即表示："你们清单上没有这个项目，我们没有权利来同你们讨论这个问题。"又说："这个项目需要很大的投资，需要很大的电力，恐怕把你们中国全部的电力用上都不够。"但在中国代表团的坚持下，两天后，苏方主持人改了口气："你们提出的要求是合乎逻辑的，我们可以考虑帮助中国建铀浓缩厂。"随后介绍了几个规模不同的建设方案。其中说到，铀浓缩厂配置的小机器，如果要制造新的，需要两年时间。他们正巧有一批刚换下来的，略加修理便可使用。谈判争取到这样的结果，大家都很兴奋。刘杰立即向周恩来电话汇报请示。总理表示："可以先接受下来，回国再研究。"

与苏联的工业援助协定签署之后，我国就开始调集科技人员、技术工人和干部进行建厂筹备工作。但这时我们国内经济出现了一些问题。原子能工业建设怎么办？当时，中央领导层有一种意见，主要考虑铀浓缩厂这个项目投资大、耗电大，倾向于不建或缓建，推迟到第三个五年计划再来考虑。

面对这样的情况，第二机械工业部党组连续开会，反复研究。宋任穷、刘杰向李富春、聂荣臻副总理作了汇报，认为铀浓缩项目，争取来很不容易，规模可以缩小，项目必须保留，这样可以建成一个完整的核工业体系。第二机械工业部经过反复研究测算，把铀浓缩厂的建设规模压缩到最小的程度，减少了60%左右的投资。1957年3月11日，

查看厂址

第二机械工业部向周恩来总理和党中央呈送了《关于第二个五年计划期间我国原子能事业建设方案的请示报告》。周总理表示同意，他说："中国原子能工业要有完整的一套，能够形成独立的核力量，主要解决有无问题，规模不宜过大。"这样，铀浓缩厂虽然规模缩小了，但项目终于保留了。

　　建设方案确定后，建设工作全面展开。来自全国各省（区、市）和各部队的许多优秀人才，陆续汇集到建设工地。宋任穷部长亲自挑选了我国驻匈牙利大使馆原政务参赞王介福担任该厂第一任厂长；原第二野战军十三军政治部主任张丕绪担任该厂第一任党委书记，他们带领全体职工英勇奋战，迅速把工程建设推向了高潮。

　　就在这时，一股政治寒流正向刚刚兴起的中国核事业袭来。1959

年6月20日，苏共中央致信中共中央，以他们正与美国、英国在日内瓦进行部分禁止核试验的谈判为由，拒绝按协定向我国提供原子弹教学模型和相关技术资料。宋任穷和刘杰敏锐地警觉到这是一个危险信号。宋任穷说："天要下雨，娘要嫁人，我们奈何不得，但我们要做好应急准备。"第二机械工业部把在建的工业项目分为一线和二线，决定首先把一线工程抢建出来。一线是铀生产线，第二机械工业部又把铀浓缩厂

建厂初期厂房

邓小平与兰铀公司负责人合影

作为全线的重中之重，以铀浓缩厂为中心，前后左右向它看齐，与它连接。

1959年底，宋任穷、刘杰把王介福、张丕绪请到北京，就中苏关系问题专门给他们做了分析，并要求他们在1959年底把主工艺厂房抢建出来，使其具备安装主机的条件。同时，催促苏方尽早交付主机，并派专人长驻满洲里接运设备。

厂里成立了以负责基建、生产的副厂长王中蕃为总指挥的现场指挥部，组织建筑、安装、设计、生产几方面的力量，拧成一股劲，实行总体战，掀起抢建主工艺厂房的施工高潮。12月初苏联专家到现场检查时，认为厂房最快也要到1960年初才能建成。让他们意想不到的是，12月18日厂房就建成了。但苏联专家认为厂房清洁度不够，至少还要1个月才能安装主机。厂里立即决定由厂党委副书记刘喆组织动员全厂职工到厂房搞卫生。苏联专家再次到现场检查后，称赞道："你们简直是变戏法，真是奇迹，不可思议！"随即派分管设备的专家专程回国催促将主机全部发来。

针对苏共中央致中共中央的《公开信》，第二机械工业部领导要求厂里立即做好应变工作。首先要做的就是抓紧有限时间，采取各种办法，把苏联专家的技术学到手。王介福提出："对专家不能冷淡，更不能敌对。要采取热情、友好的态度。'一对一'、'二对一'和多人相互印证的措施，尽量与苏联专家合作，把技术学到手！"有的苏联专家开始很害怕，不知道中国政府和人民会怎么对待他们。当他们感觉到中国人对他们一如既往的友好后，便逐步轻松起来。在最后时刻，他们尽量帮助我们掌握技术，提供经验，对我们后来全面建成工厂，顺利启动运行，起了一定的作用。

与此同时，王介福亲自起草了九条应变措施，称为"约法九章"。在苏联专家全部撤走的当天下午，他召集全厂科级以上干部会议宣布实施。接着又在全厂职工大会上动情地说："苏联政府撕毁合同，撤走专家，停止援助，给正在建设中的我厂，乃至整个中国原子能工业，造成了很大的损失和困难。但是，我们应该有信心、有能力独立自主地把工厂建成！没有专家靠大家，靠集体的智慧和力量，攻克技术难关，粉碎核断援！"全厂职工纷纷以实际行动响应厂党委的号召，夜以继日，继续把工厂建设推向前进。

屋漏偏逢连阴雨。此时，由于连年自然灾害，我国经济出现严重困难，粮食、副食供应紧张。全厂职工营养不良，许多人患了浮肿病，体力下降。当时有人提出，是否把队伍撤出去避一避。王介福和厂党委认为，要千方百计解决职工生活困难，保人保机器，队伍不能撤，建设不能停，事业不能垮，再难也要把铀浓缩厂建设好。中央十分关心核工业西北厂区职工的生活。周恩来总理和聂荣臻副总理都亲自打电话，指示粮食部、商业部和军队调拨黄豆、鱼肉和其他副食品给予支援。核工业职工也以十倍努力、百倍干劲回报党和国家。在生活极其艰苦的日子里，铀浓缩厂职工不畏难，不退缩，勒紧裤带，士气昂扬，奋勇战斗，终于在1964年 1 月 14 日，开始取得合格的高浓铀-235产品，为第一颗原子弹提供了核燃料。

第二机械工业部报告送到中南海，毛泽东主席举笔欣然批上两个大字："很好"！

22. 穿着草鞋起步的铀水冶厂

衡阳铀厂的创建，是一部艰苦奋斗、自力更生精神谱写的创业史，是一曲大力协同、相互支援精神演奏的交响乐。

湘江之滨，东阳渡丘陵地段，中国第一座大型铀水冶纯化厂在这里拓荒兴建。

湘南八月，骄阳似火。土方会战伴随着工厂的奠基锣鼓拉开了帷幕。酷热的天气，炽热的劳动情绪，交汇成一幅你追我赶、热气腾腾的创业画面。

来自湘南山区的小伙子们，正在与姑娘们展开挑战土方的对手赛。小伙子们一个个赤裸着上身，光着脚丫，踏着滚烫的地面，三担土筐叠成一摞挑着飞奔。结果，他们还是败在"穆桂英"的手下。衡阳铀厂副厂长李文超饶有兴致地探问小伙子败北的原因，没料到回答的竟是异口同声："脚板受不了，请发双草鞋吧！"

不久，一双双用笋壳编成的草鞋发到了小伙子们手中。虽然小伙子挑土方始终没赛过姑娘们，但你追我赶的劳动竞赛活动，从此就像三伏天的风，一阵热过一阵。计划两个月完成的 8 万土方任务，一个月就完成了 6 万多方，加快了施工的进度。李文超欣喜地把土方会战称为"穿着草鞋起步"。

李文超和几个土建、管道技术干部，是第一批到达的建设者。劳改队留下的几间松树皮盖顶的破房"接待"了他们。厂部办公室就设在当年狱警的用房里，他们的家就安在靠近水塘的茅草棚中。

李文超跑工地，下现场，调节进入工地的物资器材，组织安装施工，处理职工生产生活问题，去衡阳市联系职工用粮指标，同附近农户交涉搬迁……脚肿了，嗓子也哑了。到了深夜，才钻进四面透风的

来自全国各地的建设者奔赴核工业基地

茅草棚，地是湿的，床也是湿的。外面的暴雨早已过去，屋内却还在淅淅沥沥。觉是没处睡了。他只得拿起手电筒，同值班人员当上了工地的"巡视官"。第二天，人们又见他在东奔西忙。

从小生活在北方的北京冶建四公司的小伙子们，可从未见过这么热的天。他们热得吃不下，睡不好。白天没法干活，只好挑灯夜战。挖土方偏偏又让他们遇上了"五花土"。一镐刨下去，震得虎口发麻，地皮上却只留下一道浅浅的口子；一铁锹挖下去，还挖不出一勺土。小伙子急得个个直叫唤。有人用大锤把钢钎一根根地砸进土里，胀裂后再撬，这样，一次能挖出一斗车土来了。小伙子有了用武之地，一干就是一通宵。手掌上的血泡磨破了，鲜红的血浆粘住了锤把；虎口震裂了，用纱布缠起来继续干。

厂房基建开始了。建设者们抢时间，争速度，用锹镐、用血肉，与荒丘、荆棘搏斗着。他们抢修水利、电路、铁路、公路。

食堂出现了。变电所建成了。水塔修好了。幢幢厂房耸立起来了……

设备安装开始了。副厂长金家杰指挥的设备安装会战，是"小米步枪"对"飞机大炮"。没有大型起吊车，没有大型运输车，搬运设备靠人拉肩扛，吊装机器用简单机械。

1959年夏末秋初，订购的两台数吨量级的主变压器被运到距工厂数公里远的东阳渡车站，必须尽快搬回安装供电。起重工、电工、钳工和干部等14人组成了突击队，进行"蚂蚁搬家"。久旱无雨，热浪翻滚。简易公路黄尘飞扬。他们用木板垫路，铁管作滚筒，托起变压器，用手拉葫芦和卷扬机牵引，翻山越岭，一寸一寸地向前移动。

湖南衡阳铀水冶厂磨矿车间

一连4天4夜，他们吃在路上，睡在路上。光膀子晒起了泡，脱了皮，脚下草鞋也磨穿了底。口渴了，喝一口沟边的水；困极了，靠在路边土坎上打个盹儿。白天汗水淋漓，张大口直喘气；晚上被成群的山蚊子咬得遍体红肿，痛痒难忍。但没有一个人叫苦叫累。两个庞然大物，就这样被"牵"到工地就位。

工厂的建设，也牵动了每个家属的心，激发了每个家属的满腔热情。她们给自己立下了规矩：起床在丈夫之前，睡觉在丈夫之后；丈夫上班前准备好饭菜，丈夫下班前准备好床铺。寒冬腊月，她们拖儿带女住在刚盖上屋顶的"一类型"平房里，门窗还没有来得及装好，她们就用草袋封住窗户，用草袋做成门帘，挡住呼啸的寒风。她们说：

中国第一座大型铀水冶厂全景

"咱们苦点累点没有啥，职工们满意了，也就算咱们给工厂作出贡献了。"

衡阳铀厂从筹建之日起，北京、南京、上海、武汉先后为工厂支援了大批技术干部，全国各地大中专院校分配来了最好的毕业生。来厂的徒工、技术工人和转业军人都是经过了千挑万选。中国人民解放军铁道兵部队有2500名官兵为铀厂建设奉献了700多个日日夜夜，立下了汗马功劳。

1960 年夏季，经过两年风霜雪雨洗礼的创业者们，又迎来了新的考验。

中国进入经济困难时期，建设者们过着"苦日子"。不少人拖着浮肿的身子，忍住腹中的饥饿，在工地奋战。他们宁愿自己多吃苦，也不让工厂建设受影响，表现了中国工人阶级坚忍不拔的英雄气概。靠自己的双手和智慧建成中国第一座铀水冶厂的决心，变成了巨大的鼓舞力量。

这一年的隆冬，阴雨连绵，寒风刺骨。建设者们大战在基建工地。衣服淋湿了，就光着膀子干。不少人一连两个班不肯下去。他们喊出这样的口号："大雨小干，小雨大干，雨停猛干。"干部们不分职务高低，不计较什么专业，啥需要就干啥。他们不分白天黑夜，没有节假日，同工人滚在一起苦干。技术人员夜以继日地研究、试验、攻关⋯⋯

苏华局长来了。刘伟、雷荣天副部长来了。刘杰部长也来了。他们带来了党和政府的关怀，带来了不可动摇的决心，给建设者们以极大的鼓励。工厂建设的进度在加快。

1962 年 9 月底，纯化车间把外来重铀酸铵投进了煅烧炉，开始了第一次试生产。领导亲临现场严密组织，工人精心操作。除关键设备煅烧炉遇阻，经三天三夜的奋战，排除了故障外，其他部位均顺利通过物料，生产的二氧化铀基本合格。

喜讯传出，全厂欢腾。厂党委决定"杀猪一头，会餐一顿"，来奖赏正在过着"苦日子"为早日造出"争气弹"而拼搏的"将士们"。

全面投产后，生产线的"胃口"越来越大，"吃偏食"（处理单一矿石）已不能满足生产的需要。部、局领导决定让工厂"吃杂粮"（处理多种矿石）。总工程师杜宝德组织科技人员制订出新的生产方案。他像一位精通美食的营养师，给生产线调配出适当的"食谱"，又像一位指挥若定的将军，组织攻克了泥质矿石"粘牙"（通不过原工艺流程）的难关，来自江西、广东、浙江和河南等地的"杂粮"，都成了适合于生产线消化的"营养品"，工厂的生产量很快增大。

1965 年 5 月，第 3 条生产线建成投产，11 月又建成了第 4 条生产线，铀厂全部工程建设交出了满意的答卷。

1958 年，苏联专家在勘察途中

23. 荒原的追思

　　　白天老鼠夜间狼，大风一来刮走羊；无风三尺土，苍蝇赛猛虎。核工业创业者就是在这荒原上创建了我国第一座核燃料元件厂。

　　1957 年 2 月，冰雪覆盖着沉睡的阴山，苍茫的黄河由于严寒的封锁，好似被冻僵的巨蟒蜷曲在苍穹之下。这天，一架军用直升机突然飞临内蒙古中部的荒原上空，在那里超低空盘旋了许久。数日后，五辆吉普车在武装人员的护卫下又来到了这里。

　　这是一个由中苏双方人员联合组成的选择厂址的委员会。他们来此，是为了选择适合建设我国核燃料元件厂的厂址。这个小组由 14 人组成。中方组长杨朴，是中国冶金部有色金属管理局第四生产处处长。

　　"这个位置，我看符合建厂条件。"杨朴对苏方组长说，"很好，应尽快收集此地的水文、地质、气象等方面的资料。"苏方组长不住地点头。

　　杨朴将双手插进大衣口袋里，在荒滩上缓缓地踱着步子。这个年

1964 年 11 月，邓小平、彭真、乌兰夫（从左至右）视察内蒙古包头核燃料元件厂

仅 33 岁，瘦高挺拔的山东大汉，不苟言笑。

"要尽快把厂址方案拿出来！"他的耳边经常回响着中央领导的这句话。

为了选好中国第一个核燃料元件厂的厂址，他已经行程万里，足迹遍及四省。第一次去山西、陕西，后又转赴甘肃、青海，均未找到合适地方。这次来到内蒙古，总算找到了这样一块地方。不容易啊！几个月来，天上飞，地下跑，风餐露宿，选址的同志们历尽了千辛万苦。

1958 年 5 月 31 日，中共中央总书记邓小平批准了在内蒙古包头市建设核燃料元件厂的选点方案。至此，核燃料元件厂建设的序幕正式拉开。

当阴山的积雪尚未化尽的时候，王焕新、李恺奉命带领一支创业队伍，来到了这里。随后，沿着他们留在荒原上的足迹，大批生产工人、干部、工程技术人员，也开始向这里汇集。王焕新负责元件厂的基础施工的组织工作并兼任元件厂的党总支书记。李恺担任党总支副书记兼元件厂筹建处主任。

当时元件厂所处的自然条件是十分艰苦的。在这里曾流传着这样的民谣："白天老鼠夜间狼，大风一来刮走羊"，"无风三尺土，苍蝇赛猛虎"。来这里工作的人，如果没有充分的思想准备和吃苦精神，是难以久留的。脱逃者有之，但立誓献身核工业，甘愿埋骨大青山者，更是数不胜数。

7月2日，职工生活福利区平房工程破土动工。一天建一栋平房，原来住的帐篷很快被淘汰了，职工食堂建起来了，医疗站搬进了新房……

元件厂基建工程全面开工，设备订货、人员培训、生产准备开始进行……千头万绪的工作需要统筹。为了加强元件厂的领导力量，张诚被派来担任厂长兼党委书记。

张诚16岁就入了党，当时以小学教师的身份从事党的地下工作。1939年以后先后任《新华日报》三分站经理，以及河南、河北、山西文化出版部门负责人。新中国成立以后，曾任《工人日报》经理及秘书长，全国总工会财政部副部长等职。1958年12月奉调第二机械工业部，历任包头核燃料元件厂、建中核燃料元件厂等厂的首任厂长

杨朴（左一）与苏联专家一起选址

和党委书记。他是我国核燃料工业的奠基人之一。

　　荒原上的核燃料元件厂与国家的情况一样，扇动着沉重的翅膀刚刚要腾飞，却又遇到了一场既在意料之外又在意料之中的暴风雨的袭击。1960 年开始的天灾人祸，给人民生活造成了极大的威胁，远在边塞的核燃料元件厂的职工也未能逃脱厄运。半数以上的人得了浮肿病，腿上一摁一个坑，工地上，人们勒紧了裤腰带，有时候干着干着

建厂初期大会战

活不得不再紧一个扣……

　　元件厂参加初步设计的技术总负责人董泓琪，在食堂吃完定量供应的晚饭，下意识地从食堂土豆堆上拿了两个不大的土豆，因为晚上他还要加班审图呢！不巧，他的举动被食堂管理员发现了，好哇！这不是偷吗！

　　这位工作上严谨负责的骨干工程师愣住了。当他似乎清醒过来时，身旁已围了一大群吃晚饭的职工。董工左一次检查，右一次检讨，声泪俱下……张诚同志知道了这件事，在办公室里哭了……

　　当时的内蒙古自治区党委第一书记兼政府主席乌兰夫同志听取了汇报后，激动万分，当即指示："内蒙古再困难，也要保证元件厂职工吃饱，这是国家的大事业！"随后，一批黄豆调来了，粮食增加了，元件厂又恢复了蓬勃的生机。

这时，宋任穷部长到元件厂来了，他要求厂党委一定要关心职工生活，发展农副业，开展生产自救。厂党委根据宋部长的指示，郑重地向全厂职工发出号召：发展农副业，开展生产自救，利用业余时间养猪、养羊、养鸡、种地……

工人、干部、工程技术人员，利用业余时间，到厂区周围的荒野去种地，三人一犁，如牛躬耕。尽管饥肠辘辘，大汗淋漓，但他们没有停下坚定的脚步。

秋天，土豆丰收了，职工食堂里热气腾腾，笑语欢歌。煮土豆，烧土豆，辣子土豆片……十几种用土豆做成的"美味佳肴"摆满了桌子。全厂职工欢聚一堂，在这里举行国庆土豆大会餐。

可是，祸不单行。天灾人祸尚未过去，又一沉重打击落在了年轻的共和国头上。在中国核工业系统工作的苏联专家奉命全部撤离，重要的图纸资料带走了，设备材料的供应随即停止。

为适应苏联停援后的形势，第二机械工业部党组决定：把北京原子能研究所元件工艺室部分人员和设备并入包头核燃料元件厂，成立元件研究室。

国家主席刘少奇的长子、化工专家刘允斌，调入核燃料元件厂，组建化工研究室。

阴山脚下的荒原上，精英荟萃，阵容强大。陈健、曹大义等一批专家调来了；从北大、清华、东北工学院、上海交大和各地重点大学挑选来的一批批优秀毕业生来厂报到了；从国外留学生中选拔出来的一批专业人才分配来厂了；从军队、地方挑选出来的优秀领导干部、管理人才，

充实到核燃料元件厂。全国为核工业的发展大开绿灯。刘景熙、丁长祥、张连举等一大批能工巧匠也从各地汇集来了。

春草绿了又黄，黄了又绿。大会战现场的气氛，紧张而有秩序。经过各工序的通力合作，1964年4月7日晚7时半，我国第一套合格的铀部件终于生产出来了。当即铀部件由原乌兰夫的警卫处长，当时分管元件厂保卫工作的李德逊副厂长亲自押运，用专机送往核武器研制基地⋯⋯

内蒙包头核燃料元件厂全景

24. 金银滩往事

高山跑马云里穿，要找凤凰到银滩。肩负我国核武器研制任务的西北核武器研制基地，像一只五彩斑斓的凤凰，栖息在美丽的金银滩上。

金银滩草原位于我国青海海北藏族自治州东北部，这里东北、西南都有高山屏障。1938 年，著名作曲家王洛宾来到这里，在开满了金露梅和银露梅的草原上与藏族姑娘卓玛邂逅，写下了那首优美的歌曲《在那遥远的地方》。

就是这个遥远的地方，成为了中国最早的核武器研制基地，对外称青海矿区。金银滩的名字在中国的地图上神秘地消失了。

从高原古城西宁市沿高速公路向北位于美丽的金银滩大草原上的西海镇，就是昔日原子城———中国第一个核武器研制基地的所在地。有近 40 年的时间里，西北核武器研制基地创业者在这里挥洒着青春和热血，隐姓埋名、披肝沥胆，在高寒缺氧、条件简陋的情况下，以大无畏的英雄气概，殚精竭虑、埋头苦干，突破了核武器的尖端技术，用自己的双手造出了让世界惊叹的原子弹、氢弹。使我们的共和国从

李觉视察西北核武器研制基地

此扬眉吐气。

1995年5月15日，新华社向全世界公开宣告西北核武器研制基地全面退役，隐蔽了30多年的禁区终于揭开了它神秘的面纱。

早在1958年5月31日，中共中央总书记邓小平批准了西北核武器研制基地的选址报告。8月，原西藏军区副司令员兼参谋长李觉将军带领20多人，只有3顶帐篷、4辆解放牌卡车和4辆嘎斯69吉普车，开始了头顶青天、脚踏草原的艰难创业。当地1715户牧民撤离故土迁往他乡。来自全国各部队的2000名转业干部和战士，以及7000多

李觉三顶帐篷起家

名民工和2000多名建筑工人，组成了万人施工大军，顶风冒雨，昼夜不停，浩浩荡荡地向中国西部进发。铁道兵部队和交通部十万火急地抢修铁路和公路。来自全国各地的器材、设备源源不断地运来。数以千计的大学毕业生、留学生以及刚从国外回来的专家、学者，参加了向原子弹进军的行列。

西北核武器研制基地原占地1170平方公里，后缩减为570多平方公里，平均海拔3000多米、年平均气温低于零摄氏度，高寒缺氧，自然条件十分恶劣。参加基地建设的职工就在这样的条件下开始了基地建设。三年自然灾害给基地建设造成了更为严峻的困难，吃的是谷子面、青稞面，每人每月两钱油，副食只有大白菜汤、咸菜和红豆腐乳，不少人得了浮肿；他们住的是帐篷、窑洞。当刚建起几栋楼房时，基地领导李觉、赵敬璞等把楼房让给科技人员住，他们自己仍然住帐

篷和窑洞。聂荣臻元帅得知基地生活异常困难后，就从部队供应物资中抽调数百万斤黄豆和罐头食品支援西北几个基地建设。青海省政府也拨来了4万头牛羊，组建了农场，专门供应基地需求……这些措施帮助基地建设渡过了最困难的时期。

当年在基地建设时，从全国抽调优秀技术工人、转业军人和大中专毕业生1000多人陆续充实到各研究室、车间和工号。1959年6月，苏联毁约拒绝提供制造核武器的技术援助。中央决定"自己动手、从头摸起"。第二机械工业部核武器局，对外称九局，后来又改称九院。李觉将军出任局长。他的三位副手吴际霖、朱光亚和郭英会。中组部为九局调进了陈能宽等105名科学家和一批中高级科研技术人员。在北京第九研究所成立了"理论物理"等6个室、1个加工车间以及专为基地建设服务的建筑设计室和非标准设备设计室，开始了原子弹基本规律的探索。

1962 年下半年，中央批准了首次核试验的"两年规划"，计划在 1964 年，最迟在 1965 年上半年进行我国第一颗原子弹的爆炸试验。为此，1963 年 2 月 25 日，组建了"西北核武器研制基地指挥部"，李觉任总指挥，进行全力突击抢建。

在西北核武器研制基地逐步具备了科研、生产、生活条件之后，从 1963 年 3 月开始，集中在北京的科研生产人员带着仪器、设备陆续迁往大西北。

1964 年 6 月，西北核武器研制基地的 18 个厂区、4 个生活区、38.9 公里的铁路专用线、75 公里的沥青砼面标准公路全面建成。尽快"造出争气弹"已成为西北核武器研制基地人共同的心声。他们夜以继日地工作学习，废寝忘食地探索攻关，技术上充分民主，实行"理论设计、试验和生产人员相结合，领导、专家、工程技术人员和生产工人相结合"，王淦昌、郭永怀、朱光亚、陈能宽等科学家也经常深入工号，听取汇报，现场解决问题，突破了技术上的道道难关。全尺寸模拟爆轰试

草原集结

验在西北核武器研制基地获得圆满成功，为我国第一颗原子弹的成功
爆炸奠定了基础。

同年8月，首次核试验用的实验装置和备品备件全部加工、装配、
验收完毕，陆续运往罗布泊核试验现场。西北核武器研制基地派出了

一支由222人组成的试验工作队，遵照周总理"严肃认真，周到细致，稳妥可靠，万无一失"的要求，完成了试验前的总装和联试。

1987年，为适应国际环境的变化及社会主义现代化战略的需要，国务院、中央军委作出撤销西北核武器研制基地的决定。按照国家严

铁道旁的干打垒住房

李觉院长、吴际霖副院长居住过的帐篷

格的土壤贫化铀残留限制标准，西北核武器研制基地对 570 多平方公里的工业区进行了全面的退役处理。1993 年 6 月，退役工程正式通过国家验收，移交青海省海北州，全面对外开放。

　　西北核武器研制基地诞生了中国第一颗原子弹和氢弹，树起了中国核武器研制生产的历史丰碑，它的功绩将永远载入共和国史册，与美丽的金银滩草原一起千古流芳。

25. 神秘的小站

京广铁路线上有一个神秘的小站，它曾承担着中国第一座铀矿山的运输任务，为我国核工业的开拓奠基作出了重要贡献。

湖南郴州南岭山脉，连绵百里。这莽莽群峦，簇拥着一座传说中藏有无数金银的山峰，人们给她取了一个美丽的名字——金银寨。

京广铁路线上的神秘小站——许家洞站就伫立在金银寨下。几根杉木柱子，几块杉木皮搭就的候车亭，一个普通得让人记忆模糊的小站。

1958年初春，许家洞站来了七位风尘仆仆的不速之客，他们是首批调来筹建金银寨矿山的开路先锋，领头的是姜德林，还有苑宝存、谢英、张桂芝等人。他们像一群报春鸟，惊醒了金银寨沉睡万年的冥冥大梦；又像是簇簇迎春花，洒遍这山沟坡崖，昭示着矿山的春天。

之后，每天都有几十上百个背着行李的建设者们拥向金银寨。短短8个月，金银寨就汇聚了来自全国各地的2500名职工，相继投入基建和生产准备工作。

整装待发的核工业创业者

荒僻野壤的山沟沸腾起来了，北京话、上海话、东北话、江西话……汇集在一起，奏出了一首雄浑的交响曲。奇怪的是，小站只见大批人到来，却不见人从此离开。

5月31日，一个振奋人心的消息传来，中央领导批准在湖南郴县许家洞建设金银寨矿区——郴州铀矿（后更名为七一一矿）。

郴州自古以来被称为"南蛮之地"，直到解放前，仍然十分封闭。当地民间有句俗语叫"船到郴州止，马到郴州死，人到郴州打摆子"。郴州地区林深瘴重，虎狼出没，夏季蚊虫肆虐，毒蛇很多。创业之初，条件艰苦。建设者在这里住的是"里外一抹泥，上面盖杉皮"的"干打垒"，每人三块松木板铺成的地铺。这里的人们早上起来，要跑到郴江里才能洗上脸；晚上下班回来，就在山涧、水沟和鱼塘里洗澡。挤在用杉木藤条搭起的工棚里，矿山建设者们制订了建设方案，规划出宏伟的蓝图，憧憬着矿山美好的明天。由于环境恶劣加之粮食、副食供应严重不足，大约30%的职工得了水肿病。许多同志患上了痢疾、疟疾等病……因就医困难，大家就上山采药，土法医治。上山挖蕨，下河捞鱼，寻找可食用的野生植物，成了困难时期职工们的自发行动。每当饥饿感袭来的时候，他们就聚集在一起，谈对幸福生活的向往，谈对建设铀矿山的责任，人们把这种交谈，风趣地称之为"精神会餐"。

　　1959 年 3 月，许家洞站迎来了第二机械工业部副部长刘杰和有关专家一行。他们一下火车，便马不停蹄地登上金银寨山顶考察，确定了一号井的位置。这就是中国的第一个铀矿井。

　　苏联专家建议放火把矿井周围的树木烧毁，刘杰凝视着这葱茏茂密的森林，挚爱之心油然而生。烧毁，多么可惜。这是国家资源，群山的衣被，未来矿山主人的天然公园。没有它们，山是秃的，水是浑的，鸟儿都无栖息之地。有了它们，山常青，水常流，百鸟群集，美不胜收。他站在山头沉思，眼前出现的是劳作了一天的矿工，领着妻儿，带着女伴，在林子深处奔跑、嬉戏……他实在不忍心下令烧毁这翠色漫天的林子。回到北京，他把别人的建议和自己的想法全都汇报给宋任穷部长。宋部长十分赞同他的意见。森林保留了下来，职工永远有享用不尽的自然美景。

　　开发铀矿，是中国人过去没有干过的事业，应用的是新技术，碰到的是新问题。矿山从无到有，白手起家，各方面的技术人才少，材料、设备不足，也没有完整的矿山设计。建设者们只有依靠自己，摸着石头过河，边勘探、边设计、边施工。

　　1961 年 10 月，时任第二机械工业副部长、中国原子能研究所所长的钱三强同中国科学院副院长吴有训来到矿上，进行了现场检查和技术指导，并亲自在矿办公楼的走廊过道里，为全矿技术人员讲授专业知识，激发了广大技术人员努力学习科学技术、攻克难关的积极性和热情。

　　那时的坑道作业条件十分恶劣，照明用的是电石灯，通风靠自然风。有的坑道只有 1.5 米宽，进去后要弯着腰才能干活。工人们用大

参加金银寨铀矿初建时期的建设者

锤钢钎凿岩，铁锤起处，火花四溅，巷道里铁锤钢钎撞击声震耳欲聋。放炮，用火雷管引爆。为了赶进度，工人们手上磨破皮，渗出血，起了茧子，照样干，谁都不叫苦，不喊累！人人心中燃烧着一股为国防事业献身的革命热情！

在坑口旁一间简陋的工棚里，聚集着一群青年。他们有的挥锤，有的端筛，把一块块矿石放在石臼里砸烂研碎，筛出粉末，接着加酸浸出，用漏斗过滤，用电炉烤干。整套工序原始得简直像作坊一样。

"这是干什么？"几个好奇的工人问。

谁也没有回答，只是笑着低头干活。

"我们要造原子弹！"一个响亮的誓言撞击着一颗颗年轻的心。这些刚出校门的小青年，为了使祖国第一颗原子弹能用上自己的铀原料，夜以继日地搞起土法炼铀来了。

有人说他们这是在大海里捞针。其实，这比捞针还要艰难，200克重铀酸铵，十来个人足足干了半个月。也有人说他们这是淘金，几十吨矿石才炼出200克铀，不是比金子还贵吗？功夫不负有心人，重铀酸铵终于炼出来了。

1963年11月，我国第一批铀矿石在金银寨装车，用黄油布盖得严严实实，秘密地从许家洞火车站连夜运往衡阳铀水冶厂。当时许家洞至衡阳各站的警卫人员日夜坚守轮流值班，保证了郴州铀矿首批铀矿石准确及时地送到目的地。

时任二机部副部长的刘杰考察郴州铀矿

20 世纪 50 年代是一个令人难以忘怀的年代。1959 年 9 月，第二机械工业调李太英到郴州铀矿任矿长。这位 1943 年参加革命的老同志，一接到调令，便风尘仆仆地从新疆乌鲁木齐坐六天六夜的火车赶到了湖南郴县许家洞站。

50 年代的老干部们有一件共同的法宝，那就是凡事都身体力行。1959 年 10 月，四季度大战的热火烧得正旺，生产急需的电雷管供应出现困难，眼看就要停产，李太英亲自带几个青年技术人员组成实验小组，下到坑口，奋战一个星期，把 1000 多个火雷管改成电雷管。经验证，爆破率达到 95% 以上，满足了生产急需。李矿长做雷管，一时成了矿上的头号新闻，有的工人开玩笑叫他"雷矿长"。

不久，人们又发现，有 3 个多月时间，在机关大楼里很难找到李矿长。原来他带着行李，住进了山上 6 号坑口值班室，每天和工人一起倒班，与工人一道爬天井、打钻、推车、放炮，什么脏活、累活都干。

通过一段时间的实践，李太英有了发言权，他大胆进行调整，加强干部队伍建设。他提出了 3 条形象而又行之有效的整改措施：一是"加机油"，即加强对干部的教育管理；二是"搞检修"，即组织群众评议干部发扬成绩，克服缺点；三是"换零件"，即撤调个别不称职干部。

李太英的这些做法，颇受干部职工们的欢迎。大家增强了责任感和荣誉感。他们恪尽职守，励精图治。在紧张的日日夜夜里，李太英的心弦总是绷得紧紧的，每天工作十多个小时，很少回家。

1964 年 10 月 16 日，随着一声巨响，我国第一颗原子弹试爆成功。喜讯传来，整个矿山沸腾了，许多同志高兴得流下眼泪。人们高声欢呼："胜利了，我们胜利了！"此时的李太英嘴边掠过一丝难得的笑容。这笑容是一个创业者回首艰难历程的欣慰，是一个企业家收获事业成功的喜悦。

刘杰同志激动地说，七一一矿建矿最早，当时出产铀矿石最多，职工群众作出的贡献和牺牲最大！他饱蘸浓墨，满怀深情地为该矿挥笔题写了"中国核工业第一功勋铀矿"的条幅。

26. 女子找矿班

野外找矿工作很艰苦，但女子找矿班的队员们却和男同志一样，披星戴月，风餐露宿，顶烈日、冒寒暑、斗风沙，战胜了重重困难。

核工业二〇八大队八分队女子找矿班于 1976 年春组成，成立时有 8 个姑娘，后来逐步增加到 11 个人，最大的 22 岁，最小的 17 岁。由于女子找矿班表现好，多次受到上级表扬。1977 年，被核工业部西北地勘局正式命名为"三八女子找矿班"。1980 年，随着二〇八大队整体从陕西搬迁到内蒙古，女子找矿班才解散。

如今，尽管昔日的姑娘们都已年近六十，已为人妻、为人母，工种也变了，但还是精神饱满，笑声满屋。大家相聚到一起，共同回忆起当年那段令人难以忘怀的激情岁月。

1976 年，二〇八大队的工作区由陕南转向陕北，女子找矿班也随同小分队一起搬到了陕北，住在宜君县的一个山头上的一座破庙里。

当时，小分队 20 多人，一年的工作面积 6000 多平方公里，涉及好几个县，每天的工作路线都在 8 ～ 10 公里。每天早上七点钟出发，

当年的女找矿员

到晚上七八点钟才回来。当时要求很严，每月上山天数必须保证在 25 天以上。为了保证出勤率，姑娘们跟小伙子一样，背着仪器和干粮跋山涉水，没有一个叫苦叫累的，也从没有偷懒的时候。如果遇到雨天或学习日，姑娘们不是下伙房帮厨就是帮男同志洗衣服、缝铺盖。班长张亚娜和副班长李慧银负责全班的找矿路线分配，她们总是把最远和最难跑的路线留给自己，有时人手不够，她们就一个人完成两个人的任务。

李慧银说，住在宜君县，要到 30 多公里外的泰安工作，必须过一条河。一天过河时，刚涨过水，车子陷在河中间。大家纷纷下水推车。水很深很凉，好不容易把车推过了河，姑娘们全身都湿透了，她们就湿着衣服工作了一天。

说到水，快人快语的杨模凤说，有一次，小分队住在一个村里，全村就一口水井，60多米深，用轱辘往上摇，提一桶水真难。小分队规定轮流打水，并限量用水，不准洗衣服。当时，天气又热，姑娘们只好在第二天上山时，把头天换下的衣服带到河里去洗。

"那是没水时的难处，水多了也受不了。"余香莲接过话题。1978年，小分队住在敦化县张寨村，姑娘们住在半山腰上的一个窑洞里。8月中旬的一天，小分队给每人发了5斤白糖和两条肥皂。半夜时分，电闪雷鸣，下起了瓢泼大雨。余香莲被雷声惊醒，听见窑洞里有哗哗的水声，伸手一摸，碰到了一只拖鞋，水已经涨到了床沿上。"窑洞进水了！"余香莲一声惊叫，把大家喊醒了。她们首先想到的是放在行军床上的20多台找矿仪器，来不及穿好衣服就呼啦啦地往外搬。这时，住在仓库里的男同志也赶来了。大家冒着大雨在洪水中先抢搬仪器，后搬行李。刚把大件搬完，窑洞就坍塌了，刚发的白糖、肥皂全泡汤了。好在人都没事，只是一个个水淋淋地挤在伙房里烤衣服。

如今已退休的川妹子向东云说，最不好意思的是一天中午，她与刘华英跑到一个农户家，想把带上的米饭热一热再吃。不料，农妇见她们背着仪器，一身尘土，以为是要饭的，对她们说："我家是受穷的，山下有个大村子，人户多，你们到村里去要吧！"不过，当农妇弄清她俩是地质队找矿的，便很热情地帮她们热好了饭，并端了一碟酸菜给她们吃。

向东云说在黄陵县店头工作时，一次与班长张亚娜跑线，遇到一

当年的女子找矿班成员合影

条深沟下不去。她们绕了一个大圈，才下到沟里。由于沟深林密，看不到天色，等把工作干完，天已黑了。于是她们急匆匆地往回赶。队友们看到天黑了她俩还没回来，便全体出动，打着手电，一路呼喊着她俩的名字，寻找她们。等大家回到驻地，已是半夜了。向东云说，早出晚归是正常事，她俩觉得没什么，没想到搞得全分队的人一晚没睡好觉，现在想起来还有些惭愧。

长得漂亮又爱美的张京香，念念不忘当年坐车的辛苦。那时，小分队就一辆苏制卡车，除搬家、拉煤、买粮、买菜之外，天天要跑几十公里，把上山人员送到起线点，工作完了再到点接回来。陕北雨水少、黄土多，走的又是乡间机耕道，车子一开动，后面就尘土滚滚。每次从山上回来，大家身上、头上、脸上到处是黄土。那时，要是能坐上一次驾驶室，就别提有多幸福了。

余香莲说："黄土高原上的草丛中，有一种草虱子，样子像臭虫，身子扁扁的，嘴巴尖尖的，就爱往人身上爬，咬人时，嘴钻到肉里，又痒又痛，拔也拔不出来。于是，天气再热，大家也要穿上长裤，把裤口扎紧。有一次，赵金凤身上爬了许多草虱子，吓得她跑到一棵树下，又蹦又跳，我好不容易才帮她把草虱子抓掉。"

纪昌莲长得有点胖，一天走几十里路比较困难，有时能搭上老乡的毛驴车或手扶拖拉机，她就觉得很幸运了。有一天，经过一个农家院子，看到院里拴着一匹马，她感慨地说，要是有匹马骑，该多好啊！于是，她就伸手去摸马，结果马尥蹶子，踢了她一下，大腿上紫了好大一块。尽管如此，她还是跛着腿，天天坚持上山。

野外找矿工作虽然很艰苦，但女子找矿班的队员们和男同志一样，披星戴月，风餐露宿，顶烈日、冒寒暑、斗风沙，战胜了重重困难。那几年，她们一直活跃在铀矿地质找矿一线，在深山戈壁找到了近千个异常点、几十条异常带，展现了找矿巾帼的飒爽英姿。

27. 仓 库 精 神

　　在内蒙古包头核燃料元件厂创建历程中，形成了"仓库精神"，这是核工业的宝贵财富。

　　1961 年底，内蒙古包头核燃料元件厂第二研究室设立六分室的主要任务是原子弹核部件的成型锻造及热处理等科研攻关。

　　这个项目是苏联停援的项目，是中共中央《关于加强原子能工业建设若干问题的决定》和第二机械工业部在苏联停援后提出的在新形势下总任务中的一个重要项目，是保证在 1964 年前自力更生制成原子弹并进行爆炸试验的政治任务。

　　这项任务既光荣又艰巨。由于任务紧急，必须立即从全厂选人。第一批选了袁国初、林福善、张法勇、周志兴等几位同志。当时，科研试制条件极其简陋，除了苏联给的那个简单的初步设计外，技术资料、图纸、试验场地、设备都没有，就是找个办公的地方也困难。为了掌握金属铀的性能和锻造方面的工艺技术，技术人员夜以继日地查资料，编写试验大纲，同时寻找试验场地。

　　由于当时处于建厂初期，各个厂房都在施工之中，没有场地可用。

为了争时间、抢速度，大家提出利用车间外边一个原来锻工组用木板搭的工棚子作锻造试验用地。大家边调研、试验，边筹备场地，每天从早忙到晚，差不多每天都干到半夜才能休息。加上当时正值三年困难时期，技术干部们虽然吃不饱，但大家毫无怨言，仍然坚持干下去。

由于当时核部件的试验是特殊保密的，每天锻造都是在夜间进行。有时要干到第二天早晨。半夜时，厂里给每人发一个玉米面饼子，就是对大家的特殊照顾了。

随着试验的逐步深化，临时工棚已远远不能满足要求。厂党委和厂部决定把627仓库改为试验场地。该仓库原设计是存放仪表设备用的，同志们将仓库东半部加以改造，作为研究试制的临时试验厂地。

在各有关部门的支持下，广大技术人员在较短的时间内对仓库东半部进行

建厂大会战

技术攻关

了改造，安装了必要的试验设备，开始进一步试验。为了抢时间，争速度，大家就在试验现场办公，搞设计、搞试验，吃在现场、睡在现场，昼夜苦干，几乎每天要干 12 个小时，但没有一个人计较报酬或要求换休。当时大家只有一个信念：不靠苏联靠自己，没有专家靠大家，宁可掉几斤肉，也要早日试制出"争气弹"。

核部件锻造试验的第二阶段是模拟试验，是在 627 仓库的 300 吨摩擦压力机上进行的。1964 年初，第二机械工业部党组正式给内蒙古包头核燃料元件厂下达了生产任务，要求争分夺秒以最快的速度拿出两套核部件（一套备用）。为了完成这项关键的政治任务，厂党委决定组织大会战。同志们忘我工作，不怕脏、不怕苦，不计时间，不计报酬，每天加班到深夜。

经过全线同志的艰苦奋斗，终于在4 月 7 日提前试制出我国第一套原子弹核部件。第二套产品也于 4 月 14 日提前生产出来。

　　核部件之所以能在简易仓库里极其简陋的条件下，用较短的时间试制成功，确实与科研人员和工人们的事业心和责任感是分不开的。在试制过程中，为了摸清一个工艺参数，为了解决一个技术问题，同志们废寝忘食，不解决难题，宁可不回家吃饭。只有共产党领导下的技术人员和工人才能有这样强烈的事业心和认真负责的精神。

　　在仓库里搞科研试制，可谓是艰苦创业。当时人们为什么甘心情愿在那样艰苦的条件下埋头苦干？除了响应党中央和部党组的号召外，每一个人都有一个迫切愿望，决心使我们国家的国防力量早日强大起来，打破超级大国的核讹诈和核垄断，用中国人自己的双手去实现这一伟大目标，为国争光。正是在这种精神的鼓舞下，大家虽苦虽累也心甘。所以当厂党委提出："拿出产品就是最大的政治"的口号时，每一个人都不甘落后。但是，艰苦创业精神必须和科学态度结合起来，"摸着石头过河，一步一个脚印"，"一切经过试验"，才能出成果，出人才。

　　在当时那样困难的条件下，如果没有严谨的科学态度，是不可能在那么短的时间内拿出科研试制成果的。由于同志们全心全意地遵循部党组提出的"自力更生过技术关，质量第一"的指示，树立了"有条件要上、没有条件创造条件也要上"的艰苦创业精神，才会在一个简陋的仓库里创造出史无前例的奇迹来。

　　第二机械工业部党组对这一成果很重视，让包头核燃料元件厂写总结报告，并转报给中共中央。罗瑞卿总参谋长在报告上批示将其称赞为"仓库精神"。这种"仓库精神"在以后一些元件的技术攻关中又得到发扬，并成为鼓舞包头核燃料元件厂全厂广大职工在科研、生

干部工人在一起研究解决技术问题

产和其他工作中克服困难的精神力量。

建厂初期，包头核燃料元件厂第一批创建者们，在天灾人祸面前，为了果腹，只能开荒种地生产自救。大家利用工余时间，在阴山下开荒种地，种植土豆，喜获丰收。1959 年 10 月 1 日，包头核燃料元件厂生产自救种的土豆获得丰收，厂里在职工食堂举办土豆大会餐，所有主副食全部由土豆做成，十几种用土豆做的菜肴摆满了桌子。被称为体现"南泥湾精神"的"土豆大会餐"。

内蒙古自治区党委第一书记、政府主席乌兰夫得知此事，当即指示："内蒙古再困难也要保证包头核燃料元件厂的同志们吃饱，因为这关系到国家和民族的大事业。"在乌兰夫的关怀下，自 1963 年

发放物品

起内蒙古自治区政府对包头核燃料元件厂实行粮油特供，每月特供
80％的细粮。这在当年，不仅在内蒙古自治区仅此一家，就是在全国
也是不多见的。

　　第二机械工业部首任部长宋任穷将军到包头核燃料元件厂视察，
坚持要和大家一起住在刚建起的小平房里，与职工同吃同住。他在大
食堂给职工作报告说，你们吃的是土豆，造的是原子弹，责任重大而
光荣。

　　包头核燃料元件厂二车间从生产伊始，就以大庆为榜样，狠抓班
组建设，并把它与社会主义劳动竞赛结合起来，细化生产过程中的各
个环节，把各项指标落实到班组、岗位，以便于检查和评比。化验室

在推行班组成本核算中，群策群力，千方百计节约开支，降低成本。从点点滴滴入手，大幅度降低分析成本，由开始时平均每分析一个样品 3 角钱，降为 3 分钱，甚至细算到小数点后三位数，被称为"一厘钱"精神。

发扬"一厘钱"精神的，不仅是化验室一家，其他各班组和岗位也都自觉地勤俭节约，蔚然成风。例如，从煤渣里把煤核捡回来；把撒落在地上的钙屑清理起来；把分析后剩余的钙样品回收回来；铁皮只要不破损，经修整再重新利用起来，等等。勤俭建国，勤俭持家，勤俭办一切事业，是中国共产党的光荣传统，也是中华民族的传统美德。

28. 捕湟鱼

　　凡是到西北核武器研制基地工作的科技人员，可以首先分享到一份湟鱼佳肴。在三年自然灾害时期，这是何等的待遇啊！

　　湟鱼学名裸鲤，生长在海拔 3000 多米的青海湖。由于地处青藏高原，青海湖水温很低，故湟鱼生长得非常慢，每年长一两，十年长一斤，一条一斤左右的湟鱼至少要长 10 年之久。湟鱼全身光滑、呈金黄色、无鳞。在 50 多年前，湟鱼占青海湖全部鱼类 95% 以上。由于藏民不吃鱼，上百年以来，湟鱼就没有被捕捞过，它们是青海湖鸟岛上鱼鸥们的美味。然而，西北核武器研制基地人对美味的湟鱼却有着特殊的记忆。

　　那是 1960 年，三年自然灾害时期，国家为了西北核武器研制基地的供给做了最大的努力，但广大职工和科研工作者，仍然是饿着肚子搞生产。当时的口粮是青稞、燕麦面、蚕豆面和带皮的谷子面等杂粮，每人每月的定量只有 22 斤，还要省出 1 斤来给病号；食用油每人每月 2 钱，又缺乏蔬菜……由于吃不饱饭，西北核武器研制基地人常常

青海湖一瞥

用一小块酱油膏冲一大碗水来充饥，从而导致大多数职工出现了严重浮肿，最后连路都走不动了。

这样的日子一天一天艰难地过着，科技人员的体质下降，各方面的工作都难于开展，一时间西北核武器研制基地的工作陷入停顿状态。

怎么办？在这种紧急的状况下，李觉局长毅然决定从辅助岗位上抽调人员成立农牧处，组成捕鱼队、放牧队和土豆种植队，自力更生缓解艰难局面。

捕鱼队成立后，200多名年轻小伙子们乘着敞篷车来到青海湖畔的沙滩上，他们搭起了几十顶帐篷，在这里安营扎寨。捕鱼队20人编为一个小队，住一顶帐篷。每个帐篷内并列摆放两排铺板，两铺板间留一条窄窄的通道，捕鱼队员们十个人躺在一张铺板上人挨人、头对头地睡下，就这样他们开始了长达三年的捕鱼生活。

青海湖年平均气温0.2至零下3摄氏度。这里只有夏季和冬季，且冬季漫长。根据夏季鱼群大多在夜间活动的习性，捕鱼作业都在夜间进行。队员们每天下午4点开饭，这一餐也是一天中吃得最正式的一顿，通常一人分得两个青稞面馍馍、一小勺野菜。下午5点正式上班，那时的船都是靠桨划动的船，队长为了激励大家快速到达，号召队员进行比赛。队长一声令下，大家都拼命向前划，一群争强好胜的年轻人，谁也不愿落后。有时遇到岸边浪大，无论怎么用力划也无法向前，这时候两个小队长会毅然跳进冰冷刺骨的湖水里，用力向前推动船舷，直到湖水到了齐胸位置，才跳上船，就这样他们穿着湿透的衣服，在湖面萧瑟的寒风中继续指挥捕鱼工作直到凌晨。

船划到青海湖深水区，就开始撒网。网很大，需要驾着一艘船拉着一头，边前行边将网慢慢丢入水里，另一艘船拖住另一端，这样慢慢拉开网，还有一艘船也是人最多的船，拉着系在网上的绳子在那里等着收网，三艘船头上各亮着一盏燃着煤油的马灯。接下来要等待一段时间。时长一定要掌握得恰到好处，太早收网，捕不到鱼；太迟收网，渔网就会下沉。如果被湖底的暗礁钩住就再也拉不上来了，那样渔网只能丢弃。这时候大家都会屏住气息，生怕惊跑鱼群，静谧的湖面上那三盏马灯像眨动的眼睛。时间一到，随着队长一声划破夜空的口令"收网"，十几个人齐心协力迅速而用力地拉网。当渔网拉到船边，有人立刻提着马灯凑近，看着那些金黄色的湟鱼在网里拼命挣扎、扑腾，不知谁调皮地说了一句"对不起了"，然后用网抄把一条条鱼捞出放进船里。第一网圆满完成后，又马上重复着拉网、收网程序，这样每个队一夜少则能捕几百斤多则上千斤湟鱼。凌晨两点左右，队长一声命令"下班"，于是掉转船头，向驻地驶去。此时听着船桨拨动水面的哗啦声，也听着队友们饥肠辘辘的咕噜声，脸上挂着满载而归的喜悦，也带着上眼皮和下眼皮打架的疲惫，他们胜利返航。

冬季来临，青海湖面被厚厚的冰层覆盖，这时候就只能把冰凿开，用鱼钩钓鱼。每天早上，队员们都会迎着第一缕晨曦，扛着铁钎、大锤，带着鱼钩向冰封的湖面上走去。到达后，两人一组开始凿冰，一人手扶钢钎，一人抡起大锤，凿几下还要用手把碎冰从冰窟窿里掏出。碎冰很锋利，队员们常常划破手背、手指，自己却全然不知。手冻得失去了知觉，直到看见滴到冰上的斑斑血迹才知道自己受伤了。但只要伤口不是太深，谁也不愿去包扎。待凿到深一点的地方就要趴下身体，整个手臂伸进碗口大的冰窟中，一点点把碎冰抓出来，这样大概要凿到近一米的深度就能见到水了。打好冰洞后，每人守着一个，把鱼钩放下去，就等着鱼上钩了。一次，一名队员感觉到鱼已经咬上鱼钩，往上提钩时很吃力，知道钓到大鱼了，待把鱼拉到冰窟窿时却怎么也拉不出来，因为鱼太大了，同事们又离得很远，手也不敢松，这样僵持了半个多小时，鱼的两鳃都在冰洞里卡出血来了，任凭他怎么拽也无法把鱼弄出来，他想试着松一下手再快速提起，结果一松手，鱼挣脱钩子跑掉了，看着提上来的鱼钩上还带着一点鱼嘴上的肉，心里要多懊恼有多懊恼，后悔刚才打冰洞时没有把口子打大一点……

李觉局长曾亲自登船和捕鱼队员们一起打湟鱼，打上来的湟鱼全部分给基地职工特别是科技人员们吃。在生活极度困难的关键时刻，有了湟鱼就基本能够填饱肚子了。湟鱼是高蛋白鱼类，烧熟后鱼肉细腻美味营养，炼出来的鱼油还能抹在青稞面馍馍上吃……美味的湟鱼让大家吃饱了肚子，增强了干劲，焕发了精神，一定程度上解决了缺粮和饥荒的问题，对更快更好地研制和生产第一颗原子弹起到了一定作用。

虽然天天捕鱼，但捕鱼队员们却很少能吃到鱼。除了有严格的纪律，队员们确实舍不得吃。因为在他们心中，始终装着一个坚定而朴

美丽的湟鱼

素的信念：那就是能为一线工人及科研人员多送一条是一条，让他们多吃些美味的湟鱼，吃饱吃好，精神十足地投入到科研生产中，早日完成生产任务，是他们最大的心愿。现在自己苦一点没关系，等原子弹研制成功了，全厂职工及家属就能过上好日子了。

不过，每天在大队部食堂的那口锅里都会炖着一条小鱼，那是为当天捕鱼量第一的先进小队准备的特别奖励。说是奖励，实际上分到每个队员碗里的也只有小拇指大小的一块鱼肉和一碗鱼汤。每到此时，先进小队的 20 个成员就会围坐在帐篷外的沙滩上，把手中的碗高高地举过头顶齐声高喊"干"，那种洋溢在脸上和心中的骄傲与豪爽，又岂是一碗鱼汤可以承载的？而那些站在不远处不能享受此待遇的队友们，一个个斜睨着眼睛，心里狠狠地说："别得意，明天一定超过你们……"

就是这些美味的湟鱼，极大地解决了三年自然灾害时期西北核武器研制基地人们的吃饭问题，从而实现了"两弹"的突破，使共和国扬眉吐气。

淳朴、善良、率真的西北核武器研制基地人永远怀念着他们曾洒下热血与汗水的金银滩草原，永远忘不了青海湖里的美味湟鱼。

29. 骆 驼 草

　　在戈壁滩上长大的孩子们都没有见过树，当他们真的看到树时，却高兴地大喊："好大的骆驼草！"建设者们以"坚韧、自信、奉献"的骆驼草精神，默默地献身戈壁滩。

　　骆驼草——原名骆驼刺，属落叶灌木，枝上多刺，根系一般长达20多米，从沙漠和戈壁深处吸取地下水分和营养，是一种自然生长的干旱植物。因为它是骆驼的牧草，故被称为骆驼草，新疆与西北地区均有分布。骆驼草极其耐寒、耐旱，扎根戈壁沙石深处，以顽强的生命力征服大自然，故又被称为沙漠勇士，与胡杨、红柳并称"戈壁三宝"，其存在对于生长地脆弱的生态环境有着极其重要的生态价值。在茫茫的大西北那"鸟过不歇，风吹石头跑"的地方，骆驼草用生命点缀戈壁荒漠，把一切无私奉献给养育它的土地。这种精神正是新中国第一批核工业工作者的真实写照。

　　在1957年冬天，成千上万的建设大军，从祖国四面八方奔赴河西走廊西部的戈壁滩。为了粉碎霸权主义的核垄断和核讹诈，他们在荒无人烟的戈壁滩上创建了酒泉原子能联合企业，开始了秘密创业历程。

"不到大西北不知中国大，不到戈壁滩不知生存难"。他们在飞沙走石、荒无人烟的戈壁荒原上搭起了帐篷，开始艰苦创业。夜风常常掀起帐篷的一角，摔打出凄冷单调的"啪啪"声，雪凝成一粒粒坚硬的小球，在空中飞旋、在地上翻滚。最使人受不了的是，这里三天两头刮沙尘暴，经常把帐篷掀翻，甚至把帐篷连人一起卷到几公里之外。再就是缺水。生活用水要用汽车从50公里外的地方拉回来，每人每天只发一脸盆水，喝水、洗脸、洗衣、洗袜全靠它，最后还要用来和煤。就是在这样恶劣的环境中，磨炼出了一大批不怕苦、不怕牺牲、敢打硬仗、勇攀技术高峰的原子能事业的骨干队伍。

干部职工在工地学习

1959年困难时期职工们在采集骆驼草

　　1959年，参加援建反应堆工程的苏联专家，突然撤离了工地。主要施工图纸及工程方案被封存、被带走；一些已运到中苏边境的设备也就地卡住，原封不动地运了回去。在苏联应提供的设备中，到货的只有很少一部分，其中大多又是笨重的外围设备，而关键的部件、设备，像燃料元件、工艺管、主泵及热交换器等则一件也没到。一个阴沉沉的声音从灰蒙蒙的西伯利亚传来："凭你们现在的技术能力，想造原子弹没有20年时间是不可能的……"

　　面对残缺不全的图纸和仅有的几件设备，创业者的心头像是压上了一座祁连山，沸腾的工地变得死一般沉寂。只有渐渐猛烈起来的戈壁风在肆无忌惮地呼啸着……

　　与此同时，国民经济三年暂时困难，给奋战在戈壁滩上的核工业开拓者们造成了极为严重的困难，自然灾害所引来的饥饿凶神也毫不留情地向这块不毛之地张开了血盆大口。1960年实行粮食定量供应，1961年是生活最困难的时期，给养供不上了，基地的粮食在一天天

困难时期职工们在捡蘑菇

减少，每人每月 22 斤的定量也无法保证，开始一人一顿还能吃上一个馒头，后来连馒头也没有了，就吃玉米面、青稞面，有时一顿饭一个人才发三四个小土豆，即使这几个土豆大家也要互相监督，要分两顿吃，否则，晚上就要饿肚子。为此，厂里多次派人、派车到附近调粮，却都是空车返回。春节临近，工地只剩下 3 天的存粮，工地几万名职工、家属和驻军，面临着断粮的威胁。

粮库无粮，饥饿像一双无情的铁腕紧紧扼住了人们的喉咙。厂领导周秩、车兆先、郑仁、杨光远等，一方面亲自到北京、兰州向中央、省、部领导告急，请求帮助；一方面继续派人四处奔波，千方百计寻找粮源。广大职工、家属和驻军，咬紧牙关，坚守阵地。厂党委发出了"大搞代食品，节约用粮"的号召。全厂职工不分男女，不论干部工人，忍着饥寒走向荒原，寻找生存的希望。他们背着筐子，顶着风沙，

总工程师与工人一起在工地劳动

到二三十里以外的戈壁滩上，铲去冰雪，收集唯一可以寻到的能充饥的骆驼草籽。他们将精心采集的骆驼草籽与少量的面粉、青稞粉混合在一起充饥。实在难以下咽，那是只有黄羊才吃的东西，但同志们却风趣地说："骆驼草籽还有股羊肉味呢！"由于较长时间的缺粮和严重的营养不足，有些职工和家属患上了严重的浮肿，这种病病情发展很快，到1961年2月，浮肿人数多达千余人，严重威胁到工地建设。但是，人们仍然在寻找生存下去的食粮，也探索着突破技术封锁的道路。

李富春、薄一波等中央领导人非常关心酒泉原子能联合企业工地的建设和职工生活，先后亲自打电话给第二机械工业部部长刘杰，询问工地职工、家属生活情况，指示一定要认真对待，妥善安排，并具体帮助解决困难。聂荣臻等中央领导几乎每天都询问和研究工地的生

干部职工同吃同住在工地

活情况，并做出了重要指示。当时任东北局书记的宋任穷同志亲自联系军队，及时从黑龙江调进两车皮玉米、两车皮黄豆，暂时缓解了几乎断粮的危机。第二机械工业部部长刘杰指示：请周秩同志尽快去新疆调粮，切实安排好运粮的有关问题。当时，兰新铁路只通到吐鲁番，

运粮队经过探路，发现根本没有像样的公路，沿途人烟稀少，有些地段不是乱石滩就是沼泽地，实在无路可走。从吐鲁番车站到调粮地有 1800 公里，由于路不好走，往返要 15 天。为保证运粮安全，在阿克苏、喀什设了三个接应点，在吐鲁番火车站设了转运站。运粮工作非常艰苦，司机和押运人员只好带上 15 天的干粮，在沿途兵站喝点水，热热干粮。长达 18 个月的运粮工作，共运粮食 200 万余斤。也付出了相当高的代价，运粮车 50 辆损坏了 40 多辆，运到工地的面粉折价合每斤一元钱。然而，这次新疆调粮却从根本上扭转了工地粮食危机，解除了工地职工、家属和驻军几万人口断粮的威胁，渡过了难关，保住了基地。1961 年下半年，国家经济形势逐渐好转，甘肃省也有了明显的转机，全国各地也给予酒泉原子能联合企业大力支援，送来了猪肉、萝卜干、咸菜等。这时，工地可以按月定量从省内得到粮食指标，结束了吃骆驼草籽的时代。

苏联毁约停援，国内三年自然灾害的暂时困难，并没有动摇大家的信心。酒泉原子能联合企业广大干部职工，在党中央、国务院的领导下，在部、省领导的亲切关怀下，在全国各部门、各地方以及中国人民解放军的积极支援下，为了祖国的需要，没有向困难低头，而是更加激发了自力更生、艰苦奋斗的精神。他们克服了重重困难，攻克了一道道技术难关，硬是在戈壁滩上站稳了脚跟。他们中不仅涌现了周秩、王侯山、姜圣阶、张同星（他去世后按个人遗

困难时期，共渡难关

愿将其骨灰撒在了戈壁滩）、原公浦、杨海棠、祝麟芳……这样一群硬汉，更有一些默默无闻的创业者，他们像骆驼草一样，在自然环境恶劣，收入微薄、条件简陋的情况下，以坚韧不拔的毅力克服了难以想象的困难，攻克了一个又一个难关，终于制造出让中华民族扬眉吐气、世界各国为之震惊的原子弹，实现了从无到有的历史性突破。

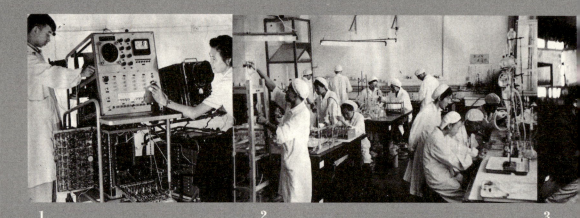

1   2   3

6   7   8

1. 早期核物理实验研究
2. 早期化学分析实验
3. 干部、工人、技术人员群策群力解决技术难题
4. 核工业人自己在戈壁滩上铺设通向外面的铁路
5. 工地学习
6. 农场播种
7. 最紧张的攻关
8. 惜水如金
9. 简陋设备
10. 酒泉原子能联合企业建设现场

4   5

9   10

第三章 苦战攻关

气体扩散法分离铀同位素扩散机群

第三章　苦战攻关

国际时局变幻莫测，逐梦历程艰辛困苦。

在我国做好了迎接苏联援助研制原子弹的一切准备工作之际，1959 年 6 月，苏共中央给中共中央来信，单方面毁约，拒绝提供原子弹模型和相关资料。宋任穷部长向周恩来总理汇报并请示该如何处理此事。周总理答复：中央研究过了，他不给，我们自己动手，从头摸索。

为了记住苏共单方面毁约这个难忘的日子，当时的第二机械工业部部长刘杰给原子弹起了一个很有激励性的代号——"596"。

在苏共撕毁协议、中止援助的决策还没有向其下属传达的时候，第二机械工业部抓住机会，采取了两个行动。其中一个是抢建铀浓缩厂主工艺厂房，搞好设备安装条件，逼苏方交付设备。

第二机械工业部部长宋任穷请王承书去搞铀同位素分离工作。王承书毅然放弃自己熟悉的气体力学及统计物理专业，另辟蹊径，为此，她隐姓埋名了一辈子。

为了摸清核工业各条战线存在的问题，第二机械工业部党组提出了"摸清底细，站稳脚跟"的号召。由部、局领导率领工作组，组织近 500 人到基层蹲点，调查研究、总结经验、解决问题。在大家的共同努力下，很快掌握了工作的主动权。

1962 年 12 月，包头核燃料元件厂四氟化铀车间投料生产。1963 年 3 月，完成了第一颗原子弹理论设计方案；8 月，衡阳铀水冶厂一期工程完工并开始试生产；11 月，六氟化铀工厂生产出第一批合格产品。1964 年 1 月 14 日，兰州铀浓缩厂取得了高浓铀合格产品。历经六年的艰苦奋斗，高浓铀建成投产，为我国第一颗原子弹成功爆炸创造和提供了先决条件，并争取了时间。

1964 年 1 月 15 日，第二机械工业部党组向兰州铀浓缩厂发来贺电。

1 月 18 日，毛泽东主席在第二机械工业部给党中央的报告上批示："很好"。

核工业人朝着梦想又跨进了一大步。

30. "596" 的来龙去脉

"596" 是中国第一颗原子弹的代号。从 1957 年 10 月 15 日中国和苏联签订"国防新技术协定"到 1959 年 6 月，不到两年时间，赫鲁晓夫就把这一协定变成了一纸空文。

1954 年 10 月，赫鲁晓夫率苏联代表团参加新中国成立 5 周年庆典。在中南海举行的中苏两国最高级会议上，赫鲁晓夫问，"你们对我方还有什么要求？"

毛主席答道：我们对原子能、核武器感兴趣。希望你们在这方面能对我们有所帮助，使我们有所建树。

赫鲁晓夫听到这里愣住了，因为他不曾考虑过这个问题，毫无思想准备。他稍停了一下说，搞那个东西太费钱了。我们这个大家庭有了核保护伞就行了，无须大家都来搞它。我们的想法是，目前你们不必搞这些东西。

毛主席回答说："也好，让我们考虑考虑再说。"

1956 年，赫鲁晓夫反斯大林，结果导致在世界范围内掀起了反苏反共的高潮。在这种情况下，赫鲁晓夫为了换取中国的支持，对我

聂荣臻、万毅、李强、宋任穷（从左至右）在苏联参加中苏国防新技术谈判时合影

国国防尖端技术的援助政策有所松动。

聂荣臻敏锐地觉察到这个变化，认为这是个很好的机会，他对周恩来说，是不是再和他们谈一谈，让他们援助一下，派一些专家，提供一些资料和样品，由我们自己搞。

周恩来说："我同意。你可以先找阿尔希波夫谈一谈，我们再作下一步打算。"

阿尔希波夫当时是苏联驻中国经济技术总顾问，这个人总体上对中国是友好的。聂荣臻拉上对外贸易部副部长李强，来到了位于北京东交民巷的阿尔希波夫的住处。

聂荣臻对阿尔希波夫谈了我国生产原子弹、导弹及与此相联系的飞机型号，希望取得苏联政府的援助。

阿尔希波夫很认真地听完说："您提出的问题我本人同意，但要请示我国政府后才能答复。"

过了几天，阿尔希波夫前来拜访聂荣臻。他开门见山地说，元帅阁下，您上次提出的国防新技术援助的问题，我国政府对中国政府的要求表示支持。我被授权宣布："苏联政府同意在适当的时候，由中国派政府代表团去苏联谈判。"

毛泽东、周恩来很快同意组织代表团赴苏谈判，委托聂荣臻负责筹组代表团。

经过一个多月的准备，去苏联谈判的各项事宜商定好了。团长：聂荣臻，副团长为宋任穷、陈赓，成员有钱学森、李强、刘杰等，此外还聘请了13名火箭、原子能、飞机、电子等方面的专家、教授当顾问，加上工作人员共31人。

谈判从开始到10月15日签协定，共进行了35天，谈判分军事、导弹、原子能、飞机、电子5个组进行。

1957年10月15日，聂荣臻率代表团全体成员出席在苏联国防部大楼举行的签字仪式，聂荣臻代表中国政府与苏联政府代表在协定上签字。

这就是中苏两国历史上有名的"国防新技术协定"，也叫"10月15日协定"。该协定明文规定，为援助中国制造原子弹，苏联向中国提供原子弹的教学模型和图纸资料，并派专家到中国帮助研制。

中苏国防新技术协定签订后，总的来说，1957 年、1958 年，执行得比较顺利，苏联向中国提供了几种导弹、飞机和其他军事装备的实物样品，交付了相应的技术资料，并派出有关技术专家来华指导。苏联的帮助，对中国在尖端武器研制方面的起步工作，起到了重要作用，这一点中国人民心存感激。毛泽东说："四海之内皆兄弟，一定要把苏联同志看成自己人。"这个极大地鼓舞了在我国的苏联专家。

应该说，苏联专家在我们研制原子弹初期给予了一些有益的帮助。第二机械工业部第一任部长宋任穷回忆说：1958 年六七月间，苏联派三个搞核武器的专家来华考察和帮助工作。先到青海看了核武器研制基地厂址，7 月 15 日回北京做了报告，我和刘杰、袁成隆、钱三强、吴际霖、郭英会等都去听了。这次报告对我们研制原子弹初期工作是有益的，起到了引路的作用，加快了研制进程，争取了一些时间。可是他们讲的，毕竟只是一种教学概念，不是工程设计，而且有的数据根本不对，后来我们用两年左右的时间，经过反复计算才完全弄清楚。后来的研制工作，完全是依靠我们自己的科技人员完成的。

1958 年 7 月，赫鲁晓夫来华再次提出不合理要求，遭到毛泽东的严词拒绝。毛泽东说，我们再也不想让任何人利用我们的国土来达到他们自己的目的。

随之而来的是，苏联政府以种种借口拖延中苏《国防新技术协定》的执行。协定中最重要的苏联应向中国提供的原子弹教学模型和图纸资料，迟迟没有提交。

1959 年 6 月 20 日，苏共中央致中共中央的信到了北京，信中以当时苏联与美国、英国等西方国家正在谈判关于禁止试验核武器的协议，赫鲁晓夫与艾森豪威尔将在戴维营举行会谈为理由，提出暂缓按协定向中国提供原子弹模型和图纸资料，两年以后看形势发展再说，从而单方面撕毁了中苏"国防新技术协定"。

1959 年 7 月初，聂荣臻在庐山出席中央政治局扩大会议期间，收到第二机械工业部的报告。报告附有 6 月 20 日苏共中央致中共中央的信。宋任穷后来回忆说，我们在庐山期间，关于苏共中央来信和我们分析研究的情况，我向聂老总作了汇报。聂老总说，苏联不给，我们就自己搞。在向周总理请示要不要复信时，总理说，中央研究过了，我们不理他那一套。他不给，我们就自己动手，从头摸起，准备用八年时间搞出原子弹。

核武器研究院很快组成三大部——理论部、试验部、总体部，排列出原子弹的各项技术关，分工到各研究小组，分配到每个人，全面开始攻关；在长城外面很快建立了小型爆炸物理试验场，迅速开展了试验工作；在青海草原建立大型爆炸物理试验场和特种炸药浇注车间，以及其他相应配套的自动控制、机械加工等场地，各项理论研究和实际试验工作有条不紊地进行。

1960 年 7 月 25 日，苏联通知在华工作的全部专家离境。同时，中止派遣按照两国协议应该派遣的 900 多名专家来华。

8 月 23 日，在中国核工业系统工作的 233 名苏联专家全部撤回，并带走了重要的图纸资料，原来应该供应的设备也不供应了。

1962 年夏天，第二机械工业部部长刘杰正在北戴河参加中央工作会议，中央领导对第二机械工业部的工作进度非常关心。陈毅元帅也多次询问：刘杰，我们原子弹什么时候响啊？你们早一点把原子弹拿出来，我这个外交部长说话就硬了。

很快，第二机械工业部领导经过讨论，于 1962 年 9 月 11 日正式向中共中央提出争取 1964 年最迟在 1965 年上半年爆炸我国第一颗原子弹的"两年规划"。

国防工办向中央政治局常委汇报了第二机械工业部的"两年规划"，并提出成立加强对原子能工业领导的中央专门委员会的建议。

中央专门委员会是在党中央直接领导下，具有高度权威的行政权力机构。从成立到第一颗原子弹爆炸前，中央专门委员会共召开了九次会议，研究解决了 100 多个重大问题。

研制原子弹属于国家最高机密，需要有一个代号，以便于保密。1963 年 8 月，第二机械工业部部长刘杰赴西北核武器研制基地检查工作，在考虑用什么作第一颗原子弹的研制代号时，刘杰和李觉、朱光亚、吴际霖都不约而同地想到了 596 这个数字。刘杰说，赫鲁晓夫于 1959 年 6 月毁约停援，还蔑视我们，说离开了他们的援助，中国 20 年也研制不出原子弹。我们深感民族自尊心受到了伤害，就以这个日期——596 来作为代号，借以激励全体职工，克服一切困难，制成原子弹。

全国一盘棋，集中力量办大事，这是我们社会主义制度的优越性的。工业落后的中国要在较短的时间内制造出原子弹，靠的就是全民族团结一致和各行各业的大力协同。

围绕第一颗原子弹的攻关项目，中国科学院、冶金、机械、化工、电子、石油、建工、轻工、纺织、公安、交通等 26 个部委和 20 个省市自治区的 900 多家工厂、院校、科研单位，展开了一场规模空前的大会战，为原子弹的制造和试验，研制出了十万多种专用仪器、设备和原材料。

1963年3月，完成了第一颗原子弹理论设计方案；1964年1月14日，兰州浓缩铀厂取得了高浓铀合格产品；1964年10月16日，中国第一颗原子弹终于爆发出惊天动地的巨响。

31. 给苏联专家"变戏法"

在与苏联专家一起工作的日子里，我国各方人员虚心向他们学习，彼此建立了深厚的友情，以至于苏联专家撤离时对中国同行赞不绝口、依依不舍。

1959年国庆节后，中苏关系发生了变化。第二机械工业部指示兰州铀浓缩厂一定要尽最大努力把扩散厂房抢上去，并催促苏方把主机全部运来，年底实现主机安装。面对突变的国际形势，以厂党委书记张丕绪、厂长王介福为代表的领导班子当机立断，提出"一切为了安装主机，一切为主机让路"的口号，按照"先生产后生活，先主后辅"的工作程序，缩短战线，集中力量，分段完成扩散厂房的建设，限期把土建、安装工程抢上去。

红旗飘飘，哨声阵阵，机器隆隆。工地上，穿梭往返的车辆，扬起几尺高的尘土；伸出巨臂的起重吊车，把一根根柱子、一块块屋面板吊向新建的厂房；人们脸上的汗水和着泥土，好似条条蚯蚓往下流淌……器材、设备运上门，开水、饭菜送到工地，医疗、洗衣到现场，全厂上下掀起抢建扩散厂房的热潮。有一位职工被大家的工作热情所

1960年，时任二机部部长刘杰（右一）到车站欢送苏联专家回国

感动，写下了这样的诗句："初到三段吃饭，食堂空落清闲。帐篷林立近百，为何没人就餐？晚钟虽催下班，夕阳还没落山。星星未来邀请，我们不去吃饭。"

1959年12月18日，一位苏联专家在第一副厂长王中蕃的陪同下走进新建成的扩散厂房。他戴上白手套，在墙角、地沟里摸了摸，摇摇头说："不行，清洁度不够，是不能进设备的。"

"你认为需要多久就可以达到清洁度？"王中蕃问。

215

"至少一个多月。"

"如果清洁度合格，是否就可以安装设备？"

"嗯，是的！"专家说，"我上午检查合格，你下午就可以安装！"

王中蕃斩钉截铁地回答："好！三天以后再来看！"

"三天？"专家瞪着眼睛不相信地问。

"三天！"王中蕃坚定地说。

说干就干。为了使扩散厂房的清洁度尽快达到苏联专家的要求，全厂 1400 多名干部职工不论职务高低，不分身强体弱，在党委副书记刘喆的带领下，连夜奋战在现场。扫帚、拖把、抹布一起上，大家分头擦拭地面、地沟、机座、门窗、平台、管道……就连细缝狭隙之处也绝不放过。低处蹲着擦，旮旯跪着擦，地沟趴着擦。室外寒风呼啸，犹如战鼓声声，为创业者呐喊助威；室内热浪翻滚，好似烈火熊熊，为创业者鼓劲加油。当一轮红日从东方喷薄欲出之际，兰州铀浓缩厂人硬是把扩散厂房擦拭得光洁明亮，一尘不染。

那位苏联专家再次来到现场检查，看到 4000 多平方米的厂房里一夜之间改变了模样，随即戴上雪白的手套，攀高爬低到处摸擦后也未见丝毫尘迹时，睁大了惊奇的双眼，对王中蕃说："我算服了你们，你们都是魔术师，简直像变戏法一样！"并竖起大拇指连声称道："哈拉少，哈拉少！"

"专家同志，是否可以催运主设备进厂？"王中蕃笑着问。

"可以，可以！"专家做了个手势说，"我马上给莫斯科发电报，立即发运主设备。设备一到，马上安装！"

王中蕃握着专家的手说："一言为定！"

　　扩散厂房设备开始安装了，一排排从苏联运来的主机整整齐齐地吊装、就位。突然，一位专家连比划带大声喊叫着要中止设备的安装。原来，这位专家认为虽然厂房里干净了，但周围环境还不得不清洁，还是不能安装设备。人们望着电缆裸露、场地不平、刮起风来黄土飞扬的厂房四周，不觉陷入了沉思。

　　这是一个十分棘手的问题。

　　黄土高原，刮风扬土，这原本是苏联专家选厂址时就了解的环境特点，要改变这种生态环境并非一蹴而就。可眼下最紧要的是时间，时间，时间！

　　有办法了！组织人员把施工现场的电缆全部放入土沟里；调来推土机，将厂房周围推平；到青海去拉草皮覆盖地面，阻止黄土飞扬。

　　这个办法果真有效。专家看见兰州铀浓缩厂人仅用了一个晚上就将难题破解，再也无法用清洁度来说三道四了。

　　1959 年 12 月 27 日，首批机组终于在扩散厂房安下了家。

32. 隐姓埋名一辈子

诺贝尔奖获得者杨振宁发来唁电: 痛闻王承书先生因病去世。王先生是优秀的物理学家, 对祖国教育事业、科研事业、国防事业都有巨大贡献。她的奉献精神和处世态度是我们的榜样。

五星红旗在神州大地升起, 吸引了一批又一批旅居国外的科学家。已届不惑之年的王承书夫妇克服重重阻挠回到祖国。

1956 年年底, 第二机械工业部部长宋任穷请王承书去搞铀同位素分离工作。这在当时的中国是一个空白。接受, 意味着放弃自己熟悉的气体力学及统计物理专业, 这对于已届不惑之年的女性来说绝非易事; 不接受, 这块空白总需有人去填补, 谁干都得转行。

从此, 王承书的名字与中国原子能事业密切联系在一起, 她告别了曾付出巨大努力而进入的统计物理领域, 开始新的跋涉。

1958 年, 处于北京郊区的原子能研究所建立热核聚变研究室, 由王承书、李整武等人担负技术工作。她负责理论部分, 致力于等离子体物理和磁流体力学的研究。这在当时的中国, 是一项填补空白的工作。从此, 她开始长达 20 年的集体生活, 一日三餐吃在食堂, 睡在集体宿舍，每天工作十多个小时。1959 年，她去苏联学习了几个月。回国时，得到一本介绍美国受控热核聚变工作计划的书。在火车上度过的七天七夜，王承书同火车轮子一样日夜不停地将这本资料翻译出来，回国后又翻译了《热核聚变导论》。她不仅弄清了世界上热核聚变的理论基础、方法和现状，还参与了我国最初三个等离子体实验装

王承书（中）指导学生工作

王承书院士

置设计和建造工作。在王承书指导和带领下，我国第一批热核领域理论人才破土发芽，大多数人成为我国热核聚变的科研骨干。

1961年春天的一天，王承书被钱三强请到办公室，他神色严峻而庄重，问道："你愿不愿意隐姓埋名一辈子去搞气体扩散？" 王承书毫无迟疑地答道"我愿意！"

从此，王承书悄然从物理学界消失。许多人在每星期一清晨看到中关村路边有一位清瘦的中年妇女在等班车，他们不知道她是谁。正在上小学的儿子 7 天才见母亲一次。她同丈夫张文裕也长期天南地北地两地分居。王承书说："对于每个人来说，生命本身就是一种消费。在我这一生中，事业占据了我整个生命的 2/3，为此，我失去了一个女人应给予这个家庭的一切，但是，我并不后悔。"

气体扩散法是把天然矿石中炼出的铀 -235 浓缩成高浓铀，为核武器提供燃料。这种产品的生产能力，至今仍是一个国家掌握核武器能力的重要指标。当时，中苏关系破裂。气体扩散厂的主工艺车间刚装上部分机器，苏联专家便全部撤走。留下的是沉睡的厂房、设备，成堆的疑点、问题，残缺如天书的资料……我国核武器研制面临缺乏燃料的危机。

如何使这些设备一级一级联系起来启动，如何供料，取得合格的产品，需要进行大量复杂的计算。当时，我国仅有一台 15 万次电子计算机。为检验结果的准确度，王承书坚持用手动的机械计算机作必要的验证。瘦弱的王承书一个手指力量不足，只得将右手中指压在十指上，一下一下地敲打按键，一得到数据便马上记录在笔记本上。如此枯燥的工作，她和两位同事干了一年多，仅有用的数据就装了三只抽屉，电子计算机算出的 10 箱纸条，她都一一过目。白天黑夜地计算数字，推导公式……一个级联方案和分批启动方案终于出来了。

就在这时，1962 年，中央批准了第二机械工业部的"两年规划"，决定在建国 15 周年时进行第一颗原子弹爆炸试验。

已在 1961 年加入中国共产党的王承书，感到肩上的担子又无形地加重了分量。扩散厂远在千里之外，每次联级启动，王承书与吴征铠等专家都亲赴现场指导。严密的逻辑思维、精确细致的计算，使本来静谧的扩散厂轰鸣起来了，互不关联的"兵马俑们"列队排阵，迈出了矫健整齐的步伐。在 1964 年 1 月 14 日终于生产出合格的高浓缩铀。同年 4 月浇铸出毛坯，加工成原子弹的核部件。同年 10 月 16 日，一朵巨大的蘑菇云在神州大地的西北角升起。

蘑菇云升起以后，第一件有意义的任务完成了。随后，第二机械工业部正式筹建铀同位素分离研究所。刚刚稍有放松的王承书又开始率领着一个小组秘密地向激光分离铀同位素这个尖端科学领域进军了。

激光分离铀同位素是利用同位元素吸收波长不同这一原理，来进行同位素分离的。这是一种新型的、有良好工业前景的分离方法。20 世纪 70 年代，美、法、苏、英等国也开始进行激光分离研究。

1975 年的一天，一则消息传入王承书耳中：西欧三国离心厂宣布开工。这件事虽非意外，却使王承书很不平静。

气体离心法分离铀同位素，被称作第三代浓缩铀技术。它是利用分子质量上的差异而所受离心力的不同来产生浓缩铀的。和气体扩散法比，它有着许多优点，有着广泛的应用性。但由于单台分离能力不大，一个工厂所需要的机器数以万计，机器转速高达每分钟数万转，因而造成工厂运行维修复杂，操作、控制要求严格。西欧三国离心厂正式开工，这足以说明他们已从研究进入了应用阶段。

作为同位素分离研究的理论研究者，王承书感到这是自己的失职。

王承书院士（右）与钱皋韵院士在工作

在悄悄地追踪世界激光分离先进技术的同时，她又开始了新的理论研究。

后来，王承书被调进了第二机械工业部机关任科技司总工程师。然而，她离不开她的项目，离不开科研一线。她找到刘伟部长，恳请刘部长对她能"缓期执行"。刘伟部长看着年已66岁的王承书，狠了狠心告诉她："必须立即执行。"

王承书曾热衷于当一名教师。祖国的需要，把她推到了科研一线。而实际上，她也一直在教授着学生。她的学生有的已经担任了教授、研究室主任；有的成为核科学研究的中坚骨干。王承书仍是他们尊敬的"王先生"。

她审阅学生的论文，研究新问题，学习新东西，进行新的计算研究，就连休病假期间，也没有放弃过研究和学习。她的生活是那么充实，追求是那样执著。

33. 一个有胆有识的人

　　吴际霖毛遂自荐做九院第一技术委员会主任，并为研制第一颗原子弹积极争取时间，做出了重要贡献。

　　我国的"两弹"研究不仅需要杰出的科学家，还需要善于组织调度的科研管理专家。

　　吴际霖，这个在科学界，在核工业队伍内，不大为人所知的人，却是一个为第一颗原子弹作出重要贡献的人物。

　　李觉对吴际霖的第一印象，是觉得他太瘦弱了。他中等身材，身子单薄，略显瘦削的脸上架着一副高度近视的眼镜，像个文弱书生。李觉怎么也想象不出他在战火纷飞的年代搞过那么久的军工生产，而且是个出色的军工专家。他的经历是奇特的。坎坷多于顺境，磨难多于安逸，这是他前半生的写照。

　　他生于四川成都的一个封建官僚家庭，本来可以踏上仕途，可他从青年时代起，就对官场的虚伪、腐败非常憎恶。

　　每当川西平原金黄色的油菜花盛开的季节，他总喜欢在郊外漫步，望着青翠的竹林掩映着的又破又旧的农家茅舍，面带菜色的农家孩子，

吴际霖

想着祖国的孱弱，社会的腐败，他渐渐萌生了一个念头：当科学家，走科学救国的道路。

1937年，他从华西大学化学系毕业，发现自己的专业在当时科学落后的中国并无用武之地。一天，他见到国民党军政部开办特种技术训练班的布告，觉得自己的一点知识应该为国家效力，就去报了名。在一个半月的受训中，国民党军官的蛮横和法西斯式的教育，使他十分反感，但为了上前线抗日，他还是忍受下来了。

训练结束后，他被派到山西前线，为国民党士兵讲防化常识。大概连他自己也没有想到，这一次离川，告别了自己年轻的妻子和幼小的儿女，竟一去十几年，音信隔绝。

1940年一个风雪交加的夜晚，他在地下党员王寒秋的帮助下，经西安八路军办事处转赴延安。他开始用自己的知识从事弹药实验工作。抗日战争结束后，党派他到鲁南，陈毅同志让他负责补充部队弹药和修理军械的任务。1948年他又年转赴渤海地区负责军工生产。新中国成立后，吴际霖大胆使用旧中国留下来的工程技术人员，尽可能地发挥他们的专长，使山东铝厂的生产恢复发展得很快。当时负责重工业部的陈云同志得知后，决定调吴际霖到北京九院工作。

"欢迎你！欢迎你！"李觉紧紧地握着他的手说。

"好……好的。"吴际霖操着深重的四川口音，有点不那么连贯地回答。他不苟言笑，好像还有点拘谨，与李觉的热忱、爽朗形成了鲜明的对照。

他能担负起组织工作这个重担吗？原子弹研制可是涉及多学科的复杂的尖端技术啊！

几天以后，李觉不得不对他刮目相看了。

"你看！"吴际霖找到他，递给他几页纸，上面是工工整整的漂亮的手体字。"我考虑了这么几个方案。"

没等李觉答话，他径自说了下去，而且脖子上的血管渐渐地胀了起来。

"我觉得，当务之急，是我们的机构要适应科研的需要。我们正在起步，摊子不能铺得太大。我考虑将原先拟定的科研四个部取消，根据原子弹技术突破的重要环节，先搞几个科研室，集中使用力量，加强主攻方向。"

"第二，我们要确定科研民主方针。不管是谁，在这里都要按科学办事。我建议在科研上搞多路探索，有了眉目立即拍板，不得拖延。"

"最后，我觉得要很好地发挥专家的作用。虽然他们大部分不是党员，但必须让他们有职有权。我建议成立院科技委员会，下面设四个具体的技术委员会，进行决策，行政方面不能干预，党委要起保证作用。"

他谈得很仔细，仿佛是念着自己的一份考试答卷，但李觉感到了它的分量。他朝那摊在桌上的几页纸望去，那上面赫然写着几个技术委员会负责人的名字。

第一技术委员会主任　吴际霖
第二技术委员会主任　王淦昌
第三技术委员会主任　郭永怀
第四技术委员会主任　彭桓武

这个对原子弹研制有着举足轻重作用的技术委员会里没有一个行政领导人的名字，而且吴际霖当仁不让，毛遂自荐做第一技术委员会主任。这是需要一定胆略和勇气的。

李觉望着他那微微涨红的脸，高兴地点了点头。他开始理解他了，这是一个细心而善于思考，果断而雷厉风行的组织者。很快，党委通过了这个提议。

吴际霖开始紧张地工作了。他从不串门聊天，偶有空闲，也把自己关在屋子里，记录当天的工作进程，整理中央和部里的指示，考虑下一步的科研安排。从他手中送出的报告、组织设想、计划进度，源源不断地飞向部里、飞向中南海。

他非常珍惜时间，深知在研制第一颗原子弹的过程中，时间是多么宝贵。根据科学推测和科学家们的意见，他大体设想了第一颗原子弹研制需要的时间，那是比美国、苏联研制第一颗原子弹费时短得多的时间。他是很自信的。对于个别人在这一点上的疑虑，他曾一反自己稳重、拘谨的常态，大发了脾气。

那是在一次汇报会上，有人对研制时间提出了怀疑，认为搞不好就是欺骗中央。

沉默，好一阵沉默。"啪"地一声，吴际霖拍了一下桌子，脖子上的血管又一次胀了起来。

"对于这些，我们都仔细考虑过了。"他站在那里，高度近视的镜片后面，闪出了冷峻的光。"第一，我们全党已经动员；第二，全国已经开始大力协作；第三，我们有了宝贵的科研人才；第四，我们经过详细论证，从理论和实践方面作了科学分析；第五，我们已经决定了技术突破的主攻方向。这一切，都使我们有信心，不但能在短时间内搞出第一颗，而且要在理论设计、结构设计上争取先进的、有实战意义的型号。这方面，我们是敢向中央负责的！"

每一句话都掷地有声。李觉兴奋地望着吴际霖，看到了他性格的另一面。李觉也知道，这种型号不仅先进，而且还可以为国家节省核

原子弹爆炸成功以后，张爱萍（前右）与朱光亚（左），吴际霖（左二）握手

材料，吴际霖是力主争取这种型号的，虽然搞这种型号技术难度大。

散会后，李觉怕吴际霖心情不好，晚上特地到宿舍里看望他。当李觉轻轻推开吴际霖房门时，只见他正微弓着背，一动不动地盯着桌上的北京市地图。白天会议上的激动已经过去了，他又恢复了往日的平静。

"你看！"他把手指向地图上的北京郊外一隅，对李觉说："利用这里的工程兵靶场，根据现有的条件，可以考虑尽快开展爆轰物理试验！"

爆轰物理试验，是突破原子弹技术的重要一环。李觉明白吴际霖此时此刻的心情。他所想的仍旧是时间。李觉心头一热，只是会意地点了点头，也把目光向地图上的北京郊外投去。在他们那庄重的目光注视下，那里将响起向原子弹研制进军的震撼人心的炮声。

34. 原子能工业的实干家

    "你为什么要回国？""我不愿寄人篱下！""你为什么一定要下现场？""和工人在一起，我心里踏实！""你为什么对自己这么刻薄？""我这样过惯了！"这就是姜圣阶，一位普通劳动者本色始终未变的第二机械工业部副部长。

    他头顶微秃，面孔白净，宽肩膀，高身材，一步能跨出半米多。他经常穿一身洗得发白的蓝灰色旧衣服，就好像一位老师傅；他手里拎着的公文包，塞得鼓鼓的，又像一个普通的机关干部；他那魁伟的身材，富有弹性的步伐，笔挺的腰板，又像是一个运动员……他就是第二机械工业部副部长，国家一级工程师姜圣阶。

    科技人员喊他"姜总"，干部喊他"老姜"，工人们都喊他"姜老头"。

    别看他从里到外散发着机油和泥土的气息，可他的确是吃过洋面包喝过洋墨水的，而且还是美国著名的哥伦比亚大学研究院的高材生。就是他，曾和许多科研人员一起将外国人所设计的"沉淀法"改为先进的"萃取法"，为我国提前生产出低廉的核材料作出了不可磨灭的

姜圣阶在向视察酒泉原子能联合企业的邓小平等中央领导汇报工作

贡献。

"你为什么要回国？"

"我不愿寄人篱下！"

这是 1950 年，姜圣阶对那些劝他留在美国的朋友们所说的话。

年轻的时候，姜圣阶满怀"实业救国"的理想，从黑龙江省一个偏僻的乡村，考入河北工业学院电机工程学系。九一八事变后，面对祖国的山河破碎，他深深地感受到国弱被人欺的痛苦，立志科学救国。他为人正直、勤劳，同学们对他的评价是："待人若春风霁月，行事光明磊落。忠诚慷慨，俭朴耐劳。"毕业后，他被南京"永利宁"化工厂录用为工程师，月薪 100 元。但他并不满足于个人的温饱，1947 年，他凭借实力考上了赴美留学生。在国外，他意识到祖国化学工业的落后，于是苦攻化工专业。

留学期间，他放弃一切娱乐活动，直到学成回国时他连平常的交谊舞都不会。他每天读书到深夜两点，假日就到美国的工厂参观学习，他总是想拼命"往脑袋里多装点东西"。1949 年新中国成立，留美学生的思想开始活跃起来。这时，校方正式向姜圣阶提出：希望他能留校做研究工作，月薪暂定 400 美元。当时在美国，生活费每月只需 60 美元，月薪 400 美元对姜圣阶来说意味着优越的工作条件和优裕的生活环境。许多好心朋友都劝他留下来，可是他斩钉截铁地说："不，我不愿意寄人篱下！""我不是适应不了美国的生活方式，而是非常怀念祖国，觉得祖国的土地也亲，水也甜。"当时朝鲜战争爆发，祖国的安全也受到威胁，他说："我怎么能丢下自己的国家不管呢？"于是，他在 1950 年 7 月，毅然搭上最后一艘开往新中国的货轮，起程回国了！

回国后，组织把他安排到了一所著名的大学去当教授。但是，姜圣阶觉得新中国迫切需要"振兴工业"，就仍然回到了"永利宁"厂，走上生产第一线。后来，这个厂改为"南京化学工业公司"，他被任命为副总经理兼总工程师。

正当他一心扑在化学工业上，迈开大步前进的时候，一个关系到祖国安危的新兴工业——原子能工业上马了！那里需要高科技人才，国家希望姜圣阶能参与这项伟大事业。如果他答应下来，就这意味着他将要离开他在南京温暖的家庭，到荒芜的戈壁滩去，而此时，他结发的妻子尚卧病在床；同时这还意味着他将离开驾轻就熟的专业，去涉足一个完全生疏的新领域。在南京，上至化工部门领导，下至全厂职工都热情挽留他，有人还替他到有关部门去疏通。然而作为一名1956 年入党的党员，面对祖国的召唤，他毫不犹豫地选择了服从。告别美丽的玄武湖，奔向了遥远的大戈壁！

"你为什么一定要下现场？"

"和工人在一起，我心里踏实！"这是姜圣阶的口头禅、座右铭，而且多年来他都是这样做的。

1964 年，姜圣阶担任了核工业酒泉原子能联合企业的总工程师。他对全厂的每一条管道，每一个阀门，都要亲手去摸一摸。在土建工地上，他和工人们一起挥汗挖土方；在安装机器设备的时候，他和满脸油污的师傅们一起推敲图纸；检修机器时，他和工人脚跟着脚，踏着一尺宽的晃晃悠悠小梯子，下到二十几米深的地下去检修；水道出了问题，即便是在寒冬腊月，他都会挽起裤腿和工人们一起下河挖泥。他已年过半百，而且是一级工程师，大家都来劝阻，可他说："和工人在一起，我心里踏实！"

面对苏联单方面撕毁合同所造成的重重困难，党中央提出要在规定时间内造出第一颗原子弹，姜圣阶感到肩上的担子异常沉重。在厂里，无论是人员培训，还是试车大纲的拟定；无论是工艺规程的制定、操作方法的编写，还是各种安全规程的制订，他都要亲自部署并最后审定。他经常忙得每天只能睡上三四个小时。在第一颗原子弹关键部件试制阶段，他和工人、技术人员吃住在车间，日夜奋战。累了，将两张桌子拼在一起，盖一床薄薄的毯子打个盹儿。在技术资料极端缺乏的情况下，他和工人、技术人员苦干了几十个昼夜，终于突破了难关，为造出我国第一颗 "争气弹" 作出了突出贡献！

一次发生了一起元件烧伤事故。警报器连续不断地发出吼叫，剂量灯不停地闪烁着血红血红的"眼睛"，这说明：大厅里已经有了放射性物质！

怎么办？姜圣阶知道，如果没有非常妥善的安全措施，只能停止生产，等待放射性物质自然衰变。可那需要多少时间啊！姜圣阶和他

姜圣阶现场科技攻关

的同事们不顾个人安危，用临时应急办法奋战了三十几个小时，终于排除了故障，取得了第一手经验，为以后消除类似事故提供了依据。

这件事，惊动了时刻关心核事业的周总理，他派专机迎接这些为祖国立下汗马功劳的人们到首都治疗，并亲自过问和安排他们的饮食、起居。姜圣阶非常感动，认为这是祖国给予他的最高奖赏。为报答祖国的关怀，他还没等完全恢复，就提前返回工作岗位了。

姜圣阶要调到第二机械工业部工作了。临行之前，工作人员帮他整理行装，看见一个白色包袱里只有几套破旧的衣服、一套薄薄的棉布被褥和一块磨光了的毛毯子，心里禁不住一阵阵发酸，觉得这位老人的生活太清苦了！可是，箱子里的书籍很多，大本小本有一大堆。按不成文的规定，凡是调动工作的职工，厂里都拨给一定数量的木料做包装箱。谁都明白，这些木料会大有用场的。工作人员向姜圣阶请示，他回答说："咱们不要！你到副食商店买几个纸盒子就行了！"工作人员说："你为什么对自己这么刻薄呢？"姜圣阶说："刻薄什么？我这样过惯了！"他只身在戈壁滩上"过惯了"清苦的生活！他和工人们一样在大灶排队买饭；由于工作忙，许多时候他连菜都买不上，就啃几口凉馒头。"文化大革命"期间，社会秩序较乱，为了保证安全，组织上派了几个工作人员和他做伴，他这才开火做饭。按规定他们可以到暖窖和冷库去买菜和肉，可他从来也不让工作人员去。他说："工人们生活这么辛苦，我们不能搞特殊！"他经常吃的是萝卜缨子、大葱蘸酱。他不抽烟，不喝酒，渴了就喝白开水。穿的是洗得发白的布衣服，一件毛衣还多处断线。有一次，工作人员听说百货商店处理毛毯，价格便宜，就替他买了一条。姜圣阶见了问："工人们都买到了吗？"工作人员说："哪有那么多，谁赶上了算谁的！"姜圣阶硬逼着工作人员将毛毯退了回去，他依然盖着那床掉了毛的旧毯子。

后来，姜圣阶担任了第二机械工业部副部长，但他的普通劳动者本色始终未变。

35. 核工业第一位全国劳模

　　人活着，就是为了工作。张同星是一个不畏艰险、不辞劳苦的拓荒者，他是全国劳模，但在他家里却找不到被评为全国劳模等荣誉称号的奖状。

　　1958年12月的一天，一位身材高大、体格健壮的年轻人，大步流星地走进第二机械工业部的大门，他是来报到的。

　　接待的同志告诉他说："组织决定调你去大西北，参加核工业基地建设。"

　　"搞核工业？"他十分惊诧，因为他在上大学时学的是普通金属铸造，对核知识一无所知，但他还是憨厚地笑了，爽快地说："好的，叫我到哪儿都可以，干什么都行。不会，可以学嘛！"他就是张同星，当时才25岁。

　　1961年上半年，张同星和他率领的小组把几间破旧的小平房改成简陋的实验室。从此以后，他和同志们就在这里探索生产中的科学问题了。屋子里没有实验设备，张同星和小组同志们自己动手，因陋就简，制造设备。他们自己动手把一个普通的钟罩装置改成一个真空实验室设备；把一个原来用于冶炼合金钢的普通炉子改装成专用炉……就是在这些自己改装的土里土气的设备上，他们进行了千百次实验，取得了大量的参数。他们的成就，为我国核工业基地的建设夺得了时间。

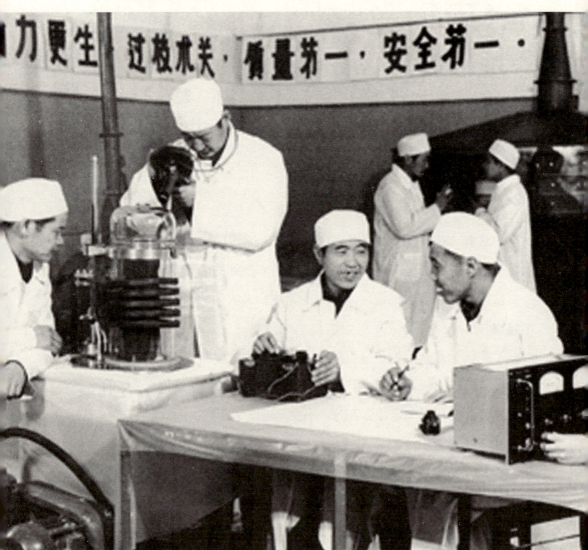

张同星团队攻克技术难题

1963 年 7 月，当张同星和大批建设者回到戈壁滩上的大本营时，他通过自学和在土设备上千百次实验所掌握的专业知识和操作技能，不但能有效地投入和指导厂房内的设备安装工作，而且已经可以熟练地进入实地攻关了。

1963 年 10 月，张同星和他的小组接受了第一个生产任务。没有资料，没有经验，他们一个数据一个数据地计算，一步一个脚印地摸索着前进。张同星像一个不畏艰险、不辞劳苦的拓荒者，他和他的小组，不分白天黑夜地工作。饿了，啃几口干馍；困了，在车间楼道打个盹儿。人熬瘦了，眼熬红了，在最紧张的强攻关键阶段，张同星甚至在睡梦中也想着生产。同志们把大家提出的十六个攻关方案归纳为七个方案，作为主攻手的张同星，带领全组同志日夜奋战，智取力夺。结果第一个方案一实验，马到成功，全线告捷，提前向国家交出了第一个原子弹的优质核部件。可是有谁知道，为此他们已经有上百个昼夜没有睡一个安稳觉了。

几个月后，当他们从广播里听到自己亲手参与制造的原子弹爆炸成功的消息时，他们一个个欣喜若狂，在广阔的戈壁滩上飞奔，每个人的脸庞上，都挂着幸福的泪花："我们有自己的原子弹了！我们拿出了自己的争气弹！"

随着原子能工业的发展，张同星和同志们一起接受了一个又一个新任务，闯过了一个又一个难关，创造了许多独特的工艺，走出了自力更生发展我国核工业的道路。

核材料特有的强射线和强中子穿透力对人体的伤害，被比喻为看不见的刀山火海。张同星经常向同志们说："不要被放射性吓住了，

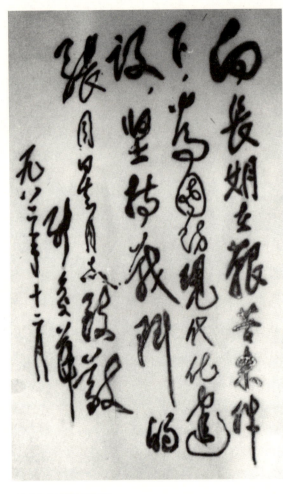

张爱萍为张同星题词

我们有适当的安全防护措施，是完全可以做到安全无害的。"

但同志们还是半信半疑，所以每当接受新任务的时候，张同星总是说："我来，我来干！"他把危险担在自己身上，把安全留给同志们。

1964年后，张同星多次被评为标兵或先进工作者。在荣誉面前，他总是说："成绩是大家的，我能做点工作，还不是党的培养、同志们的帮助，功劳应当归于党，归于集体。"

1970年，张同星患了肝炎。他接受妻子的劝告，按时服药，并破例在家里享受妻子给予的特殊待遇——喝蜂蜜水。他十分焦急地要把自己的病治好，好早日投身工作。

就在这一时期，他藏起一张张医生给他开的全休证明，照样坚持上班。人们看见他脸上经常冒出冷汗，一手捂着疼痛的肝区，紧张地忙碌着。后来，组织上作出决定，让张同星到青岛疗养三个月。可他刚去了一个月，就回来了。见了领导和同志们，他有些不好意思，说："我就是离不开车间，放心不下这里的生产啊！"

为党工作，成了他生活的第一需要。他常对孩子说："人活着，就是为了工作，不工作，活着又有什么意义呢？"那天，眼看爱人为他预约做胃镜的日子就要到了，可是，又一项紧急任务摆在面前，

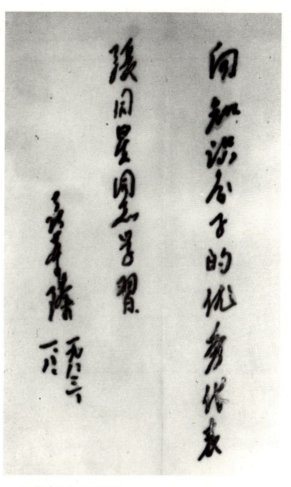

聂荣臻为张同星题词

他没有向领导和同志们透露一点自己的病情，像往常一样，背着简单的行装，带上四个同志出差去了四川。在火车上，他感到了阵阵的胃痛，身上直冒冷汗。同志们关切地问他，他微笑着毫不在意地说："没事，挺挺就过去了。"在四川的 19 天里，他一次次大量便血，但他还是坚持开会，看资料，写报告，直到圆满完成任务。回到厂后，他

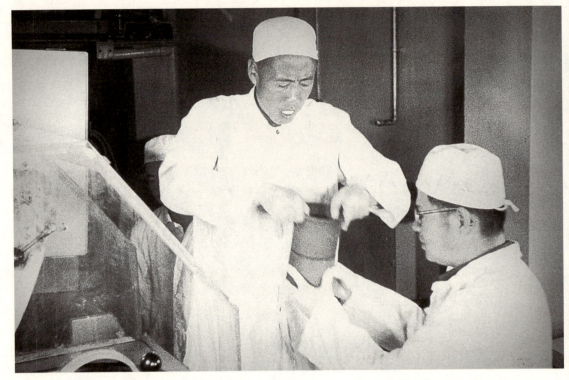

最紧张的攻关

想到事关紧要，又强撑着传达上级指示，布置和安排生产，直到工作大体就绪，他才抽出时间来到医院。

　　人们担心的事终于发生了，诊断书上写着"胃癌"。医生和厂领导不忍心增加张同星精神上的负担，对他说是胃溃疡，需立即转院到外地手术。张同星笑笑说："一个胃病，就跑到外地治疗，我怎么能带这个头。"后来对他说，这是组织的决定，他才服从了。临行前，他依依不舍地向同志们告别，把一本已经熟读过的《工作表面光洁度测量》的小册子交给党委书记，一再嘱咐说："这次生产任务，是关系到国防现代化的大事，可惜我不能和你们一起攻关了，这本书留下来，供你们参考吧！"

在外地手术期间，张同星还是从种种迹象和医生的对话中了解了实情。他没有惊慌，没有恐惧，手术后刚苏醒过来，看见党委书记坐在床边，他急了，吃力地说："我走后，你肩上的担子更重了，怎么能把你拴在这儿？"他恳求说："你快回去抓工作去吧！"手术后第二天，张同星就要吵着下地，他扶着别人的肩头，用尽全身力气在地上蹒跚地"锻炼"起来。这个20多年来为了我国核工业披荆斩棘英勇战斗的战士，现在又怀着为党为人民多做工作的强烈愿望，和疾病作顽强的斗争。

出院后，张同星在体质极度虚弱的情况下，硬撑着病体翻阅资料，写出了1万多字的材料，系统地总结了他参加过的一项重要生产工艺的经验。

领导为了让他离开紧张繁忙和突击性强的生产第一线，要把他安排到总厂当副总工程师。张同星找到党委书记，恳切地说："你还不了解我吗，我是个在第一线摔打出来的人，哪能到总厂机关坐办公室呢？"他谢绝了新职务，坚持留在一线。

那年，核工业部举行评定高级工程师的考试，按张同星的水平和实际工作经验，他是完全可以报考的。但时间对他太宝贵了，国防现代化提出的一个又一个新任务摆在面前。他舍不得把时间花在考试上。时隔不久，核工业部根据张同星的工作能力和贡献作出决定：张同星免试晋升高级工程师。

为了表彰张同星为核工业作出的贡献，他多次被评为标兵、先进生产者，1979年，他被评为全国劳动模范。但是，走进他家里，人们看不见一张奖状。因为张同星把他们都收起来了。他就是这样一个人，喜欢把自己视为珍贵的东西珍藏在心里，作为鞭策自己的动力。

张同星的精神不在锦旗和奖状上，它播种在人们心里。

36. 真是一支好队伍

在甘肃酒泉原子能联合企业基地初建、部件研制、反应堆抢建、取水口抢险等重大历史时刻，老书记王侯山讲述："我们有一支高素质，敢打硬仗、快仗的建设队伍。"

1963 年，那时还叫西北第一矿山机械厂的甘肃酒泉原子能联合企业，任务已非常明确，就是突击一线，按时完成两个项目基本建设，拿出产品。

当时，参加原子能事业的人，不管原来干什么，或在什么地方，只要组织上一下调令，卷起铺盖就走。酒泉原子能联合企业的领导都是这样调来的。

在领导班子组建之初，中央有个工作组对厂领导班子提出了一些问题，主要是说在艰苦的条件下，有些领导不深入群众。刘西尧副部长认为，问题是有一些，但队伍是好的，就靠厂领导的工作了。于是，厂领导班子从调查研究入手，找技术干部谈、找老工人谈，听他们是怎么说的。经过一段时间了解，厂领导认为这支队伍从上到下主流是好的，都是从艰苦时期过来的，素质相当不错，但是领导班子作风建设方面的问题是不能忽视的。虽然最困难的时候已经过去了，但条件仍然很艰苦。怎么把大家的积极性引导到工程建设上来，怎么发挥技术人员和老工人的作用是主要问题，党委多次开会专门研究。当时，在工地开展了为建厂立功的劳动竞赛活动。领导在生产第一线组织指挥，同职工一起突击安装。一分厂党委根据任务重、时间紧、人员不足的情况，提出了"不拿出合格产品不请假、不探亲"的口号，工段长任德祥 60 天没下火线，他还善于做群众的思想工作，得到了工人的信赖。

当时住房条件很差，没房住，就发动各分厂，自己打土坯，盖平房，盖的是干打垒。几位领导住进了后山上的干打垒。当时，二分厂还编了一个关于干打垒的小舞蹈，怎样脱土坯，怎样盖房子，很形象。拿出产品后，工作的重点就是要在 1964 年 7 月拿出合格的核部件。1964 年 4 月，核部件的加工已到了关键时刻。姜圣阶总工程师、周秩厂长几乎天天到工作现场，

挖地窝子

王侯山（左）和周秩

对加工任务仔细布置。担任加工任务的一共选了 5 个人。这几个年轻人又高兴，又紧张，把全部精力集中到产品上，走路、吃饭，甚至睡觉，都在想着加工产品的方法、步骤、产品尺寸、光洁度等问题。有时精神过分紧张，吃不好睡不稳。那时的思想政治工作做到具体人的身上，对拿产品的这几个人，部领导、总厂及分厂的领导都非常关心，经常过问他们的身体情况，了解他们的思想情绪。医务所的大夫每天都要问问他们：哪儿觉得不舒服啦？行政部门的同志每天都要问他们：想吃点儿什么呀？原公浦在 5 个人当中排在第一位，是全厂的重点，宝

就押在他的身上。厂领导对他说："这是前人没有干过的事，组织上把它交给你，是党和人民对你的信任。有了过硬的本领，还要想到生产核燃料的千军万马。产品是一种极其缺少的贵重材料，是我们的命根子，和我们的生命一样重要，能在你手中拿出第一个核部件，人民是不会忘记你的。"他体重减轻了，医务所就给他注射葡萄糖，还派专人到现场给他送牛奶，就连他的家庭情况，厂领导也是了如指掌的。知道他一个孩子的户口还没有在上海解决，就同当时在厂里工作的公安局冯处长谈了。冯处长后来对原公浦说，你孩子的户口解决了。工作做得就是这么细，就是不能让他们带着任何一点思想问题走上岗位。

建厂初期，建设者们露宿荒原

酒泉原子能联合企业生产和生活用水取自于50多公里外的祁连山里，在上游设了一个取水口。取水不是件容易的事，特别是到了冬天，水面结了一层冰豆子，弄不好就堵了，一堵就影响生产和职工生活，取水口是厂领导经常去的地方，逢年过节都要上去看看。

有一次，取水口被冰堵了，厂领导都去了现场，并和上游的工人一起用绳子在那里拖，工人们担心厂领导掉下水，都不让再去现场，说："你们别去了，放心吧，我们会排除险情的。"他们给厂领导每人倒了一杯酒，说："喝点吧，暖和暖和，要不你们顶不住的。"

1969年的一天，水线堵了。厂领导又到了现场。管道堵了好长一段，厂领导开始指挥排冰。管道里的冰块非常硬，供水车间的石益州在里面指挥。工人们一点一点地敲冰，还不敢用力敲，冰下来时声音大得像放炮一样，接着就"哗"一下冲出好远，若不小心，人就会被冲走。

出了事故，领导干部必须赶到现场，这在酒泉原子能联合企业是一条制度。每个领导都是这么做的。

十年动乱时期，酒泉原子能联合企业生产没停，基本建设没耽误，全靠这些技术人员和老工人，没有这样一支好的技术和职工队伍，酒泉原子能联合企业是不能保质保量完成上级交给的各项科研和生产任务的，他们是核事业不断发展的中坚力量。

37. 难忘峥嵘岁月

在我国铀浓缩工厂早期建设设计工作中，潘恩霖告诉我们，他找到了"五大连续、五大保证"的运行规律。

1960 年 8 月，正当兰州铀浓缩厂准备安装、调试的关键时刻，苏联政府毁约停援，撤走专家并带走资料，兰州铀浓缩工程即刻被"搁浅"。同年十月，第二机械工业部党组当机立断，令十三局把负责该工程设计任务的九室改建下放到兰州铀浓缩厂属设计处，以填补并抢救苏联专家撤走后扔下的半拉子工程。设计处会同兰州铀浓缩厂工程技术人员一道，围绕建成投产急需解决的问题，以"三结合"办法，提出上千项处理改进意见，并最后归纳总结出扩散厂主工艺和辅助系统关系中"五大连续、五大保证'的运行规律。

这"五大连续、五大保证"被当时在兰州铀浓缩厂蹲点调研的袁成隆副部长赞誉为"宝贵经验"，在全厂各部门工程技术人员中推广学习。它也真正确保了兰州铀浓缩厂顺利建成运转，并于 1964 年 1 月生产出合格的高丰度浓缩铀产品，为同年 10 月 16 日我国第一颗原子弹爆炸成功提供了可靠保障。

潘恩霖与苏联专家在工地视察

　　1960 年 11 月初，兰州铀浓缩厂主机冷却水水质问题已经影响到全厂主机启动进度，主机热处理计划由于水质不合格未能实现。当时以郑流阳总工程师为首，加上 1 号车间主任王传真，3 号车间主任郭淦群等一起组成了一个攻关小组，临时在水处理厂房内搭起了几张床铺，住在现场，摆出了非解决不可的架势。当时压力很大，一方面大家都是被专门指派来解决这一问题的；另一方面厂领导和主要车间领导都在现场蹲点；与此同时，解决水质问题的办法并没有真正形成。大家一时心中无数。

潘恩霖（左二）与苏联专家研究工艺方案

　　后来，郑总工程师和王、郭两位主任因日常工作繁忙，都先后离开了。那时正值三年困难时期，患浮肿病的人很多，腿上一按就是一个坑，但既然是专程来处理水质问题的，问题不解决就不能半途撤离。在那段时间里，由于整日与工人们在一起，彼此建立了非常亲密的关系。大家都希望早日把水质的问题解决好。

　　"记得恰好是1960年12月31日晚上，"水处理工段化学分析组组长回顾除氧器设备检修时说："除氧器水箱内在通水时，进口阀处有一股水射入水箱内。"这无意中的一句话，最终解开了水质问题的难题。因为只要有少量生水直接射入水箱内，水质就无法合格了。问题就出在这里！第二天，也就是1961年元旦一早，厂总机械师吴梓培亲自带着工具和阀门等部件来到现场，更换掉隔膜已损坏的调节阀，临时改用手动阀代替。他们在恢复供水后，立即取样化验。水质终于第一次完全合格了。那时，大家兴奋的心情难以形容。这件事虽称不上什么重大成果，但确实解决了当时阻碍兰州铀浓缩厂主机热处理的突出难题，推动了主机启动的进程。因此，1961年元旦，成了令人终身难以忘怀的一个日子。

苏方专家撤走后，兰州铀浓缩工程施工图都已经大部分完成。当时，各工种的主要负责人，多数对本工种的问题处于"知其然，而不知其所以然"的状态，对工程的整体关系、相互联系和对主辅间的要求就更是知之甚少了。设计处到厂后，备受厂里的欢迎和重视。那时，国家正处于三年困难时期，但厂里对设计处同志的生活也在可能的范围内给予了一定的照顾。

为了加强对兰州铀浓缩厂建设的领导，部党组专门派袁成隆副部长亲赴现场蹲点指导，帮助厂里解决由于苏联专家撤走带来的各种困难。那时，在兰州铀浓缩厂每顿吃的是两个黑窝窝头，每桌一盆海藻汤，没有任何油水。因此，时间一长，大部分人都得了浮肿。即便如此，大家在袁部长和厂党委的领导下，为了兰州铀浓缩厂早日建成投产，给国家生产出合格的浓缩铀产品，情绪始终是非常饱满的。总恨自己的本事不够大，不能完全解决现场的大量技术问题。当时，袁部长和厂党委及时提出了"摸清家底，大搞调查研究"，后来又根据现场出现的水管问题，提出了"解剖麻雀"、改进工作作风等一系列指导方针和具体要求。

根据"摸清家底，大搞调查研究"的精神，王明哲主任带领大家一起对扩散工厂的生产规律和主要特点进行了研究。那段时间经常开会，主任提问题，大家凑答案，不清楚的时候再翻图纸和笔记本，回

原第二机械工业部副部长袁成隆（前右六）与苏联专家视察兰州铀浓缩厂

忆苏联专家的谈话。虽然参会的人不多，但会开得很有味道，终于逐渐地把头绪理出来了，那就是著名的"五大连续、五大保证。"

　　"五大连续"即：数千台主机启动后，其水、电、蒸汽、压缩空气、液氮，需保持连续运转，倘若其中某一环节停顿，将会导致全厂停产。"五大保证"即：整个工艺回路上有数十万个节点，而压力、

流量、温度、真空度、清洁度必须保证，一旦某个节点不能保证设计质量，达不到要求，其后果则不堪设想。

当时，根据会上讨论的意见，整理出了一份阐述"五大连续、五大保证"的书面材料，在厂党委扩大会上宣读。"五大连续、五大保证"完整阐述了扩散工厂主辅系统正常生产时的辩证关系。保证扩散厂主工艺车间的正常运转，就更要电、汽、水、压缩空气和液氮的连续可靠的供应；同时，主设备的正常运行又有赖于温度、清洁度、真空度、密封性、放射性等各方面的完好保证。这些道理，现在看来是很简单的，但在家底不清、头绪杂乱的时候，理出主辅系统中带有规律性的提纲挈领性的成果是很有价值的。因此，这立即得到了袁成隆副部长和厂领导的重视和肯定。一时间，"五大连续、五大保证"在兰州铀浓缩厂家喻户晓。接着厂党委又根据其特点提出了"以主促辅、以辅保主"建设和整治兰州铀浓缩厂的正确方针。全厂职工和设计、施工安装单位的同志们在袁成隆副部长和厂党委的坚强领导下，迅速克服了苏联专家撤走、停止供应设备和停止技术援助后给大家造成的种种困难，终于自力更生建成了我国第一座铀浓缩工厂。

38. "宝中宝"高浓铀出炉

当我国第一座铀浓缩工厂——兰州铀浓缩厂生产出共和国第一瓶高浓缩铀产品时，毛泽东主席批示"很好"。

我国研制第一颗原子弹核装料的高浓铀产品，兰州铀浓缩厂上上下下都亲切地称之为"宝中宝"。这个身价非凡的宝贝能在 1964 年 1 月诞生，委实经历了一番风雨。

兰州铀浓缩厂项目，是 20 世纪 50 年代中国从苏联引进的。1958 年 5 月 31 日，经中共中央书记处总书记邓小平同志批准厂址定点，同年动工兴建。但是，正在工厂建设起步的关键时刻，苏联政府撤走专家，对工厂的建设造成了极大困难。同时，又遇上三年自然灾害，天灾人祸，实为雪上加霜。但是兰铀人没有被困难吓倒，在党中央、国务院、中央军委和第二机械工业部党组的正确决策领导下，在毛泽东主席、周恩来总理等老一辈党和国家领导人的亲切关怀下，兰铀厂的建设没有停顿，而是实行组织大转变，转入了"自力更生过技术关"的建厂道路。

当时，中央决定将兰铀厂作为我国原子能事业建设的重中之重，

1964 年 1 月 18 日，毛泽东主席对首批铀浓缩合格产品批示："很好！"

并在工厂建设的各个阶段，都作出了明确具体的方向性和方针性的指示。1962 年 9 月 11 日，第二机械工业部党组向中央呈报了《关于自力更生建设原子能工业情况的报告》，并经中央批准同意。报告对兰铀厂明确提出："头 14 个月是决战的 14 个月，到那时（即 1964 年）要具备拿出合格产品的条件"。

为此，全厂职工在厂党委领导下，怀着为祖国争光、为中华民族争气的满腔热情和雄心壮志，以艰苦奋斗的创业精神，献身事业的拼搏精神，刻苦钻研的攀登精神，不断攻克一道道技术难关。

1963年12月23日，第五批机组启动成功，使工厂具备了投产提取产品的条件。当时在兰州铀浓缩厂主工艺车间担任主工艺运行操作员的同志们，经历了一系列工艺装置启动和投入工艺回路运行的锻炼。比较熟练地掌握了有关技术知识和操作技能。投产之前，组织上将黄性章等两位同志调到主产品工艺装置岗位，要求做好迎接投产提取产品的一切准备工作。

为了完成这一新的使命和重要任务，同志们学习了操作规程和有关技术资料，并经考试合格。同时在投产前听取了投产提取产品技术方案的交底，而后反复进行现场操作演练，开展事故预想预防，尽量将操作中可能发生的问题事先想出来，把处理问题的对策和措施提出来，并一条一条地写下来，以做到临战不惧、遇事不惊，在出现问题的情况下，能够处理问题得心应手。

1964 年 1 月 14 日，全厂职工盼望已久的投产时间终于到了。

在班前会上，值班主任和主工艺师分别作了战前动员。要求大家务必以严格、细致的工作作风，准确无误的操作，确保安全和质量；务必以对党、对祖国、对人民高度负责的政治责任感，确保投产提取产品的顺利实施和完成。同时还要求所有岗位的人员，必须从全局出发，做到步调一致、协同作战，不允许任何岗位、任何环节出现任何差错。对此，大家深感责任的重大。深知能否确保安全是关系到工厂安危的大事；能否确保产品质量关系到将来原子弹能否成功爆炸。

班前会结束后，大家进入岗位，这时主工艺师将经过厂部、车间各级领导签发的"工作许可证"（即命令票）交给大家，只见上面写着："命令刘晓波同志为操作员，命令黄性章同志为监督员……"

大家首先对现场进行了检查，接着即开始连接主产品装置的工艺线路。一个一个地打开应开的阀门，一个一个地关闭应关的阀门，并在阀门上挂上相应的"禁止打开"和"禁止关闭"的警示牌。

在连接线路的时候，黄性章全神贯注地盯着身边的同志，履行着监督员的职责。大家不时地用电话与中央控制室联系，并核对着钟表的时间。

待工艺回路充气完毕，调整好控制压力后，中央控制室下达了正式取产品的命令，操作员便开始进行取产品操作。

轻轻打开产品容器上的进口阀门，高浓铀气体缓缓流入产品容器而被冷凝。过了一会儿，产品分析报告出来了，分析结果表明产品质量完全合格。这时大家才深深出了一口气，脸上露出了欣慰的笑容。

上午 11 时 05 分，传来了姚庆燮主任的报告："高浓缩铀产品质量完全符合部颁标准！"11 时 15 分，王介福向第二机械工业部刘杰部长报喜。张丕绪派刘喆副书记去兰州市向中共兰州市委第一书记李维时报喜。李书记带领刘喆立即向甘肃省委第一书记汪锋报喜。

这一天，全厂职工欢欣鼓舞，互相祝贺！人们含着激动的泪水，无数双坚实勤劳的手紧紧地握在一起，久久不愿放开，共同为完成这一光荣任务而兴高采烈。

1964 年 1 月 15 日，第二机械工业部党组发来贺电：

"张丕绪、王介福同志转兰铀厂党委并全体职工同志：

喜讯传来，你厂已于一月十四日中午开始取得合格产品，这是我部事业发展的一个重要里程碑，为我部事业的成功创造了必要的条件，是一件令人兴奋的大事。部党组特向你厂全体职工致以最热烈的祝贺！

你厂全体职工，几年来，在党中央的正确领导下，在全国人民的大力支援下，高举毛泽东思想红旗，发扬自力更生、奋发图强的革命精神，战胜了重重困难，终于取得了重大的胜利！这个胜利，对于帝国主义和现代修正主义，是一个沉重的打击。这是毛泽东思想的胜利……"

同一天，第二机械工业部向党中央、毛主席报喜。喜报的题目是《第二机械工业部关于兰铀厂取得合格产品给中央的报告》。主要内容是兰铀厂已于 1964 年 1 月 14 日上午 11 时 15 分取得了符合标准的高浓缩铀产品，取得了一次投产成功的重大胜利。

这一产品的生产，为我国原子弹的制造，提供了最基本的条件，浓缩物六氟化铀，经过还原、精炼、加工及次临界试验后，即可进行第一颗原子弹的组装、试验。从目前进展情况看，原定进度计划有可能提前实现。

1 月 17 日，邓小平在报告上作了批示。

1 月 18 日，毛泽东主席在第二机械工业部给党中央的报告上批示："很好"。

至此，历经六年的艰苦奋斗，兰铀厂建成投产，为我国第一颗原子弹成功爆炸创造和提供了先决条件，并争取了时间，对振国威、壮军威、提高我国的国际地位起了重大作用。

39. 殚精竭虑抢建 821 工程

> 毛主席说，没有路，骑着毛驴也得去；没有钱，把我的稿费
> 拿去。三线建设要快速建成、投产，拿出合格产品。

　　1968 年，第二机械工业部根据中央指示，决定在三线地区抢建
一套"靠山、分散、隐蔽"的反应堆和后处理工程——"821 工程"。

　　"821 工程"是在特殊时代背景下开工建设的。国家起初决定在
三线建设的工程，是建在山洞里，凿洞工程量非常大，难度也很大。

　　1968 年 10 月，第二机械工业部开始选 821 厂建设地址。在时任
副部长李觉将军带领下，由设计、勘探、施工安装专业人员组成的选
点小组，开始在川北 8 个地方现场勘察，历时 26 天紧张工作，初步
确定厂址。然后，地质队进入现场工作。1969 年 2 月，经周恩来总
理同意，国务院国防工业办公室批准建设 821 工程。

　　当时，821 厂还没有运货的卡车，由核工业 22 公司给 821 厂运送
物资。司机不习惯山区公路，满载水泥、油毛毡的卡车翻了，坐在车
厢上面的负责装卸的 8 个姑娘受了伤，她们都是在当地临时请的"民
工"。紧接着，在工地现场，修路放炮，石头飞出去，把一个帐篷里

面搞地质勘探的同志给砸伤了。

1969年5月30日，周恩来总理签发了《关于抢建八二一工程的联合通知》。这封绝密电报有三个要点：一是对821实行军管，要求派师级军官担任军管会主任；二是明确"条条"与"块块"双重领导的职责；三是指示派一个营的军力担任警卫。

821工程创业元勋杨唯青，与群众心连心，被誉为"草帽书记"，受到广大群众衷心爱戴。他曾是志愿军在朝鲜上甘岭战役的领誓人。

为抢建821工程，1969年5月，杨唯青离开戈壁滩，到821工程现场担任副职；1974年5月接任821厂党委书记。

821工程初期，指挥部的领导们只有两部工作用车，"卡斯69"，还是帆布车篷。几位领导很少乘坐，只有外出开会或到远处的工地才用，平时上下班，到施工现场都是走路。杨唯青经常戴个草帽，穿双草鞋，于是，有人就叫他 "草帽书记"。遇到下雨天，他总要到工地的席棚子家属住的地方看看漏不漏雨，有没有危险。一次下大雨，我们几个人跟他坐车从指挥部到较远的工地去。途中，山坡上一块大石头突然滚落下来，差一点砸到了车上，我们都吓得脸色煞白，他却满不在乎地调侃："我们命大，死不了！"

职工中流传着这样一个故事：有一年，杨书记到水厂检查工作，了解到某工人家属正在患病，他就吩咐干部关照。第二年，再检查时，又看见这个工人，他不但叫出了这个人的名字，而且，还问他家属身体怎么样？使这位工人十分感动。

正是因为关心群众，密切联系群众，深入基层，所以，他对各种情况非常熟悉，讲话、作报告切合实际，非常精彩，大家都喜欢听。

1973 年，杨唯青搬进 821 生活区，与夫人以生活区路桥为背景合影留念

他在全厂大会讲话，一般没有讲稿，只有笔记本和手表摆在桌子上，偶尔看看。他讲话通俗易懂，言词恳切，抑扬顿挫，声情并茂，很有吸引力。他作正式报告，也是自己写稿，从不请别人代劳，他口才好，人们常常把听他讲话当作一种享受。

821 厂创业者在厂领导的带动下，把"干打垒精神"发挥得淋漓尽致。

"干打垒"，原本是指向山民学习盖房，就地取泥土、石块，用木板夹住，干干地捶打垒成墙，盖上茅草、油毛毡之类，遮风挡雨。所谓"精神钙质"的"干打垒精神"，就是指为了事业与梦想，因陋就简，艰苦奋斗，乐观进取，高速推进工程建设！

821 工程的创业者与苏联专家的孩子在一起

　　周绍柱，曾经担任二分厂党委书记，他践行的"精神钙质"令人佩服：上学时入党，读清华大学时当班长。大学毕业后，他加入核工业，参加过许多重要工程建设，也到过许多的核工业单位锻炼。他没日没夜地工作，没有休息日。他 1969 年 8 月到 821 厂，工作勤勤恳恳，不分分内分外，只要是工作，都认真做好。有一次，他们在李家梁放炮，一个洞装 60 管炸药，轰隆一声，石头飞起来，把二大队席棚子办公室屋顶砸穿。他立即参加了救援。

　　有一天中午，大家正在午休，江水突然大涨，河坝里还堆放着水泥、木料等物资。大队领导张思梦去电话告急，周绍柱立即吹响紧急集合哨。他们一连 400 多人，绝大多数是军工。听到哨音的，都去了。周绍柱没有穿雨衣，淋着雨，他对大家做简单动员后，率领大家跑步到河坝抢搬物资。事情过后，军管会副主任张伟对他们进行了表扬。

周绍柱是学化工的，仪表、钳工的事情也干。他只埋头工作，生活却很艰苦，在工地席棚子里面住了一年多。工棚里老鼠多，老鼠把被子都咬出了洞。跟他一起的军工林武生点子比较多，用在木板上面压砖，下面用肉作诱饵的办法，抓了好几个老鼠。设备室安装不锈钢敷面，焊缝需要打磨，他们白天干，黑夜也干，中午就在现场，戴着安全帽躺在木板上休息一会，下午接着工作。

821 人创业之初，就是这样发扬"干打垒"精神，终于出色的完成了上级交给的任务。

40. 戈壁作证

　　我国第一座大型核反应堆，历经六载。停工，饥饿，沙暴；奋战，坚守，奉献。除了建造者的亲历，岁月的见证，还有沉默如金的戈壁作证。

　　1966 年 10 月 15 日上午 10 时。中国西部，戈壁深处。我国第一座大型核反应堆即将悄悄启动……

　　生产堆开堆委员会总指挥姜圣阶向反应堆枢纽——中央主控室走去。

　　入口处，值勤哨兵礼貌地拦住姜总，请他出示证件。姜总微笑着掏出证件亮了一下，在哨兵标准的军礼致意下，他走向高大建筑的核心区域。

　　踏进反应堆中央主控室，副总指挥陈维敬和担任今天启动操作的几位值班员迎上前来与姜圣阶紧紧握手。大家知道，今天的物理启动，是反应堆活性区初次核燃料装载和物理实验过程，也是首次对反应堆进行大规模的全面核增值性能和核安全性能的测定。对于反应堆来说，这是一个至关重要、举足轻重的开端，对于创建中的核工业来说，这

戈壁安家

同样是一个至关重要、举足轻重的开端。

然而，对于历经六年半岁月磨砺建造反应堆的人们来说，这个开端来之不易。

1960年8月，正当反应堆工程昼夜推进时，参加援建工作的苏联专家突然先后撤离了工地。施工图纸被封存，工程方案被带走，已运到边境的设备就地被卡，原封不动又运了回去。苏联应提供的设备，只有少部分到货且都是外围设备，关键部件一件也没到。

开工仅五个月的工程被迫停工。与此同时，三年自然灾害引来的饥饿凶神，毫不留情地向这块不毛之地张开了血盆大口。给养供应不上，基地的粮食一天天减少，每人每月 20 斤的定量也保证不了。派出去求援的运粮车空车返回。总厂党委发出了"大搞代食品，节约用粮"的号召。许多人以骆驼草子充饥。由于营养缺乏，近七千人患了浮肿病，负责后勤供应的同志心急如焚：戈壁滩远离内地，一旦断粮，数万人撤都撤不及啊！

一封封特急电报穿梭于北京与工地之间，为了保存力量，保证工程建设，第二机械工业部党组决定：全厂疏散一万人口；由厂长周秩亲自带队去新疆调研，寻找能够安置疏散人口的地点。工地留守人员严禁加班。

接到部党组指示后，厂长周秩立即带队，分乘两辆吉普车，到新疆伊宁铀矿实地调查。调查的结果给这位军人出身的厂长增添了忧虑：将人员向伊宁疏散，路途遥远，火车又不通，若用汽车送人，天寒地冻，粮食不足，不等到达目的地，人就会冻饿致病！况且伊宁铀矿缺煤少水，房无门窗，职工又如何安身？更重要的是，这么多人一走，工地建设设施必遭毁坏，将来恢复施工还要重头做起，那将耽误多少时间，浪费多少资金啊！能不能不疏散呢？根据周厂长的调查，总厂党委作出了不疏散的决定，并征得了第二机械工业部党组的同意。全厂上下一个声音：保住基地！

人们在同饥饿作斗争的同时，也在探索突破技术封锁的道路。苏联专家撤走后，第二机械工业部确定了"自力更生，过技术关，质量第一，安全第一"的工作方针。原子能所设计院及反应堆工厂的科研技术人员，同兄弟单位的工程技术人员一起，从清查设计和设备材料

惜水如金

入手，开始了艰苦的材料设备试制和研究试验工作。

党中央、国务院为了反应堆工程早日复工，作出了一系列指示。经过艰难攻关，长达一年零十个月的停工待图局面宣告结束，反应堆工程正式恢复施工。从全国25个省、市选出的优秀科研工程人员，日夜兼程，汇聚戈壁。

党中央从全国各地调来一批批粮食和蔬菜，供应工程建设队伍。国内九个部委88个科研及制作单位集中最强力量，投入最好设备，研制反应堆数万多台件专用设备。反应堆工程保住了。

但是刚走出技术封锁、自然灾害的反应堆工程，又经历了戈壁沙尘暴的侵袭。

一天傍晚，准备收工的人们陆续从数十米高的反应堆冷却塔下撤。陡然间，阳光消失了，天空变得灰暗起来。人们惊奇地抬起头，望着太阳暗下去的地方，不知所措。

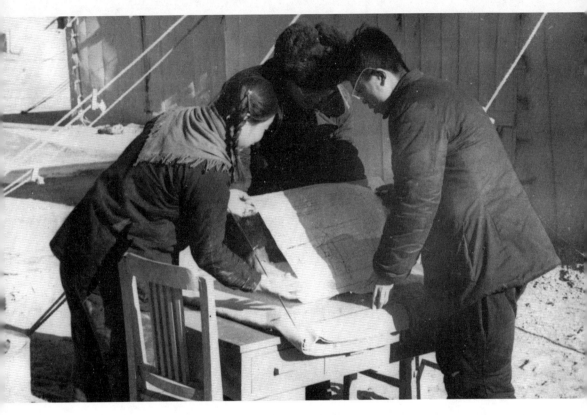

工作现场分析图纸

　　祁连山脚下，一道巨大的黑色帷幕，拔地而起。上顶天，下立地，遮住了巍峨的祁连山脉。转眼间，它便如一座倒塌的山峰，劈头盖脸向工地砸来。在暗黑的深处，隐隐传来阵阵雷鸣般的"隆隆"声，一股股沙柱翻腾滚动，一块块砂石碰撞粉碎，横扫一切。站立的人，被掀翻在地，拇指般粗的绳索被轻易拧断，粗大的圆木被抛向空中。

　　"快！躲起来！沙暴来了！"人们高声喊着，向附近的涵洞和土屋跑去。

　　"抓住钢筋！系好安全带！"有人边跑边向塔顶的人喊着。

塔顶，没来得及下塔的工人，被气浪冲得摇摇晃晃。有的人把安全带迅速系在粗钢管上，有的人顺势滚到安全网上，趴在那里，任凭风沙猛烈掀动抽打。人们听到了狂风嘶啸的声音、沙石扑打的声音，也听到钢丝绳断裂的声音、支杆拦腰折断的声音、脚手架倒塌的声音、各种声音轰隆隆响成一片。

沙尘暴过后，人们赶到工地。没来得及下撤的人相互搀扶着站起来，朝下一看，不由倒抽一口冷气：一层层钢木结构的脚手架全部倒塌了，碗口粗的木杠子，断成两节，露着白森森的木碴，角钢扭成了麻花，整个工地一片狼藉……

沙尘暴过后，人们再一次撑起支杆，搭起脚手架，攀上冷却塔，继续工作，工程进度不减。

1966年3月25日，邓小平等中央领导来到反应堆工程建设现场，视察工地，看望工人，并题词勉励建设者，要"勇于走前人没有走过的道路，敢于攀登前人没有攀登过的高峰"。

质量第一，安全第一，是反应堆工程建设的特殊要求，也是参与建造反应堆工程的人们铭刻于心的工作准则。

1966年春天，反应堆工程进入了堆芯石墨砌成体安装阶段。这是关系到整个工程质量的关键工序。

由于反应堆石墨砌体安装任务有着严格的技术要求，一粒纽扣，一根毛发都不能落进堆芯，经过严格审查精选出来的安装人员，一律剃了光头，身穿没有纽扣的白色工作服，精心操作每一个安装测量环节。

一天，他们正在大厅收拾工具，准备撤离现场。

"队长，不好了！"一位队员神色紧张地叫了一声。

"什么事？"

"一只镜片不知什么时候打碎了！只有三分之一的残片留在镜架上，其余的只怕落进石墨砌体里了！"

"快，立即查找！"

人们一下子紧张了起来。他们猫着腰，弓着背，小心翼翼地将一块块石墨砌体搬起又放下，仔细搜索每一个角落。有的蹲着，有的跪着，有的干脆趴在地上，用手一点一点地摸。

"我找到一块！"

"我也找到一块！"

"拼起来看看。"队长手捧着碎镜片，一块块拼着。

"齐了！全齐了！"

整整一个月，数万多块石墨砌体就是在每一分每一秒的高度严细、一丝不苟中砌筑完成的。

反应堆中央主控室，气氛紧张，秩序井然。启动时刻终于来临。值班主任守候在话筒旁，各辅助系统的运行情况，源源不断输送进来。他最后望一眼一旁静立的姜总。

姜总点点头。值班主任握住话筒，果断地发出启动口令。

操作员严密注视着不断摆动的仪表指针，观察着各部系统的运行情况，准确地操纵着每一个阀门，每一只按钮。物理监测员精确地记载着装料的数量。装料员按照指令不断扩大着装载量，一切都井然有序地进行着。

反应堆内部，正在发生着神秘的链式裂变反应，一步步向临界靠近。

　　人们期待着成功的结果，又担心着不测的发生。反应堆，这个陌生的庞然大物，又一次将建造者推向考验的前台。

　　10月20日19时，反应堆首次达到临界，成功完成了物理启动。

　　中央主控室的气氛活跃了，周期测量发出有节奏的音响，功率测试仪器指示盘上，光电不断上升，连续不断的电话铃声，把成功的信

干部工人在 801 工程工地施工

息传向四面八方。

国务院、中央军委、国防工业办公室、中共中央国防工业政治部和部党组致电总厂党委及全体职工，祝贺反应堆启动成功。

在西部戈壁，中国人用自己工厂生产的铀元件在自己建造的反应堆内实现了链式裂变反应，成千上万的核事业开拓者日夜为之奋战的目标终于实现了。

人们以握手相贺，久久不愿松开。强我国防的壮志，为民奉献的心愿，风雨挫折的磨砺，六载岁月的期待，成功到来的喜悦，发自内心的祝贺，全都融化在这紧紧一握之中了。

主控室外，主厂房威武挺立，冷却塔如同雕刻一般伫立。

漠风起处，新栽的窜天杨、野生的芨芨草，抖擞戈壁，活力尽显。

41. "铁流"之歌

　　一支野战军式的建设队伍，用他们的双手和心血，把一张张核工业设计蓝图化为宏伟的现实，建成了中国众多的"第一"：第一座研究性重水反应堆、加速器；第一个铀浓缩气体扩散厂；第一个核武器研制基地；第一个核潜艇陆上模式堆……

　　1955 年冬。北京。寒气袭人，王府井大街依旧熙熙攘攘。位于距此一箭之地的东四建筑工程部招待所里，人们饶有兴味地在商谈一项工程任务。

　　刚刚组建不久的国家建委建筑技术局工作人员卢荣光介绍说："这两个项目，都是苏联援助建设的。根据中苏协定，反应堆和加速器工程的初步设计由苏方负责，中方负责为初步设计提供勘探资料和总平面图……"

　　卢荣光的同事孟昭师详细介绍了"一堆一器"工程的设计、原理和施工图等情况。

　　"好，我们干！"青年工程师李延林，回答得十分干脆。

　　李延林，当时是建工部东北工业设备安装公司的总工程师。此时，

核工业人自己在戈壁滩上铺设通向外面的铁路

他和公司一位副经理前来洽谈任务，经磋商由他代表公司表了态。

　　这是值得记载的历史瞬间：中国第一座研究性重水反应堆和回旋加速器的设备安装工程，就这样落在李延林和他的同伴们的肩上；创业艰难百战多！1958年春，反应堆和加速器先后建成。

　　1958年9月，正当北京隆重举行"一堆一器"移交生产典礼时，李延林耳际轰响的不是鞭炮声和欢声笑语，而是黄河的波涛声。

　　如今，李延林站在黄河畔，心里一阵震颤：这里将建设我国第一座铀浓缩工厂，中国核工业建设将在核燃料、核武器研制领域全面铺开；他的任务就是秘密组建一支核工业专业安装队伍，以适应核工业建设发展的需要。

任务光荣而艰巨。早在 1958 年年初，我国首批核工业建设项目的厂址即将选定，急需组织一批施工队伍，前往施工。党中央决定，第二机械工业部从建工部兰州工程局先后调集 4000 余人，分别组成

人们肩挑背扛铺设铁轨

工人师傅指挥吊装作业

3支建筑队伍，开往西北，承担核工程的施工；安装队伍则指派李延林负责组建，调集原在北京房山参加"一堆一器"施工的安装人员，再从建工、化工、冶金、机械等工业部门选调生产技术骨干，组成一个综合性的大型安装公司，担任铀浓缩、反应堆及西北核武器研制基地重点工程安装。

河口南车站。垛得小山似的钢筋、木材、水泥，刚从火车上卸下，杂乱地堆在铁轨两侧。一个膀大腰圆的老工人找到李春才，焦急地说："李书记，运送材料的车不够哇，真是火烧眉毛啦！"

李春才是第二机械工业部一〇一建筑公司党委书记，急忙说："汽车不够，用骡车马车嘛！"

"嗨！仅有的4台嘎斯车用上了，100多辆骡马车也用上了，还是不够用！"

"跟我来。"李春才来到成堆的建筑材料旁，捋起袖子说："用肩膀扛！"说着，他和几个机关干部扛起木料，抬着钢筋，朝工地露天仓库走去……

兰州铀浓缩厂是我国第一个铀同位素分离气体扩散厂。这个工程的土建施工、设备安装分别由当时的一〇一、一〇三公司承担。

工程技术人员施工前，审核施工图纸

核工业建筑、安装公司组成后，人员是从全国各条战线选调的骨干；公司领导中，有抗日战争、解放战争中参加革命的干部、军人，有工人出身的管理者，也有知识分子。1958 年，第一代核工业的开拓者们，响应祖国的召唤，在很短的时间内，就从全国 21 个省、市、自治区的部门、单位集中到这里。建设者们憋足了一股劲，要在一个全新的领域一试身手！

1959 年，兰州铀浓缩厂工程进展迅速。一〇一公司在施工力量不足 1000 人的情况下，仅用 10 个月时间，就建成了连接工厂和生活区的黄河铁桥；用了 5 个月时间，完成了近 4 万平方米的职工生活区和厂前区的水厂、锅炉房、机械车间……

1960 年 8 月 3 日。兰州铀浓缩厂现场的全部苏联专家奉命撤走，随即是全国经济困难时期，生活供应不足，有的职工甚至产生过回家"务农"的思想。

1961 年 1 月，第二机械工业部副部长袁成隆来铀浓缩厂工地蹲点。他直接领导以质量为中心的调查研究工作，组织了 20 多个专门小组，对主工艺及辅助系统的施工安装情况，进行了全面调查。

在短短的时间里，有关人员更换大小阀门 5000 多个，调整主机间隙几百处，消除漏点上万个，确保了扩散机组长达数公里的管线、上万个接点的大体积长期保持真空密封。

1962 年 11 月，扩散厂主辅工程全部配套安装完毕。12 月 8 日，成批机组氟化处理正式开始。

汽车奔驰，机器轰鸣……正当黄河岸边的浓缩铀工厂和戈壁深处的反应堆动工时，地处草原的核工程蓝图也已绘制出来。土建、安装

从1958年3月开始，建工部直属第二建筑工程公司职工陆续开进戈壁滩

的一支先遣队伍开进了工地。

"核工业第一代建设者，肩负着特殊的使命。他们在荒漠和草地
上，踩下第一个脚印、栽下第一根木桩、搭起第一个帐篷……他们的

不朽业绩，是值得大书一笔的！"刘志民对此感慨颇深。

刘志民是一〇四建筑公司的经理。土建先遣队进草原后，自己动手砍荆条，筑篱笆，盖工棚。最初，他们住藏胞的羊场、牛圈，住被遗弃的寺院和学校土屋；后来，他们盖起的临时住处，为几千后续队伍的到来做了准备。

令刘志民欣慰的是，他和建设者们走过了一段艰难的创业历程：基地的一砖一瓦、一铁一木，乃至建筑用的沙石，都得从千里之外运来，运输工人不得不披星戴月，终年奔波。三年经济困难时期，正是基地建设施工的紧张阶段。由于运输困难，粮食供应不上，食油、副食品短缺，职工们睡帐篷，吃青稞，还组织了打猎队、捕鱼队、垦荒种地，以补生活供应的不足。

核武器基地规模宏大，工程技术复杂。它包括几十个工程项目，安装的设备种类多，数量大，要求高。当时，中央专委调集建工部、铁道部、交通部、水电部、工程兵、通信兵等13个部门的施工队伍，同先期在这里的第二机械工业部一〇三和一〇四两个公司会合，并组成了施工现场指挥部，由李觉任总指挥，全力进行突击抢建。

一次，李觉急匆匆地找到刘志民，劈头就问："老刘，弹装配车间的'无火花地面'解决了吗？"刘志民无可奈何地摇摇头。

"这的确是建筑上的'拦路虎'。"李觉理解地点头说："这只'虎'再凶猛，也得制服它，决不能让它影响原子弹的装配！"

刘志民把李觉的话向有关人员传达后，提供一切研究条件，要求工程技术人员立即制服这只"拦路虎"。

北京，天津，东北……建筑技术人员四处奔波，经过几十次试制、实验，最后选定丹东产的一种叫"凤凰绿"的大理石作骨料，精心配制、施工，终于解决了难题。

"核工业建筑、安装队伍真了不起！"李觉，这位豪爽的将军伸出拇指说："没有这支专业队伍，核基地难以建成！"

1　　　　　　　　　　2　　　　　　　　　　3

6　　　　　　　　　　7　　　　　　　　　　8

1. 我国首次空投原子弹
2. 1964 年 10 月 4 日，第一颗原子弹核部件用直升机运至铁塔下面
3. 原子弹被送向铁塔
4. 原子弹缓缓地升上铁塔
5. 给原子弹插雷管
6. "零时"引爆原子弹
7. 原子弹爆炸
8. 原子弹蘑菇云
9. 欢呼原子弹爆炸成功
10. 我国原子弹爆炸成功后，人们争抢《人民日报》号外

4   5

9   10

第四章 东方巨响

1964 年 10 月 16 日在新疆罗布泊核武验场用铁塔空爆，成功爆炸了我国第一颗原子弹，标志着中国完全独立地掌握了核武器理论和设计技术。

第四章　东方巨响

核工业是促进世界和平，造福人类的伟大事业。最初奋战在核工业领域的一代人，其中包括科学家、领导者、科学技术人员以及千百万各行各业的人，他们自力更生，艰苦创业，表现了"满门忠孝"的忘我情怀和以身许国的爱国主义精神。这种精神就是实现"两弹一艇"梦的精神支柱。

郭永怀在遭遇空难时，与警卫员紧紧抱在一起。当人们分开他们被烧焦的遗体时，惊奇地发现一个完整无缺的装着数据资料的公文包。

陈能宽常说，敢于从事危险作业，这是一个核武器研制者起码的素质。

周光召在接受"两弹一星"功勋奖章时说，如果把制造原子弹比作撰写一篇惊心动魄的文章，这文章是工人、解放军战士、工程和科学技术人员不下 10 万人写出来的，而我只不过是十万分之一。

"我是一个中国人，我不可能到美国去喊美国万岁，我喊中国万岁。我这辈子最大心愿就是国家强起来，国防强起来……"这是著名科学家程开甲的誓言。

核工业人就是这样把家庭的幸福、个人的兴趣、人生的价值，与国家安全、民族自强的伟大事业统一起来，形成了周总理说的"平凡而伟大的风格"。

经过不懈的努力，1963 年，王方定和他的小组终于成功研制出合乎要求的点火中子源。

1964 年春，托举原子弹的百米铁塔在罗布泊的荒原上拔地而起，10 月 16 日凌晨，4 名操作手以大无畏精神，有条不紊地工作了 3 个半小时，安装好了插接雷管。

公元 1964 年 10 月 16 日 15 时，中国第一颗原子弹爆炸成功！

这是梦想实现时的惊天巨响。从这一刻起，中国正式成为世界核俱乐部的第五个成员。

此时，防化兵克服各种困难，冲向核爆心，完成了剂量和时间范围内衰减数据的计算并编制成手册……

梦想在前，路在脚下。

42. 177 办公室的日日夜夜

177 办公室是我国首次核试验信息联络中心。它只存在一个月的时间，但却记载着我国胜利完成第一颗原子弹爆炸的珍贵资料和惊心动魄的故事。

177 办公室是中央决定进行首次核试验后，为了做好北京与核试验现场的联络工作，由第二机械工业部和国防科委联合组织的一个临时工作机构。作为首次核试验的信息枢纽，负责与核试验现场密切联系，上传下达，及时、准确地向中央首长及军内外有关部门报告情况、传递信息，并向试验现场传达中央领导的有关批示和指示。这个办公室只存在了一个月，可流经它的信息在当时都是国家顶级机密。

177 办公室由时任第二机械工业部部长刘杰直接领导，第二机械工业部和国防科委派出工作人员共 5 人组成。地点设在第二机械工业部办公大楼。

为了保密的需要，177 办公室房间的门窗都钉上两层毯子，使外边看不到里边的工作情况，也听不到里边的说话声音。总参通信兵部给 177 办公室配备了与核试验现场通话的带有载波机的电话，同时架

周恩来总理宣布我国第一颗原子弹试爆成功

设了与周恩来、贺龙、聂荣臻、罗瑞卿等首长办公室之间的直通专线和手摇电话单机。这个办公室对外全封闭，全天候 24 小时连续工作，有一套严格的保密制度，同前后方的重要通话都要记录在值班日志上，传送文件都要坐小车两人同行，通话行文涉及原子弹和试验行动的都要用密语。

1964 年 9 月，177 办公室开始与首次核试验委员会办公室通话，传递的第一个重要信息是供试验用的原子弹的运输情况。原子弹由副厂长吴际霖和武装警卫护运，从青海核武器研制基地专用铁路线发车起运，途经西宁、兰州、哈密等站，安全到达乌鲁木齐。运原子弹的火车定为一级专列运行，采取了严密的安全保卫保密措施，沿途都有公安干警警戒。到了两省交界处，负责护送的两省公安厅厅长还要办理安全运输交接手续。沿线铁路检车的铁锤，一律换成铜锤，以免产生火花；机车使用的煤都用筛子筛过，防止混入雷管之类爆炸物；专列经过时，横跨铁路上空的高压线暂时停电。原子弹运到乌鲁木齐后，改由飞机运抵罗布泊核试验基地，然后再由直升机送到试验场靶心铁塔底下。

原子弹运到核试验现场并总装完成后，就等待正式进行试验了。此时的关键要看气象条件。罗布泊地处沙漠戈壁，天气变化无常。时而晴空万里，时而沙暴肆虐。在这"万事俱备，只欠东风"之际，首次核试验总指挥张爱萍将军特别关注天气预报。10 月 9 日天气预报称，10 月 16 日到 20 日之间将有一次符合试验条件要求的好天气。张爱萍便召开核试验委员会党委常委会研究，决定给周恩来总理写报告，建议试验时间就选定在这一时段内。之后，经过三次来往请示批复，确定了首次核试验的日期和时间。10 月 16 日中午 12 时，周总理最后写信指示刘杰，要刘杰与张爱萍、刘西尧通一次保密电话，"告以如无特殊变化，不必再来往请示了。零时后，不论情况如何，请他们立即同我直通一次电话"。

"零时"确定以后，整个核试验基地就进入实战状态，试验基地办公室和 177 办公室前后方联系更紧密频繁。此时所有参试人员，特别是研制原子弹的科技专家和试验委员会的主要领导，都十分兴奋又提心吊胆。

10 月 12 日晚，核试验党委常委会研究了原子弹万一试验不成的两种可能情况，周总理问刘杰有什么看法？刘杰认为可请专家再研究计算一下。15 日早晨，刘杰赶到核武器研究所，请此时在北京主持工作的理论部第一副主任、理论物理学家周光召，又请中子物理学家黄祖洽和数学家秦元勋参加，共同研究估算结果，认为"我国第一颗原子弹爆炸试验成功的可能性超过 99%"，并签名提交正式报告。总理阅后问刘杰："你现在认为我们这次试验还将会有什么样的结果？"刘杰回答，估计有三种可能，一是干脆利索，二是拖泥带水，三是完全失败。根据目前的情况来看，第一种可能性最大。总理感到满意，但仍郑重地叮嘱刘杰，要做好以防万一的准备工作。

1964 年 10 月 16 日下午 15 时，我国首次核试验获得圆满成功。试验现场欢声雷动。

李觉、吴际霖望着这一切，高兴得久久说不出话来。王淦昌、彭桓武、郭永怀、朱光亚等科学家们，流下了激动的热泪。

观察所里，张爱萍将军、刘西尧副部长从看到蘑菇云升起的霎那，他们紧紧揪着的心松开了，他们亲眼看到我国第一颗原子弹爆炸成功，不是化学爆炸，而是真的核爆炸！

张爱萍抓起了通往北京的电话，遵照总理的事前指示，立即与总理直通电话，报告情况。然后与刘杰通话。

在北京第二机械工业部的 177 办公室里，刘杰和工作人员正在焦急地等待基地消息。15 时 4 分左右，急促的电话铃声响了，一个工作人员可能由于紧张没抓牢电话机，话筒掉在桌上了。

刘杰一步上前，抓起了电话，只听前方总指挥说：

张爱萍在核试验场向周恩来总理报告核试验获得成功

欢呼原子弹爆炸成功

　　"原子弹爆炸成功了，蘑菇云正在升起，可报告各位首长！"

　　刘杰马上抓起了与总理直通的专线电话："我是刘杰！"张爱萍同志来电话，原子弹已经爆炸成功了，看到了蘑菇云！"

　　几分钟后，专用电话铃声又急促地响了，"刘杰同志吗？我是周恩来，毛主席指示我们，一定要搞清楚，是不是真的核爆炸，要让外国人相信！"

　　刘杰立刻拿起通往基地的电话，将毛主席的指示传达给远在几千里之外的张爱萍。

　　张爱萍回话说："蘑菇云已上升到几千米高，专家们根据爆炸后的景象判断，肯定是核爆炸。"

刘杰再一次向周总理报告。请周总理和毛主席放心，我们的第一颗原子弹确实已经爆炸成功。

当天下午的中央人民广播电台《新闻联播》没有播这条特大新闻。直至张爱萍、刘西尧组织专家根据现场观察的宏观景象和速测数据，提出6条理由证明确实是原子弹爆炸；国外也随即有所反应后，毛主席才同意在当晚11时并随后连续多次正式广播关于中国第一颗原子弹爆炸试验成功的《新闻公报》。与此同时，《人民日报》刊发了《号外》，北京天安门广场和全国各地街头顿时人群蜂拥，举国欢腾，人们欢呼原子弹爆炸成功的伟大胜利。

10月16日17 时左右，毛泽东、刘少奇、周恩来、朱德等党和国家领导人在人民大会堂接见了大型音乐舞蹈史诗《东方红》3000 多名演职人员。毛泽东很想让眼前这些能歌善舞的青年人早点分享胜利的欢乐。当坐下来准备与演员们合影的时候，他问周恩来："要不要把那个好消息告诉他们呀？"

周恩来笑了笑说："告诉他们，一个个都要高兴得蹦起来！"

照完相，党和国家领导人在掌声、欢呼声中挥手离去后，主持人大声宣布："请大家原地休息，队伍不要乱，待一会儿周总理要向大家宣布好消息！"

20 分钟后，周恩来再次走进宴会厅，挥动双臂示意大家安静，然后激动地说："同志们，毛主席让我向大家报告一个好消息：我们的第一颗原子弹爆炸成功了！"欢呼、雀跃的人们难以平静，激动

我国原子弹爆炸成功后，人们争抢《人民日报》号外

得跳了起来，周恩来总理挥舞双臂，对着话筒大声喊："同志们，不要跳，不要把楼板跳塌了！"

人们沉浸在成功的喜悦中，而周恩来总理却又在考虑和处理原子弹爆炸后，放射性微尘对试验场人员和下风向居民的健康安全有无影响的问题。周总理决定先给驻这一地区的部队战士验血，因为他们在最前线，对健康有无影响，他们的血液会有直接反映。副总参谋长杨成武遵照周总理指示，安排下风向地区驻军卫生机构对数百名战士进行抽血化验，结果没有发现任何异常。直到 19 日，张爱萍、刘西尧也报告：下风向附近地区和兰州等几个城市的剂量监测结果，对居民健康无影响，这才使总理放下心来。

177 办公室完成首次核试验信息联络任务后撤销，所有工作人员都各自返回了自己的工作岗位。

43. 敢于从事危险作业

他们的每一滴汗水都和那神圣的目标联系着，做了数百次原子弹爆炸物理实验，这里的每一次炮声都是一个音符，终将汇聚成梦想中的惊天巨响。

1960 年夏季的一天，陈能宽奉调到第二机械工业部。"陈能宽同志，调你到第二机械工业部九院来是想请你参加一项重要的国家机密工作，国家要研制一种'新产品'，我们想让你负责爆轰物理工作"这是李觉将军和钱三强、朱光亚等专家同陈能宽首次会面的一席话。陈能宽立刻猜中了"新产品"的含义。原子弹爆轰，这在当时对于原本搞金属物理的陈能宽来说十分陌生，但李觉的一番话，不但打消了他的顾虑，更激发了他的斗志："调你来没有弄错。我们中国人谁也没有研制过原子弹。人家说我们中国人 10 年、20 年也休想把原子弹造出来，我们应当有志气。"

陈能宽有这股志气，也正是因为这股志气，他隐姓埋名，销声匿迹，开始了每天与雷管、炸药打交道的生活。

北京远郊的爆轰试验场及炸药研制实验室条件简陋，冬天沙尘呼啸，干起活来要经常烤火暖手，否则手指很容易就被冻僵。

起步是艰难的。当时，融炸药的蒸汽锅炉是一个普通的茶水炉，融药桶是借来的，牛皮纸做的药模代替了金属药模，人工搅拌代替了机械搅拌，陈能宽就是这样用土办法浇铸出炸药部件，和大家一起动手制作安装试验样品。

作为实验队队长的陈能宽，经常和技术人员一道，冒着雾腾腾的粉尘和蒸气浇铸炸药部件。蒸气融化的炸药气味难闻且有毒，但此时越要尽快搅拌，这些炸药部件才能密度均匀。他们常常轮流作业，大汗淋漓。正值三年困难之际，肚子饿了，他们就用红果和地瓜充饥，

有时候就到收割后的庄稼地里寻找遗留下的玉米、土豆、萝卜……

爆轰试验场刚有点头绪，一场大雨就把帐篷工号都冲掉了，融药桶被冲到了水库的边上，找回来，已经破损不堪，大家只好从头再来。

最难的还是工作上技术难关的突破，一个个方案被推翻否定，一次次设想被推倒重来，为了从当时的实际条件出发，加快研制的进程，陈能宽根据自己坚实的理论基础和国外的有关资料，大胆地进行了突破原子弹爆轰原理的新方案的研究。

这个新方案技术难度很大，尤其是计算机能力不够，还不可能在理论上为这个方案作出可靠的计算。只有边试验、边计算、边设计，

长城脚下 17 号工地

陈能宽为科技人员讲课

　　而这样，又大大地增加了工作量。陈能宽坚定地说："难度是大，但我们只好破釜沉舟，走这条路了。"

　　郭永怀从力学的角度，反复地进行演算，大胆地支持了这一方案。科学家们也经过详尽的讨论，通过了这个方案。于是陈能宽在王淦昌的指导下，开始设计第一个实验元件。

　　"起爆！"电钮按下，"轰"地一声，实验元件爆炸了。示波器、高速转镜紧张地记录着爆破的结果。场地上，滚滚硝烟，向天空冲去。不等硝烟散尽，技术人员又迅速地抱着第二个实验元件冲了上去。他们一起堆沙丘、接电缆、插雷管。转瞬间，第二炮又打响了。第三炮、第四炮……第十一炮、第十二炮……

　　每个人都没有怨言，因为他们知道，自己的每一滴汗水都和那神圣的目标联系着，做了数百次原子弹爆轰物理实验，这里的每一次炮声都是一个音符，终将汇聚成梦想中的惊天巨响。

"轰！""轰！"不停的爆破声，在空旷的塞外回响。一年多的时间里，他们进行了上千次的实验，取得了大量的数据，突破了原子弹起爆元件设计的技术难关。

青海自古以来就是人烟稀少的荒漠，陈能宽和大家一起来到这"君不见青海头，古来白骨无人收"的苦地方，进行原子弹爆炸前的大型爆轰实验。妻子并不知道陈能宽在什么地方，对她来说，那只是一个抽象的信箱号码。几年中，陈能宽从一个"信箱"走到另一个"信箱"，带着他的梦想和诗情，带着那些雷管和炸药……

一位年轻的核科学工作者回忆和陈能宽共同走过的道路时说，那时到17号工地工作，人们都是自带行李，下火车后还要

"两弹一星"功勋陈能宽

步行20里路才能到基地的宿舍，这20里地，最顺当也要走上两个小时。秋天，大风一来，五尺之外看不清东西，我们顶着狂风要花四五个小时才能走到基地，打开被子以后发现，里面的泥沙足有一斤重。我们都成了"土人"。

陈能宽（右）李觉（左）在核试验主控制站等待"零时"到来

　　正是在这样艰苦的条件下，陈能宽和同事们创造了后来大家都耳熟能详的辉煌历史：在第一颗原子弹的科学工程中，他带领他的爆轰队伍完成了燃爆原子能的关键工程成效问题。在第一颗氢弹的科学工程中，他又率队成功完成了试验，以大量的数据，论证了氢弹原理方案的可行。在导弹核武器的科学工程中，他与同事们历尽十余年的艰辛，不仅节约了大量的人力、物力，更为重要的是，保证了沿线居民的绝对安全。专家们每每自豪地谈及这项技术，都无不称赞："陈能

宽功不可没！"

陈能宽常说敢于从事危险作业，这是一个核武器研制者起码的素质。在给妻子的信中他曾这样写道："如果我有什么不幸，你要想得开。当年我们抛弃洋房、轿车，带着儿女回国，正是为了干一番事业，让祖国富强。"

当人们由衷称赞陈能宽的辉煌业绩和崇高声誉时，他总是摇头："惭愧，惭愧！我所有成绩的取得都是集体共同努力的结果。"

"不辞沉默铸坚甲，甘献年华逐紫烟。"这是陈能宽在中国第一颗原子弹爆炸成功 20 周年时写下的诗句。其实，陈能宽和当年的同伴们何尝不知道自己经常面临的危险，但是他们更加清楚，有无数同他们一样默默无闻地奋战在核工业战线上的人们，都在无怨无悔地编织着同一个梦想——让祖国富强！

44. 十万分之一的力量

在获得"两弹一星"功勋奖章时，周光召说，如果把制造原子弹比作撰写一篇惊心动魄的文章，这文章是工人、解放军战士、工程和科学技术人员不下 10 万人写出来的，而我只不过是十万分之一。

1957 年春，周光召带着新中国的重托前往莫斯科郊外的一个小镇——杜布纳工作。那是由 12 个"社会主义大家庭"成员国参加的莫斯科杜布纳联合原子核研究所，是一个在核科学前沿上进行探索的机构。周光召暗自嘱咐自己："要努力工作，不能给国家丢脸！"

杜布纳的研究成果，可以通过在莫斯科出版的学术刊物迅速传播到世界各地。得天独厚的条件令周光召感到浑身爽快，每天都有使不完的劲……然而，初到杜布纳时，一些外国专家根本瞧不起中国人。

有一次，各国科学家聚集在一起讨论学术问题，一位外国教授在会上报告了自己关于相对性粒子自旋问题的研究结果。讨论的时候，周光召坦诚地谈了相反的意见，不料，那位教授竟怒火冲天："你的意见，没有道理！"

"两弹一星"功勋周光召

　　周光召听了没有辩驳。过后，他花了3个月的时间，一步一步地严格验证自己的看法，随后写成题为《相对性粒子在反应过程中自旋的表示》的论文，发表在国际著名的学术刊物《理论和实验物理》上，周光召首次提出用螺旋态来描述基本粒子。又过了些日子，美国科学家也做了相似的研究。

　　在杜布纳，周光召把对故乡的思念和立志报国的强烈情感融入到忘我的工作中去。短短的4年时间里，周光召两次获得该所科研奖金，有33篇学术论文在国外学术刊物上发表，归国前后又在国内杂志上发表了 17 篇论文。其中《极化粒子反应的相对论理论》及《静质量为零的极化粒子的反应》两篇论文，在散射理论中最先提出螺旋度的协变描述。《关于膺矢量流和重子与介子的轻子衰变》，是最先讨论这方面研究的论文之一，使他成为世界公认的膺矢量流部分守恒定理的奠基人之一，得到国际物理学界的高度评价。至此，年轻的周光召蜚声国际，为中国人赢得了荣誉。

然而，就在周光召的工作如鱼得水之时，一个重大的变故突然降临。1959 年 9 月的一天，钱三强在中国驻苏使馆人员的陪同下来到杜布纳，向在这里工作的中国人员通报：苏联单方面撕毁合同，拒绝再为中国提供原子弹教材和模型。

事后，钱三强回忆起这段往事时说："苏联专家撤走后，周光召立即把在苏联杜布纳联合核子研究所工作的部分中国专家召集到一起进行讨论：离开外国人的帮助，中国依靠自己的力量能不能研制成原子弹？回答是肯定的。二十几个人当场联名请缨：回国参战。"

周光召起草的联名信是这样写的："作为新中国培养的一代科学家，愿意放弃自己搞了多年的基础理论研究工作，改行从事国家急需的工作任务。我们随时听从祖国的召唤！"

背负行囊毅然返乡，周光召来到了邓稼先率领的原子弹研制理论攻关队。这些平均年龄只有 23 岁的年轻科技人员，在我国最艰难的岁月里，用他们稚嫩的肩膀挑起历史的重任，勒紧腰带向道道难关发起一次又一次猛攻，演算的稿纸装了几十麻袋，堆满一大间仓库。

在原子弹总体力学的计算中，有个参数对探索原子弹的原理有着重要作用，但年轻人的计算结果与一般概念相比，误差竟达一倍以上。

问题究竟在哪里呢？技术人员反复验证着……

每计算一次不知要付出多少复杂而艰辛的劳动。那单调、机械的动作，每个人都要重复千万次。此外，还要把得出的数据画在比桌子还大的图表上，一次要填几万个。由于工作量大，忙的时候，需要三班人轮换计算、画图、分析，昼夜不停地加班。

第五次计算，第六次计算……第八次、第九次计算，周光召回国时第九次计算刚刚结束不久。

1961 年初，周光召回国任九所理论部第一副主任。他仔细看了年轻人先后九次计算的一沓厚厚的手稿，觉得他们的计算没有什么可挑剔的，问题是需要有个科学的论证，才能使人信服。周光召从理论上证明了计算结果的正确性。数学家周毓麟等研究了有效的数学方法和计算程序，经在中国科学院计算技术研究所的 104 电子计算机上进行计算，其结果与特征线计算结果完全相符。

谜底解开了，难关攻破了，理论部年轻的科研人员，为自己正确的计算结果得到科学论证而欢欣鼓舞。

在核爆炸试验前 3 天，周总理让刘柏罗邀请在京的彭桓武、王淦昌、邓稼先、郭永怀等几位核物理学家，乘坐张爱萍总指挥派回的专机一同飞往罗布泊，观看原子弹爆炸实况。

一时间，这片沉寂千载的荒原，成了中国物理学界群星闪耀的辉煌星座。

当年美国研制原子弹，曾集中了爱因斯坦、玻尔、费米等科学大师。而中国靠的是像邓稼先、周光召一样的"娃娃科学家"。

1964 年 10 月 15 日是试验的前一天。这天下午，一份急电从罗布泊发到北京，说突然发现了一种材料中的杂质超过了原来的设计要求。

当晚，北京风雨交加，一辆小汽车飞速驶进北京核武器研究所。在理论部大楼前，汽车还未停稳，刘杰就推开车门匆匆上楼，他找到周光召迫不及待地说："场区出现新情况，周总理要求重新计算一下成功的概率，8个小时内给我结果。"周光召提出请黄祖洽和秦元勋参加，刘杰同意。

大楼外依然风雨交加，办公楼内，周光召和同事们连夜紧张地运算，10月16日上午，一份计算报告呈送到周恩来面前："经估算，我国第一颗原子弹爆炸试验成功的可能性超过99%。"下面落款处的签字是：周光召、黄祖洽、秦元勋。

1964年10月16日15时，中国的第一颗原子弹爆炸成功！

我们古老而又年轻的祖国，终于在罗布泊荒原上那惊天动地的巨响中显示了强大的生命力和创造力。

有人把原子弹比作引爆氢弹的火柴。火柴已经具备，中国的氢弹之路在哪里？

1963年9月，研究核武器的一部分科技人员从设计含热核材料的原子弹入手，开始氢弹的理论探索。首次核试验成功以后，我国迅速地将大部分理论研究人员组织到氢弹研究中来。

1965年1月，毛泽东同志在听取国家计委关于远景规划设想的

周光召（右二）在苏联杜布纳联合核子所与王淦昌（右一）讨论问题

汇报时指出：原子弹要有，氢弹也要快。刘少奇同志也提出要像炸响原子弹那样，早日炸响氢弹。

　　1966 年的日历只剩下最后几页时，周光召和于敏奔赴西北试验场地。氢弹原理试验的重要性，在于能否达到关键性突破。经过分析试验的速测数据，试验与理论计算和设计基本相符，达到了预期目的。可以初步肯定，我们的设计原理结构是成功的，这条路走通了、走对了。

1967 年 6 月 17 日清晨，罗布泊上空同时升起了两颗太阳——我国第一颗氢弹空投试验成功！

在 1999 年荣获党中央、国务院、中央军委颁发的"两弹一星功勋奖章"时，面对掌声和鲜花，周光召温和而平静，他说："如果把制造原子弹比作撰写一篇惊心动魄的文章，这文章是工人、解放军战士、工程和科学技术人员不下 10 万人写出来的，而我只不过是十万分之一。"

45. 如果不回国，我不会幸福

程开甲说，我是一个中国人，我不可能到美国去喊美国万岁，我只能喊中国万岁。我这辈子的最大心愿就是国家强起来，国防强起来。

20世纪40年代，在英国爱丁堡大学有一个来自中国的青年学者，他每天除去吃饭、睡觉之外的时间都埋头在课堂上、实验室和图书馆里，同学们都叫他波克（Book），连房东老太太对这个不爱交际的黄皮肤的年轻人也常投冷眼，不无恶意地给他取了又一个外号"奶油棒冰"。他甚至没有工夫去咀嚼这种寄人篱下的滋味，屈辱和苦闷都在他的沉默中变成了发愤攻读的动力。他，就是程开甲。

一天，他在报纸上读到一个惊人消息：中共在长江扣留了英国军舰紫石英号！那艘不顾人民解放军警告公然挑衅的英国军舰被解放军还击的炮火打伤了，英国朝野为此掀起了一场轩然大波。报纸上那一条条通栏标题使这位中国学者眼中燃起了明亮的火花。

"中国有希望了！过去这么多年总是外国人欺侮中国人，现在中国人也敢还手了！也敢打外国人了！走，回家，回祖国去！"1950

"两弹一星"功勋程开甲

年8月，程开甲带着满腔报国之情和大量科技书籍迎着"刚刚升起的五星红旗"回到了自己的祖国。

回国后的最初十年，程开甲一直在大学任教，潜心研究物理学。在此期间，他撰写的专著《固体物理学》成为国内第一本固体物理学教材，为培养新中国的第一批固体物理学科技人才作出了重要贡献。

　　1960 年，程开甲接到了调往北京工作的命令，但他并不知道具体是去干什么。直至来到第二机械工业部第九研究所接任副所长时，才知道自己被"点将"参加搞原子弹，从此在不为外界所知的情况下，开始了二十多年的核试验工作。程开甲回忆说："很荣幸自己能够参加到那样一段波澜壮阔的事业之中。这种自豪，至今激励我还要干下去。为了祖国的强大，我愿意发挥自己的全部力量和价值。"

　　1962 年，程开甲被调到国防科委，全面负责核试验工作，为我国第一颗原子弹的爆炸试验做技术准备。此后，他在荒无人烟的大漠深处创建了我国第一个核试验研究所，开始了核爆炸的测试研究。在实验核物理学家钱三强的具体指导下，程开甲与其他几位科学家共同起草了首次核试验的测试总体方案，确定了核试验研究所的学科设置与技术力量配置。在上级领导的大力支持下，他们很快组建起爆轰力学、光学、放射化学、核测量及自动控制等研究室，形成了一个专业配套的核试验研究所及一支核试验与测量、诊断的队伍。

　　面对核试验准备过程的每一个疑点、每一个问题，程开甲从不放过，做到所有发现的问题决不带上场。为确保首次核试验万无一失，他除了和科技人员一起进行大量的实验研究和多次"冷"试验外，又提出在正式试验之前再做一次化爆模拟测试试验，对炸药爆炸进行了全过程测试，检验了测试准备工作，不放过任何一点细小的隐患，保证了首次核试验的测试工作没出半点差错。

　　数不清有多少次彻夜不眠的讨论，也数不清有多少次风尘仆仆的奔波，更数不清有多少次时而提心吊胆时而惊喜万分的发现与探索……在短短两年的时间内，在全国、全军有关科研单位和高等院校大力协同下，研制出一千多台测试、取样、控制用的仪器设备，取得了从无到有的开创性突破，为首次核试验的成功奠定了坚实的技术基础。

1964 年 10 月 16 日，我国第一颗原子弹爆炸试验成功了！我国第一次核试验的测试也成功了！

程开甲从首次核试验中 97% 的测试仪器表上拿到了完整、准确的数据。而据史料记载，美国、英国、苏联在各自的首次核试验中只拿到很少一部分数据，法国则一点都未拿到。这不能不是中国人的又一大骄傲。但对此，程开甲还不满足，因为发现由于核电磁波的干扰尚

程开甲（中）在与技术人员研究问题

有几个数据未拿到手。此后，他果断地提出了新方案。经试验，又拿到一批数据，其中包括两个珍贵的波峰数据。经过试验验证，他发明的"地下核试验测试新屏蔽法"有效而实用，让人们获得期待已久的"干净数据"。正是由于程开甲的坚实功底与严谨科学的作风，使他第一个计算出原子弹爆炸的弹心温度和压力，其内爆机制的研究也解决了原子弹的关键问题，为原子弹爆炸威力、弹体构型设计等提供了重要依据。

著名科学家朱光亚曾在写给核试验基地的信中说："如果没有你们的艰苦奋斗、坚持攻关和卓有成效的研究与开发工作，很难设想这些年来我们能实现从原子弹到氢弹、从天上到地下、从平洞到竖井……等等的发展计划。"

一位记者曾问程开甲：如果你当年没有回来，你能想象自己现在是一种什么样的状况吗？

程开甲回答："最多是一个二等公民身份的科学家。会有一些发明创造，不过如此。可我回来就不同了，我为国家作出多大的贡献呀！而且，我在国内干的一切，科技水平不比在那边干的差。所以说，当时回来是对的，现在看是更加正确。"

他十分感慨地说："我是一个中国人，我不可能到美国去喊美国万岁，我只能喊中国万岁。我这辈子的最大心愿就是国家强起来，国防强起来。"

46. 引爆原子弹的"火种"

从不懂到懂，不断积累经验，掌握关键工艺，生产出比原定设计要求更高的成品，王方定实现了"决不能因为我们工作延迟而拖了整个工作后腿"的诺言。

新中国成立伊始，为解决核领域的人才难题，国家采取了一个重要措施：让一批大学生改学核专业，充实核工业研究力量。原本学习化学的王方定即是其中的一员。作为新分配到原子能研究所的大学生，王方定被抽调到北京大学去学习核物理知识、稀有元素化学以及俄语，并做好了去苏联学习原子弹制造知识的准备。

1959 年的一天，王方定在原子能研究所大院门口，碰到钱三强所长。钱三强说："来，我跟你说句话，现在有件重要的东西要做。"事后，王方定才知道钱三强所说的这个东西其实就是原子弹里的中子源。钱三强说："我们需要一个搞化学的来搞，找谁来做这个工作呢？我们考虑你去比较合适一点，你愿不愿意去？"王方定当即就答应了："没问题，我愿意去。"

王方定院士

王方定拿着介绍信到部大楼报到后就开始准备，先是跑东安市场和各旧书店，到处去买专业书；紧跟着接下了钱先生安排的作裂变产物的分析任务；那些日子王方定还每天早上起来练一个小时的俄语，准备接受苏联的援助，却不料中苏关系开始紧张。当时苏联专家开过一个单子，其中写了化学方面的三四条。王方定发现有些问题，跑去请教苏联专家："你给我们开的这几个项目都是爆炸以后要做的工作，那爆炸之前我们应该做些什么？"苏联专家说："爆炸之前该做什么，要由你们自己的科学领导人来告诉你们。"

1959 年 6 月 20 日，苏联方面写信以正与美国等谈判禁止核试验为由，拒绝提交原先谈好的原子弹样品和技术资料，第二机械工业部便调整了以前的一些部署，立足于自力更生研制原子弹，研究的方向也随之做了一些变动。当时年仅 30 多岁的王方定在从事了 5 年铀资源分析之后，接手了一项艰巨的新任务——用于引发原子弹链式核反应的中子源材料研究 ---- 没有它，原子弹就点不着火。王方定领导的化学组，研究重点由对爆炸后的烟云样品分析转为研制原子弹的点火装置。

原子弹的点火装置也叫点火中子源，是核武器的关键部件之一。核武器爆炸时，需要在裂变材料到达超临界状态的一定时刻注入点火中子，从而引起剧烈的链式反应，也就是使裂变材料燃烧起来释放出巨大的能量。当时有三条研制中子源的技术路线，其中一条路线的带头人是王方定，研制的地点在原子能研究所。

1959 年的一天，原子能研究所院子的一角，悄悄盖起了一座简易工棚，王方定带领大伙搬进来一些奇形怪状的设备和坛坛罐罐，这便是准备用来制取原子弹点火中子源的地方。经费少，时间也不够，他们土法上马，实验台用破砖头砌起来，两个物品柜，是从废物堆里捡回的盛手套的木箱子。如果不是亲眼所见，谁也难以相信。

验收那天，钱三强走进来，因为太过简陋，王方定都有点不好意思："钱所长，我们想早点投入实验，您可得尽快通过验收。"
钱三强说："这让我想起居里夫人，她就是在一个很破的工棚里面，做出了镭，得了诺贝尔奖。"王方定马上说："我们就学居里夫人，在这里做出点火中子源。"钱三强点点头："不过呢，在这里做放射性实验，外头可以不起眼，里面要有安全保障，四面墙和天花板都要刷油漆，地面要铺橡皮板。这个钱，不能省！"

王方定指导学生搞课题研究

王方定说："好的，我们马上干。"

后来王方定回忆说，做强放射性试验用的工棚完全是按钱三强先生的思想搭起来的。王方定小组的同志和修缮队的工人师傅们一起，花一个多月时间盖起了一个以沥青油毡作顶，芦苇秆抹灰当墙的工棚为实验室，他们加工了一些简单器具，便开始躲在那个地方做起中子源来了。

由于原料困难，有一天，钱三强把王方定叫到办公室，交给他好几个带磨口塞的玻璃瓶，这些瓶子直径约3厘米，高约6厘米，内装黑色铅盐，在暗室里闪闪发光。钱三强告诉他这是当年从法国带回来的镭-D，因为镭-D的半衰期是22年，所以瓶子里的镭-D半数以上还存活着。钱三强说："放了这么些年一直舍不得用，现在用到最需要的地方了。"王方定从做天然放射性矿物研究以来，从未见到过这么大量的钋-210，一下子得到这么多，真是高兴极了。

王方定当时做实验的口号就是："决不让实验被我们这个环节卡住！"

如果说自然条件有许多不足之处，那么人的主观能动性便能够补充这些不足。手套箱的密封性能不好，就加强个人防护，每个工作人员穿上两层工作服并戴上双层橡皮手套、大口罩和有机玻璃面罩。安全人员带着探测仪器随时在我们身边进行监测。

工棚的保温绝缘性很差。夏季，穿上一身防护服，挥汗如雨；冬天，又冻得不行。尤其是寒冷的三九天，工棚里仅靠取暖电炉供暖，室温只在零上几度，人在里面工作是很难熬的。更困难的是化学工作离不开水，洗涤器皿，配制溶液，都得用水。可每次工作结束，工棚里的水都冻成了冰，连自来水管也被冻裂。老天是无法和勤奋者争斗的。王方定他们用排空法战胜了冰冻。每天工作完毕，就排空自来水管的水，以保护水管；把化学实验室用的各种溶液搬到有暖气的地方。

冬去春来，经过多次实验，一个个困难被克服了。王方定从不懂到懂，不断地积累经验。他终于发现了成功的关键，掌握了工艺，生产出了比原定设计要求更高的成品，实现了"决不能因为我们工作延迟而拖了整个工作后腿"的诺言。在实验中，他观察到了一个以前从未注意到的现象，他意识到这是制造点火材料的关键。经过不懈的努力，1963年他的小组终于成功研制出合乎要求的材料。中子源的工作完成以后，王方定被告知做好去西北核武器研制基地的准备。

1964年6月，王方定揣上户口关系，告别产后不到一个月的妻子、两岁的儿子和襁褓中的女儿，登上西去的列车，来到青海高原上的金银滩。那里海拔3200米以上，天气寒冷，年最低温度为零下40摄氏度，气压低，水的沸点不到90摄氏度。更难受的是身体的适应要过两关：首先是高原缺氧反应，其次是鼠疫。那是游牧区，旱獭和老鼠特别多，因此是鼠疫传染区，大家都要打鼠疫防疫针。这种针反应很大，王方定打了一针，发烧到39°以上，躺了三天，就像害了一场重感冒。这两关过去了，才算在草原上站住了脚。在这样恶劣的自然条件下，王方定带领一批年轻人圆满完成了中国第一次核试验的放化诊断工作，以后又不断创造条件，相继完成了中国第一颗航空核弹、第一颗导弹核弹头、第一颗氢弹以及地下核试验等多次核爆炸的放化诊断任务。

1964 年，成功研制出点火中子源的草棚

47. 原三刀

来自上海的高级技工原公浦，凭借着娴熟的车工技术和高度负责的精神，经过七天七夜的艰苦奋战，成功完成了我国第一颗原子弹核心部件加工的最后工序。从此，原公浦就有了"原三刀"的美称。

1964 年 5 月 5 日凌晨一点，灯火辉煌的酒泉原子能联合企业区马路上静悄悄的。路边成行的小杨树刚刚萌发出嫩绿的小叶子，在微风中哗哗作响。忽然从厂区开出一辆黑色的伏尔加小轿车，顺着公路向福利区疾驰而去。

车内坐着徐基乾副总工程师和团委书记王延龙，中间是一位年轻的小伙子。此刻，小伙子显得既兴奋又疲倦，不断地耸肩和扭动着身子。他叫原公浦，已经七天七夜没有回家了。他的目光落到车内那洁净的花巾上，妻子该埋怨了吧，她的病好些了吗？他多么希望司机把车开得再快些。

七天七夜，论时间不算长，但原公浦在这七天七夜里思想高度集中与大家一起做出了一件震惊世界的事情。

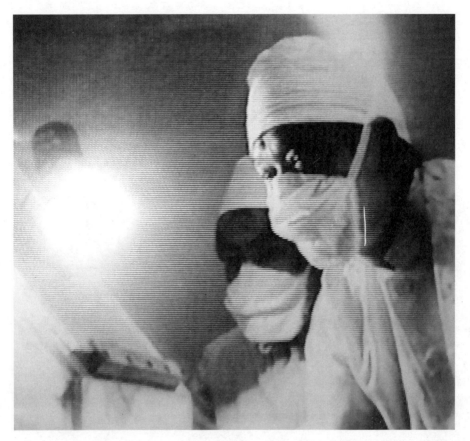

原公浦加工核心部件

　　徐基乾和王延龙看到原公浦微闭的眼睛，想到这几天他实在太辛苦了，没有打扰他。随着伏尔加沙沙的车轮声，原公浦的眼前又出现了车床飞转的日日夜夜。

　　1963 年 8 月，厂里掀起了设备安装大战八、九、十热潮，同时安排人开始模拟产品的加工。参加模拟产品加工的共有四个人，原公浦是其中的一个。他们要通过练兵，争取参加我国第一颗原子弹核心部件的加工。他们都明白，届时不管领导决定让谁上机床，都是对技术水平、精神状态的一种严峻考验。

半个月以来，亲临现场的部和总厂领导，成了原公浦家里的常客，他们都把希望的目光投向了原公浦这个纯朴的小伙子。当时他的名字已在公安部和第二机械工业部备了案。

一天下午，总厂党委书记王侯山终于来找他谈话了："小原，我们经过了多年的劳动，目标即将实现了，经过各级领导共同商量，最

1964 年 5 月 1 日，原公浦在该车床上加工出第一颗原子弹部件

后决定由你加工这第一颗正式产品。" 小原望着王书记那严肃而又期待的目光，高兴地连声说"行"。王书记接着郑重地说："你加工这一颗正式产品，是国家的大事。"小原连连点头，并说："我一定圆满完成任务，请领导放心！"王书记提高嗓门说："你一定要成功，要一丝不苟。"

这次谈话，使小原深感领导对自己的殷切期望，他感到心里热乎

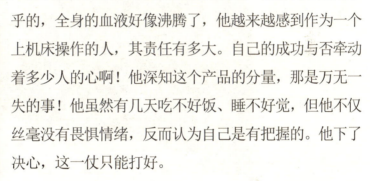

乎的，全身的血液好像沸腾了，他越来越感到作为一个上机床操作的人，其责任有多大。自己的成功与否牵动着多少人的心啊！他深知这个产品的分量，那是万无一失的事！他虽然有几天吃不好饭、睡不好觉，但他不仅丝毫没有畏惧情绪，反而认为自己是有把握的。他下了决心，这一仗只能打好。

对原子弹核心部件的精加工，不少人有恐惧感。当原公浦接受精加工任务后，也曾想到，万一发生临界事故……他回家对正在养病的妻子说："部件是个什么样的东西，一点也不知道，厂里要我干，万一出了什么事，就委屈你了。"妻子是理解这件事的含义的，她听别人议论过，第一颗原子弹的最后精加工件事关重大，部里和厂里要求无论如何不能出废品。但她对自己的丈夫是信得过的："有什么了不起的，什么事都是人干出来的，领导让你干是对你的信任，你就放心地干吧！我等你的好消息。"

妻子的这番话，使他受到极大的鼓励。其实从年初

空负荷试车到参加模拟生产以来，他早把全部身心投入到生产上去了，各种设备的性能和背不完的工艺参数，一天到晚萦绕在脑际。为了练就一身高度熟练的操作技术，他把自己使用的设备，按机

帐篷里，老领导祝麟芳（右二）与原公浦（左一）等在一起技术攻关

械、电器、润滑等系统，直到每个齿轮的比例关系都背下来，并能画出图纸。为了万无一失地拿出合格产品，他加工的模拟产品堆成了小山。他每天在密闭的小屋里汗流浃背地通过显微镜摸索加工件的工艺参数，经常忘记了下班和吃饭。半年多的苦练使他的体重减轻了十多公斤，也使他成为一名出色的操作手。他的模拟产品合格率最高。他的技术非常娴熟，凭感觉就能摸出每个手柄的位置、习性，进行自如的操作。

1964年4月30日上午，原公浦和另外三名同志一起进入车间做任务前的准备。晚上八时，厂房内一片宁静，紧张的气氛将人们的心

房悬起三分。第二机械工业部副部长袁成隆、部二局局长白文治、总工程师姜圣阶、酒泉原子能联合企业领导王侯山、周秩等专家领导目送原公浦进入厂房，他充满自信地说："请大家放心，我能完成任务。"然而，当原公浦走向操作台，面对偌大的特种球形车床，将浓缩铀部件吸好后，他的心理压力如泰山压顶，太大太大了，因为面前的部件，不是他平时模拟的普通钢球，而是数万人为之奋斗了 10 年之久的浓缩铀球！他有些慌乱，手不免发抖，大汗淋漓。

厂房外的领导知晓后，决定暂停加工。周秩亲切地问原公浦："小原，你还有信心干完这项工作吗？"原公浦有些犹豫，领导拍拍原的肩膀说："对你来说，完成这项工作是没有问题的，不是你的技术问题和缺乏经验，而是你太紧张了"。随后安排原公浦到休息区休息一会儿，喝几口牛奶，放松放松。

晚上九时许，西北的夜晚凉风习习，但现场的人都禁不住热汗涔涔，原公浦再一次站在操作台前，神色镇定，额头通红。正式开刀了！刚加工完第一刀，原公浦还是有些紧张，但这个时候只可进，不可退了！随着车刀进一次，量一次，复核一次，调整一次，关键的刀次还要经过领导的批准，原师傅的心态一次比一次平静了，操作一刀比一刀沉着了。高超的技能，非凡的勇气，坚韧的毅力，随着机床的轰鸣一下子都焕发出来了。三刀、四刀、五刀……凌晨一点了，只剩最后三刀，这是关键的三刀，每刀都要经过领导的批准。车一刀，量一次尺寸，作出报告；下一刀如何进，如何退，原公浦已胸有成竹。凌晨三点，当车完了最后一刀，检验员报告，各项精确指标、技术指标均达到了部颁标准！原公浦一下子松了口气瘫软在车床旁，禁不住流下了眼泪……从此，原公浦就有了"原三刀"的美称。

在厂房外静候的专家、各级领导知道了这个结果，高兴得相互握手致意，喜泪飘洒。

1964年5月1日，我国制造的第一颗原子弹核心部件经过质量技术鉴定完全合格。终于在警卫部队的护卫下，送上了铁路专线，运送到目的地。

48. 给第一颗原子弹插雷管

原子弹能否试爆成功，就看最后插雷管了，因为雷管是否能按规定要求插到正确的位置，直接影响到原子弹能否引爆成功。

1964 年 10 月 15 日，罗布泊核试验场区下达了清场命令，九院第九作业队大部分人员撤离现场。

16 日凌晨，李觉向试委会报告，原子弹塔上安装和测试引爆系统第三次检查完毕，请求 6 时开始插接雷管。张爱萍、刘西尧、朱光亚、张蕴钰等领导签字同意。

此时，负责完成原子弹装配的最后一道工序——插接雷管的第九作业队的 4 名操作手登上了高达 102 米的铁塔，等待插管指令！

插接雷管的 4 名操作手是：队长陈常宜，副队长张寿齐、叶钧道，队员贾保仁。

李觉对塔上的同志说，张蕴钰司令等领导都在下面，等一会儿再上去。张蕴钰司令向操作吊车的卷扬机举手致意，然后围着铁塔小步地来回走着。

1964 年 10 月引爆原子弹铁塔上八位参试人员

　　插接雷管的 4 名操作手以大无畏精神，有条不紊地工作了 3 个半小时，安装好了雷管，圆满地完成了首次核爆炸插雷管这一光荣、艰巨而又十分危险的任务。之后，塔上缓慢地放下吊篮，4 名操作手走下来。接着，张蕴钰和李觉登上吊篮。吊篮徐徐上升，把他们送入塔上的工具间，在那里，他们清除了身上的静电，又登上了几级台阶，才进入爆室。此时，九院试验部主任方正知和他的助手正在做最后的检查。检查完后，方正知合上起爆电缆的电闸。张蕴钰把墙上贴着的那张操作规程顺手取下来，在上面签了字：

"1964 年 10 月 16 日，张蕴钰。"

我国的第一颗原子弹是采用铁塔上爆炸的方式，即先把原子弹在地面组装好，不插雷管，而后吊升到塔顶，进行固定、检查、测试，等各项工作完成后，最后才插雷管。

那时，高大的铁塔竖立在大戈壁上，成了罗布泊一幅独特的风景，除了它，四周几百里都是一色的沙漠，铁塔如同伫立在万里荒漠的一位巨人。

"执行首次核爆重要任务的 102 米庞大铁塔是北京金属结构厂生产的。铁塔竖立在大戈壁上。因为当地多风多沙，早晚温差甚大，技术人员在铁塔上工作非常困难，除了恶劣的自然条件外，就是铁塔的自然摆动。人上到铁塔后只要呆二十多分钟，铁塔的摆动就会使人头晕眼花，比乘船反应还大……"队长陈常宜动情地讲起了他们当年在参加核试验预演时的情景。

"铁塔上的工作是以人为本的。李觉局长时刻将第一线同志的安全问题放在第一位。有一次，我们在塔上碰到了大风，碰到大风，上面的人大概七八个小时下不来，李觉就在铁塔上为我们准备了一个沙箱用于上厕所，然后又弄个保温桶，保温桶里放了罐头、水等食品，万一下不来，渴了饿了，上面有吃的喝的，还有厕所用……领导考虑得多周到啊。所以，当时虽然条件艰苦，但大家心里十分愉快。"

原子弹送向铁塔

"这个插雷管工作从动作来看是很简单的，没有什么复杂技术，谁都可以干。可是在第一次国家进行核试验的时候，插雷管这项工作压力很大，责任重大，危险性大。要把数量甚多的雷管插好，操作手承受的心理压力有多大就可想而知了。这里面有两个重要问题一是雷管的可靠性、同步性要好，二是插接要到位，如果这两条做不好，直接关系到原子弹能否正常爆炸，影响核试验的成败……"

雷管是西安804厂生产的，一批大概一千多发，做核试验的这一批，是在很多批次里面挑的数据最好的一批。挑出来以后，西北核武器研制基地对几千个雷管进行了可靠性与同步性实验，对于正式用于核试验的每一个雷管都做了 X 光测试。经过实验，证明这几千根雷管的可靠性与同步性都达标了。

雷管同步性非常好，雷管本身的可靠性非常高，这是第一个环节。第二个环节是插接。首次核试验雷管的插接工作是陈常宜、张寿齐和叶钧道三个人共同在塔上完成的。这次插接费了 3 个半小时的时间，用了几十根雷管。几十根雷管三个人插，一个人插十来个雷管吧，为什么花这么长时间？因为首次核爆插接雷管的工作全部都是手工操作。为了保证插接确切到位，必须是边插接边测量数据。插接是否到位靠的是手感，手感感觉插到底了，这个雷管与炸药之间的接触才是良好了。之后，有一个人专门检查数据，进行测试、量尺寸，测试合格后，队长陈常宜再做最后的检查……第一颗原子弹在插接每一根雷管的时候，陈常宜、张寿齐和叶钧道三个人都是一起插接的，队员贾宝仁在铁塔上面负责递交雷管的组合件等重要工作。插接雷管的时候，插接者自己感觉到位了，要检查核实。插好以后接导线，导线接完要导通出去，就是看一下插接得是否牢靠，才能证实起爆装置是不是连接好了。然后，赵维晋做最后的检查，陈常宜协助导通。

当时，整个插雷管的操作过程中，铁塔上面除了几位进行操作的人以外，还有九院副院长陈能宽等一直在现场看着操作员们进行每一项操作，并进行严格细致的指导检查。

插雷管过程除了要检查到位，还要导通外，再就是担心静电。因为那时候空气很干燥，这是一个矛盾体。作为电器需要干燥不要潮，但安全角度来说，则是防止静电。作为炸药，潮湿一点有好处。

原子弹缓缓地升上铁塔

那个时候铁塔上不能太潮，泼水都不行。所以，只能是动作非常非常地慢。插接雷管的同志身上穿的全是棉织品，包括鞋、衣服、裤子都是棉的。贾宝仁拿着雷管递给三个插接的人，操作一下马上去接地，不要带上静电，做这些动作都是很慢很慢的，一慢，静电就少了。因为动作很慢，所以插接的时间就比较长。

首次插好雷管以后，其他人都下去了，陈常宜还得在铁塔上头

"零时"引爆原子弹

和保温组的同志值班。因为他们撤下来以前，李觉局长、朱光亚副
主任、基地司令员张蕴钰等领导同志还要上去看一看并做最后一遍
检查，检查合格后还要进行合闸，最后，剩下三名保卫干部将铁塔
外围的铁丝网大门关闭，上锁……

　　就这样，陈昌宜和他的战友们以出色的成绩完成了艰巨的插雷
管任务，为我国第一颗原子弹试爆成功作出了重大贡献。

49. 冲向核爆心

8个月的大漠军营生活，陈明焌等一批人随防化兵完成了爆心周围辐射污染区剂量衰减数据的预先计算和爆后的实验，并现场见证了首次核爆过程。

1964年4月，北京春光明媚，繁花似锦。中国辐射防护研究院决定派人去西北出差，并规定出差期间不得与家人联系，不得告知同事，还需自带被褥、衣服等生活用品，随军生活几个月。这差事，便是参加中国首次核试验。

乘火车在吐鲁番北边的大河沿站下车，再乘卡车去马兰基地。路面很差，人称"搓板路"，卡车向南一路下坡，颠得人根本无法坐下，傍晚到达托克逊兵站住下。这儿天气很热，只能第二天赶早出发，中午到库米什吃饭，下午才到马兰。在马兰招待所住下后，防化院的高主任立即开始布置任务。这任务就是用一台手摇计算机，计算核爆后辐射污染区内地面辐射水平随时间的变化。事先有一个预计的污染区范围和剂量分布范围，按计划在零时以后，防化侦测分队要立即乘防护装甲车冲入爆心附近地区，捡拾高射炮打上去的烟云取样降落伞，测量和标示路径上各点的地面辐射水平，据此作出最初的等剂量线图，其后图上各点每日每时的剂量水平就可查手册了。且把可能要查的剂量和时间范围内的衰减数据都算出来，列成表格编入手册。

防化兵参试连队驻在一个叫"乌什塔拉"的地方。当时那儿只是一个典型的维吾尔族村落，房屋周边是一片绿洲，有挺拔的白杨树和清澈的小溪水。

防化兵装备的防毒面具和防护服都是橡胶制品，完全不透气，穿着这身"行头"在酷热的沙漠环境中能长时间工作吗？能坚持多久？所有人都心中无数。部队提出要"天天练"，即在中午最热的时候全体人员"全副武装"进行模拟训练。每人每天穿着橡胶服，戴着面具到村外沙漠上行军两小时，那滋味堪比受刑罚。

烈日当空，衣着密不透气，快步行军，走回来每个人都能从橡胶鞋倒出二三斤汗水来。吃饭时，总觉得端碗喝玉米糊糊的力气都没有了，那仅仅是烈日下的两个小时，要是一天呢，会不会晕过去？幸亏核试验时间不是夏天，而且改穿了布料的辐射防护服，才没有人会经受不住考验。

6月中旬，大家终于携带全部家当向指定位置进发了。

此后，防化研究院和防化学校的科技干部，也有部队防化兵骨干和基地化验室的人，共同组成了"剂量笔组"，大家住在一个大帐篷里，是"卧室"兼"工作室"，另外有一个大帐篷是"刻度室"。冲洗胶片的暗室是专门配置的测量车，还配有发电机拖车，整个测量队三十多人，这些野战装备也是首次经受沙漠环境的考验。

进入9月中旬，已是"万事俱备，只欠东风"了，训练的强度已

原子弹爆炸以后，防化兵部队冲进放射性污染取样区

减轻，美化营区，修建球场，搭建营门等活动也搞起来了，听报告、看电影也偶尔有之。那段时间的夜里，大家常常躺在戈壁滩上仰望星空，浮想联翩。那时没有手表，晚上可根据北斗七星的位置准确推算时间。看银河看流星，看斗转星移也是一种乐趣。

10月16日上午，大家在"前进庄"营门前列队举行庄严的送行仪式，为进场执行任务的车队送行。看着车上战士们行着军礼缓缓驶出营门，一丝悲壮的情怀不免从心中升起。

　　"零"时前，大家在营区边缘的小丘上整队坐好，等待那惊天动地的历史一刻。在场的每个人都拿到了光辐射防护眼镜，面朝爆心坐着，可以目睹那"比一千个太阳还亮"的闪光出现。没有防护眼镜的人，只能在山坡的背朝爆心一面坐着，以免被灼伤眼睛。他们要在听到那惊天动地的响声之后，才能转过身来观看那冲天而起的烟云。人们静静地目不转睛地盯着铁塔方向，心潮澎湃，期待着胜利的到来。

　　当倒计时的喊声从喇叭中传来，大家立刻戴上防护眼镜，随着"起爆"的喊声，闪光立即出现，随即化为一团烈焰。火球在片刻之间迅速扩大触及地面，卷起黑色的烟尘。雷鸣般的响声传来，烟云翻滚着冲向高空，最后形成了典型的蘑菇状云。每个人都激动得热泪盈眶，站在小丘上欢呼跳跃，庆祝这伟大的成功。

　　在蘑菇云上升形成的过程中，大家模仿费米在新墨西哥沙漠观看原子弹爆炸时的做法，手拿钢笔伸直手臂通过相似三角形原理测量烟云上升速度和高度，从而估算原子弹爆炸当量。大约过了半小时，达到万米高空的蘑菇云才慢慢飘散，气象条件也非常好，真是一次完美的成功。

　　当晚，全营欢腾，庆祝胜利，还发了茅台酒。中央的贺词传来："…… 这次核试验的成功，是全国人民……发扬自力更生，奋发图强的革命精神的结果；是全国各地区、各部委、各部队辛勤努力，大力协作，共同奋斗的结果……"中央的贺电大家听了感到无比亲切，实事求是的肯定就是最好的慰问、鼓励和鞭策。

　　第二天一早，"剂量笔组"的几个人进场了。看到那高耸的铁塔上半部全然消失了，下半部向四方张开匍匐弯曲在地面上，像几条黑色的巨蟒向四方爬行。在爆心附近一个剂量大小合适的地方，摆放布置了实验装置。此后20多天，"剂量笔组"的同志们都是早上进场晚上回去。中午不吃不喝待在场内看守实验装置。

八个月的大漠军营生活，大家现场见证了核爆全过程，学到了许多东西，经受了磨炼，也为核试验的辐射防护做了一点事，特别是现场实验，取得了大量实验数据，虽然整理的数据资料都留在防化研究院，但那些经验却刻印在脑海里，成为日后科研工作的基础。

50. 孔雀河畔的春雷文工团

> 高潮迭起的晚会，使连日来高度紧张、极度疲劳的基地建设者们如沐春风，顿觉欢快、轻松。演员们虽吃了一些苦，但他们都为自己参与了党的伟大事业而欢欣鼓舞……

1964 年，一座 102 米的高塔从罗布泊拔地而起。

铁塔是戈壁滩上最高大、最耀眼的目标，也是最鼓舞人心的目标，它激励着人们以只争朝夕的精神做好各项工作，准备迎接那个伟大历史瞬间的到来。

1964 年 4 月 15 日，塔里木风暴来袭核试验场区。

15 日、16 日，风力 5 级至 6 级；17 日、18 日风力 7 级至 9 级，阵风高达 10 级至 11 级。

工兵 124 团，64 顶帐篷被刮翻，42 个班被迫露营。

连续几天没吃上饭、没睡好觉，但每个战士都有一个共同的决心：工期不能误。哪怕能为祖国的第一次核试验铲上一锹土，也是为祖国的强大出了力，也是幸福的、光荣的。

随着托举原子弹的百米铁塔在戈壁滩上拔地而起，在罗布泊辛

春雷文工团演出剧照

勤工作了几个春秋的阳平里人终于迎来了振奋人心的时刻。

为了在首次核试验前夕放松大家的心情，核试验基地专门组建了"春雷文工团"。试验前夕，参试人员陆续进场了。当时，对进场人员控制很严，张爱萍副总长，基地首长，为使文工团人员实地体验生活，特批文工团全部进场，并对他们进行了保密教育。

孔雀河畔的老开屏有两间破旧的土房子，春雷文工团住进那里，这是对他们的特殊照顾。其他地方有几个帐篷和大席棚，再有的就是那跌宕起伏的大戈壁，隐约可见的大小山脉。这里的气候真可谓"早穿皮袄午穿纱"，刮起风来连饭里都是沙石。多变的气候和蚊子，使大家很不适应，大、小便都很困难。他们一面坚持基本功训练，一面排练节目，适应气候。有的团员就近去体验生活，收集到很多故事，从孔雀河古老而美丽的传说，到艰苦创业的动人故事，再到伸手就可抓到30斤重的野鱼。最有趣的是阳平里气象站从石板上烙饼，他们把这些故事编到节目里。文工团的生活也是浪漫的，每天晚饭后三三两两的文工团员结伴到戈壁滩上散步，可以捡到些五颜六色、晶莹剔透的小石子，如果爬上小山，还可以捡到化石。化石上有水生动植物花纹，非常好看。还可捡到鱼骨、贝壳化石，有人说这里原来是汪洋大海。

核试验的日子就要到了。大家对气候还不适应，虽然灶别待遇很高，但大家仍然不想吃饭。只好强迫大家吃，党、团员带头，吃得越多越好，以保证演出。

核试验成功的当天晚上，召开了庆祝大会。演员们精神饱满，信心百倍。观众在欢声笑语中坐满场地。当宣布庆祝会开始，文工团员们在戈壁沙石铺就的舞台上演出了一个又一个精彩节目。他们时而放声高歌，时而欢快起舞，迎来了一阵阵热烈的掌声。然天公善变，不

春雷文工团演出剧照

女文工团员们为战士缝补洗衣

时吹来一阵阵风沙，给演出带来了一定的困难。但他们叫"春雷文工团"，又怎能愧对"春雷"二字呢！

徐全官还是个十几岁的孩子，正当他的笛子独奏达到高潮，观众赞不绝口的时候，笛膜一下破了。他跑回后台，换好笛膜，重新吹奏，一曲未了，笛膜再崩。这是因为那里的气候过于干燥，不适合笛子演奏。徐全官又跑回后台，再换笛膜，终于吹奏完全曲。这时，掌声四起，这掌声震慑了戈壁风沙的淫威，当徐全官再次登台敬礼谢幕时，大家高高地举起双手，向他致意。他年纪虽小，演奏水平却很高，而更令人感动的是，他小小年纪，竟有老戈壁人顽强不屈的精神作风。

舞蹈《三千里江山》开始了。年轻的姑娘们列队而出，她们脚踩沙尘，舞步轻盈，平添了几分英气。她们获得了很高的赞誉，却也吞咽了不少沙尘。

唢呐吹奏喜歌，乐队伴奏助兴，《洗衣歌》长袖飘飘，轻歌曼舞，嬉戏生风，平添了不少情趣；小学生背靴洋洋自得的稚气，博得了更多的掌声，笑声。

高潮迭起的晚会，使连日来高度紧张、极度疲劳的基地建设者们如沐春风，顿觉欢快、轻松。演员们虽吃了一些苦，但他们都为自己参与了党的伟大事业而欢欣鼓舞；观众的掌声、欢笑声是对他们的鼓励；谢幕时，掌声再起，经久不息，首长和贵宾们紧握住文工团员的双手表示感谢，祝贺他们演出成功，使他们倍觉光荣。

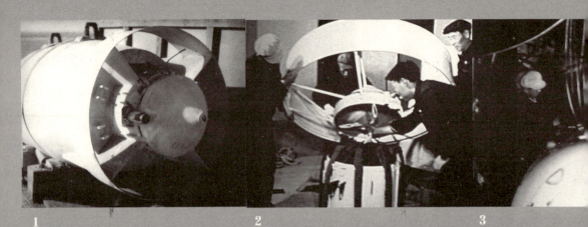

1   2   3

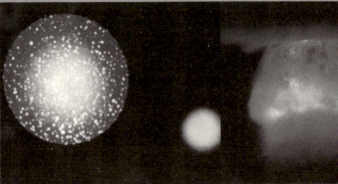

6   7   8

1. 待装氢弹
2. 待装氢弹
3. 待装氢弹
4. 空投第一颗氢弹的空军机组人员
5. 空投氢弹
6. 氢弹靶心
7. 氢弹爆炸瞬间比太阳还亮（右下角为太阳）
8. 氢弹烟云
9. 氢弹烟云

4

5

9

第五章 聚变之光

1967 年 6 月 17 日，中国第一颗氢弹试爆成功!

第五章　聚变之光

原子弹的试爆成功，只是"两弹一艇"梦的首幕。

1965 年 1 月，毛泽东主席在听取国家计委关于远景计划设想的汇报后指出，原子弹要有，氢弹也要快。于是，一个攻克氢弹研制技术的任务，就摆在了核工业科研人员的面前。

我国第一颗原子弹的研制，曾借鉴了苏联的一些技术和经验，但是氢弹的研制则完全是自力更生、从头摸索。

为了尽可能缩短从原子弹到氢弹试爆的时间，可靠的办法就是提前进行氢弹的理论预研工作。

在钱三强的组织下，一群年轻的科学工作者，秘密地开始了氢弹技术的理论探索。

1965 年 9 月，于敏带领一支小分队赶赴上海计算所，到计算机上反复演算。

曹本熹，出色地领导了铀、钚、锂、氚的试制和生产任务，为氢弹爆炸提供了坚实的原料基础。

前国家主席刘少奇长子刘允斌，放弃在苏联的优越工作和生活，回国投入国家原子能事业。刘允斌一心扑在科研上，默默地为锂同位素生产线奉献了青春和生命。

1967 年 6 月 17 日，中国第一颗氢弹试爆成功！举国沸腾，举世震惊，世界又一次把关注的目光投向中国。

51. 炫目的"太阳"

美国用了 7 年 3 个月，苏联用了 6 年 3 个月，英国用了 4 年 7 个月，法国用了 8 年 6 个月，而我国只用了 2 年 8 个月时间，就完成了从原子弹到氢弹的跨越。

1967 年 6 月 14 日清晨，北京西郊机场一架飞机腾空而起，向西北飞去。

这是聂荣臻第三次飞往罗布泊。我国第一颗氢弹的空爆试验已经全部准备完毕。

这时的新疆马兰机场，笼罩在紧张而忙碌的气氛中。担任氢弹空投试验任务的轰 -6 飞机静静地停在停机坪上。

一切准备就绪，只等飞机起飞。

担任这架飞机机长的徐克江回忆说："那一天晚上我们都没睡觉。让我们提前睡觉，好好休息，可是在床上就是睡不着，一遍又一遍地想党把这么重大的任务交给我们，可不能出问题啊！4 点钟，天还不亮我们就起床了，要做好各种准备工作……"

上午 7 时，担任空投任务的空军徐克江机组，驾驶 726 号轰 -6

空投第一颗氢弹的空军机组人员

飞机从马兰机场起飞，开始了氢弹空投试验。

聂荣臻元帅始终站在参观场最高的山丘上。他不时地看看手表，又看看蓝天。

8时整，徐克江驾驶飞机进入空投区。

指挥员立即发出清亮而庄重的报时令："……5、4、3、2、1，起爆！"

……

半分钟过后，仍无声响。

飞机在空中盘旋。

氢弹没有投下。

这架飞机上负责投弹的是第一领航员孙长富。他回忆说，由于当时我心情比较紧张，忘了按自动投掷器，氢弹没能在预定的8点整准时投下。

北京，中南海西花厅，周恩来从电话中得知这一情况，随即指示罗布泊指挥所："请告诉飞行员，要沉着冷静，不要紧张。"

机长徐克江要求再次投弹。

徐克江回忆说:"关键是要稳定大家的情绪,互相提醒,不要紧张,不要忘动作。我重点是协同、进入,保持高度;第二次一定要投好。"

试验场的上空出现了一个白色的圆柱体——这就是中国第一颗氢弹——它在湛蓝的天空中被高速飞行的飞机抛出,犹如蔚蓝色海洋中一个浮沉着的深水炸弹;它使劲地拽着降落伞,摇晃飘飞,滑行……越来越远,只剩下一个小小的白点。突然——白光!白光,无所不在的白光,亮彻天宇的白光!

就在人们因强烈的亮光不得不眯起眼睛的刹那间,白光中现出了金色,犹如一个新生的更为壮观的炫目的太阳。

火球的上方渐渐出现了草帽形的白色云团,云团悠悠地旋着、旋着,变成了一朵白色的蘑菇云。在这数十公里宽的蘑菇云的顶部,是墨黑色的穹庐……

从第一颗原子弹爆炸到第一颗氢弹爆炸,美国用了7年3个月,苏联用了6年3个月,英国用了4年7个月,法国用了8年6个月,而我国只用了2年8个月时间,就完成了从原子弹到氢弹的跨越。

氢弹爆炸成功后,毛主席在接见军训代表时高兴地说,两年零八个月搞出氢弹,这是赫鲁晓夫帮忙的结果。撤走专家,逼我们走自己的路,我们要发给他一个一吨重的勋章。

我国热核材料生产线的筹划工作,始于20世纪50年代中期,1958年开始动工兴建锂同位素分离和氘化锂-6生产线,1964年9月进行试生产,1965年正式投产。这一成功,为我国第一次核试验仅仅19个月后,就进行含热核材料的核试验创造了条件。

1958年8月,苏方派出专家巴特马列夫就提供的初步设计在北京进行交底和答辩，中方由后来在包头核燃料元件厂氖化锂-6生产线领导人之一的蒋述善负责，还有王纯其、陈秀娟等人参加。他们除了白天搞施工设计，给各个专业交底外，晚上也画图，每天都工作到午夜12点之后。

施工设计刚结束，立即开始土建施工。此时已接近严冬，塞外的严寒把大地冻得铁般坚硬。为了争时间，抢速度，施工队伍打破常规，采用火烤逐层开剥的方法挖地基，保证了工程进度，到1960年，土建工程基本完工。

为了保证总联动试车一次成功，包头核燃料元件厂成立了以副厂长乌恩为总指挥，专家曹本熹、王世明、刘允斌为副总指挥的会战指挥部。厂长张诚、副厂长乌恩和党委副书记古韦等厂里主要领导人率先垂范，把自己的行李也搬到车间，直接在现场办公，处理问题。

参加这一试制工作的技术人员李向荣、李文林、鲍秉钧及老工人郭良喜、陈代瑞等许多同志，克服了重重困难，创造了最佳的工作条件。

汞阴极电解槽是生产中的关键设备，有关单位用了三年的时间，解决了镍与镍、镍与钢的焊接和喷铝等技术难关，终于制造出了合格的产品。安装时，汞阴极电解槽要调整到使很长的槽体在横向保持水平，纵向又要保持一定坡度，而且同组数个电解槽都要处于同样状态。有人认为没有苏联进口的水平仪，这个问题很难解决。但在大家的共同努力下，终于用土办法使之完全达到了设计要求。电解槽清洗之后，用纱布擦拭上面留有许多微小的布毛，技术人员李文珠在粮食十分紧张的情况下，从家里拿来五斤白面，和好后用面团将那些毛毛一点一点地粘下来，保持了电解槽的高清洁度。

杨成武将军视察包头核燃料元件厂

　　与此同时，所需材料的供应、设备和仪器仪表的制造，得到了全国许多单位的大力支援。化工部及时提供了制氚的重水，冶金部供应了锂盐原料，这些都为氘化锂 -6 生产线及时投产作出了重要贡献。

　　1964 年 6 月，试车开始。7 月局部联动试车。经过十天试运转，终于获得了丰度为 40.2% 的锂 -6 产品，试车获得成功。9 月 17 日，第一批军用锂 -6 产品问世。9 月 23 日，首批合格的氘化锂 -6 产品出炉，比原定时间大大提前了，标志着我国已具备了氘化锂 -6 生产能力。

　　中国人民解放军副总参谋长杨成武将军特地到厂祝贺。他说，这条生产线为我国含有热核材料的原子弹爆炸试验和第一颗氢弹爆炸试验提供了热核装料，为发展我国的核武器作出了贡献。

52. 中国的国产专家

面对大大小小的怪题、难题，于敏他们三天一个突破，五天一个过关。这就是为祖国、为民族的献身精神所迸发出来的创造力。

如果说我国原子弹的理论设计，还有苏联专家讲的一点原理性知识起了一些引路作用的话，而氢弹技术当时则完全是一片空白。

我国氢弹理论探索得以领先一步，应归功于刘杰、钱三强的一着"妙棋"：我们在全面进行原子弹研制的时候，提前进行了氢弹理论的预研和热核材料的生产，这为尽快突破氢弹技术打下了基础，赢得了时间。

1961 年初的一天，时任第二机械工业部副部长的钱三强把于敏请到他的办公室，秘密地交给他着手氢弹理论探索的任务。从此，于敏加入了氢弹探索者的行列。

于敏立即把等离子体物理、爆炸物理、辐射物理和流体力学等书籍统统翻出来开始鏖战。他和中国科学院原子能所物理学家黄祖洽、何祚庥一起，带领一批青年科研工作者开始了氢弹原理的探索工作。

其间，他们分别从不同方面就氢弹原理进行探索，在氢弹原理的基础理论上做了许多有益的工作。这些年轻探索者是从最基本的物理学原理起步。他们的主要工具就是一张书桌、一把计算尺和一块黑板，而他们最大的优势，就是一颗颗火热的心和一个个充满智慧的头脑。就凭借这些，他们顽强地拼搏着、探索着，一步又一步地向前推进。

为加强氢弹理论的攻关力量，1965 年 1 月，国家第二机械工业部决定将原子能研究所的黄祖洽、于敏等31 人调到核武器研究所。就这样，氢弹的理论研究队伍汇聚一堂，形成了强有力

"两弹一星"功勋于敏

的科研攻关"拳头"。"是金子在任何地方都会闪光"，很快，于敏就在新的领域再一次显示出过人的才华。

早在 1951 年，于敏从北京大学毕业被分配到原子能研究所。他

接受的第一个任务，就是改变自己追踪几年的"量子场论"研究方向，从头学起，去搞原子核理论。于敏在原子核理论研究领域辛勤地耕耘了 10 年，在"原子核的相干结构"和"原子核平场的独立粒子运动"等课题上取得了十分可喜的成果，发表的专著和论文有 30 多篇。钱三强说他"填补了我国原子核理论的空白"。世界著名物理学家、诺贝尔奖获得者 A. 玻尔，在 20 世纪 60 年代来华访问时，通过短暂的接触发现于敏有过人的才华，便邀请他到哥本哈根工作，但被于敏婉言谢绝。

有一次，国外刊物报道一种新的截面，这个截面的数据非常理想，高得令人有点儿吃惊。要鉴别这个数据的真伪只有重复这个实验，但这意味着要花掉几百万元人民币和两三年的时间。值得吗？众人议论纷纷，于敏也陷入了沉思……

经过两天的昼夜分析和论证，一天凌晨，于敏突然从床上一跃而起，推醒了熟睡中的妻子，兴奋地说："玉芹，我搞清楚了！钱和时间都可以省下来了！"于敏马上赶往办公室，再一次对自己的推导和计算进行了缜密的思考和检查。随后，于敏对同事们做了一个报告说："无论何人也达不到这么个截面，而且任何其他反应截面都达不到这个结果。我们根本没必要用那么多人力、物力和时间去重复这个实验。"于敏一锤定音，无人再相信这个数据。后来国外有人做了那个实验，证明原来报道的数据是假的。

1965 年 9 月，于敏带领一支小分队赶赴上海华东计算技术研究所，抓紧计算了一批模型。经过分析研究，获得了热核材料燃烧规律的重要成果，但这种模型重量大、威力低、聚变比低，不符合当量的要求。

于敏院士（左）与科技人员攻关

接着，于敏在总结经验的基础上，作了一系列详尽的分析报告，科技人员又计算了一批模型，发现了热核材料自持燃烧的关键问题，完成了氢弹原理方案这一重要课题。为此，他们奋战了 100 天。于敏说："我们到底牵住了牛鼻子！"

回顾那段峥嵘岁月，于敏感慨地说："中国人是聪明的，当时我们没有资料，没有设备，可以说一切都是从零开始，可工作效率就是高得很！大大小小的怪题、难题，我们常常三天一个突破，五天一个过关。这就是为祖国、为民族的献身精神所迸发出来的创造力。"

　　终于到了氢弹试爆的日子。随着强烈的闪光，蘑菇云翻滚着直冲九霄，雷鸣般的轰鸣声震撼着戈壁滩。

　　于敏在回忆当年的情景时说："当时，我在指挥部等待试验结果。当看到蘑菇云，知道爆炸当量是不错的，但心仍然悬着。我跟唐孝威、吕敏他们，用挑剔的眼光看速报测试结果，不能随便下结论；就是要挑刺，可就是挑不出刺来，各种干扰的因素都想到了、排除了，这时我才完全信服，一定是成功的！我们的氢弹试验成功了！"

　　"我到罗布泊不下 10 次，每次做这种试验，心都提到嗓子眼，

上海华东计算技术研究所

成功不成功？你想得再怎么周到，总还是没有经过实践，何况这是国家试验，牵涉那么多人，花那么多钱，政治上影响那么大，心总是提到嗓子眼。我记得有一次试验，当量如何当时知道了，物理试验的具体结果要在第二天才能知道，会不会没有结果呢？那一夜我睡不着，翻腾得厉害，真担心啊！心慌、心跳、紧张、不安，非常之难受！我躺在床上，不敢动也不好意思叫人，强忍着，现在想起来真后怕，那时我40多岁，如果晚几年，心脏就会受不了，就会死在那儿。还好，第二天，大部分成果拿到了，心脏也好了……"

"这种心情只有经历过的人才能知道，从心提到嗓子眼到成功，心情是无法概括的，简直不知道怎么形容，不只是欣慰，也不只是喜悦，'久旱逢甘霖'、'他乡遇故知'等等都不足以形容，是一种说不出的心情，前面提心吊胆得很厉害，知道成功了，好像五脏六腑、三万六千个毛孔全都舒服极了……"

于敏平日喜欢读杜甫、苏轼、辛弃疾、陆游的诗篇，对中国历史上的一些爱国英雄、忠义之士佩服之至，尤其钦佩诸葛亮、岳飞、文天祥等人的精神风骨。他从小立下科学救国的宏志，服从祖国需要，几度改行，呕心沥血，数十年如一日，将自己无私地奉献给祖国的科学事业和国防建设，充分地显示了一个爱国者的情怀。

53. 20 年的原子情

从 1963 年到第二机械工业部从事核事业，到 1983 年底去世，曹本熹将他生命的最后 20 年献给了核工业。他留下的是严谨的科学态度、丰硕的科研成果和无私的献身精神。

1963 年 1 月，经过三年困难时期的中国大地，一切在复苏，萌生着新的青春的朝气与活力。时任北京石油学院副院长的曹本熹漫步在操场上心旷神怡。这个平时不善诗词的领导此时也背起杜甫的《腊日》诗来。"腊日常年暖尚遥，今年腊日冻全消……"因为此时的曹本熹接到了到二机部工作的调令。

第二机械工业部部长刘杰一见到曹本熹就说："曹教授！把你调来，可不容易啊。请你担任第二机械工业部核燃料局总工程师兼副局长。"曹本熹看着兴奋的部长，听着他热情的话语，深感担子的沉重。搞核燃料生产是一个新课题，一个生疏的领域啊！

"我们的大本营是在北京，可搞核燃料生产要进入沙漠荒原。曹教授，请你考虑一下！"

"我是搞科学的，只要是为了科学，就不考虑什么地方，也不考

曹本熹（中）在日本核电厂

虑干哪项工作了。"曹本熹毫不迟疑地回答。

刘杰部长点点头露出了满意的微笑，并风趣地说："那就看你的了。"

曹本熹接到的第一项任务就是解决铀浓缩厂原料六氟化铀的生产供应问题。他们因地制宜、因陋就简建立起的一套小型简法生产装置，已证明工艺流程可行，在技术攻关和取得产品方面也取得较大进展。而为大厂上马、系统攻关试验需要所建的中型生产装置正处于初期试验阶段。正在此时，有的科学家和技术领导人提出建议：以小型装置为基础，多搞几套，就可以满足铀浓缩厂对原料的需要，不必寄希望于中型装置和大厂上马。另一种意见则认为，小型土法生产装置，产量小，效率低，不适宜于大工厂生产，不利于今后的发展，中型装置要继续搞，通过试验研究，过技术关，为大厂顺利建设投产创造必要条件。方案之争，使中型装置的试验处于进退两难的关口。针对这种

曹本熹院士

情况，曹本熹作为总工程师，感到自己的意见，不单是天平上的砝码，而且是天平的操作者，自己的判断直接关系到第一颗原子弹的研制。他抛开个人的利益得失反复翻阅资料，对比两种方法的利弊，肯定了后者。毅然担当起中型装置技术攻关的领导重任。他与攻关人员一起，艰苦奋战半年多，生产主工艺的主要工序攻关终于取得了突破，整套试验装置也达到了连续稳定运行 72 小时的技术要求，取得圆满成功。此举推动了大规模生产技术的进步与成熟，同时加速了大厂上马，在数量和质量上充分满足了铀浓缩厂对原料供应的需要，也为核武器所需铀 -235 装料提供了充分保证。

有一条氢弹材料的原有生产线，存在较多问题，效率低下，但维持现状尚能出产品，若作大修改，则风险很大，搞不好会损坏生产线。曹本熹便深入现场，摸清生产线中的问题，以充分的事实作根据，提出了"必须动手术"的意见。他亲临现场指挥，和广大技术人员、工人一起，经过反复修改，终于获得成功。这一改进不仅使生产线运转正常，而且使技术经济指标与单耗都较理想，成本比原来降低了15%～ 20%。

在提供氢弹热核装料的生产中，他在总结基础研究以及小型模拟装置试验获得一定丰度产品的基础上，积极支持越过中型试验阶段，直接启动串联组生产装置的大胆设想。他领导制定了生产线的联动试车投料方案。经批准后，相继完成生产线的试运行、试生产和全线投产，及时为我国的氢弹试验提供了热核装料。

核燃料生产中一个重要问题是后处理，曹本熹对此十分重视。在技术路线选择上，当时有两种不同的意见：一种主张采用较为稳妥但显得落后的外国流程；另一种推荐国际上正在蓬勃兴起的先进流程。但这种新颖流程，国内信息量很少，带来的风险较大。争论双方各持己见，都难说服对方。怎么办？作为总工程师，既要把准方向，又要敢闯激流。他没有立即拍板，而是先多方收集相关资料。很快资料堆满了他的住处。他白天同科技人员共同研究，晚上研读资料，潜心思考，寻找科学依据和答案。他终于和国内专家们一起做出正确的抉择。他亲自安排并指导科研设计工作，解决试车、试生产中出现的许多实际问题，使我国的后处理生产线从工艺流程、产品回收率与质量、原材料消耗等方面都达到了国际先进水平。

新的核燃料生产工艺中间试验装置一次试车成功了。这是曹本熹和同事们的功劳，可是有少数人却要抢功了。他们又是庆祝，又是报喜，许多人见了很气愤。曹本熹十分坦荡泰然："我们是搞科学技术的，不是搞权术的，我们要的是科学技术的发展，是新的核燃料生产工艺，至于功劳应该归谁，那是无关紧要的。"

"文革"期间，在周恩来总理的关怀下，核燃料工厂并未停顿，曹本熹和他的同事们仍在奋力工作。为贯彻当时"山、散、洞"的战备方针，有人建议某热核材料生产线采用竖井方案，即将串联级组和生产设备全部放到数十米深的竖井中。此方案虽得到工厂领导的支持，但由于其对生产的连续性、经济性和安全可靠性带来了许多问题，曹本熹明确予以否决，为国家避免了可能出现的很多严重后果。

积劳成疾的曹本熹生病住院了，但他仍然在不倦地读书，把病房当成书房。当时他正在负责一个新项目的设计和试验工作，他顾不得去医院仍然每天去研究所和工厂现场。直到发现有便血症状才去医院检查，结果被查出患有直肠癌。经手术切除并造假肛门后不到半年，他就开始上班了，组织上只许他工作半天，他却整日埋头工作，半天到机关，半天在家翻阅文献资料。在核工业部和国家科技领导小组先后召开的两次关于乏燃料后处理问题的论证会上，曹本熹不仅亲自参会，还作了意味深长的发言，阐明后处理事业以往对国家的贡献及未来对发展核电的作用，也衷心寄希望于后来人。

医院检查发现，曹本熹身上的癌细胞已经扩散到肝，用手都可以摸到他肚子里的肿块。然而，此时的他却瞒着家人和同事，抓紧不多的时间研究与设计院商谈落实废液固化的科研工作，并主持召开核化工学会理事会，研究制定第二年全年工作计划。

渐渐地，曹本熹已很少起床。在抬头看墙上挂的日历时，他对守在床前的老伴说："圣诞节快到了，应该给那些为我国发展核技术的外国专家教授寄个贺卡，祝贺节日。"

曹本熹在车间一线攻克技术难关

"我来帮你写吧！"老伴想帮帮他。

"不！我自己写！请你扶起我。"

曹本熹把贺卡放在被子上，他的手已经开始哆嗦，写字不听使唤，但他硬是用了两天时间，一笔一画地写好祝福的话语和专家们的地址，让人发了出去。圣诞节来临，当外国朋友在节日欢庆的气氛中看到这些美丽的贺卡时，他们哪里知道，这是一位中国朋友给他们的最后祝福。这位朋友已在1983年圣诞之日永远离开了这个世界。他终年68岁。这位中国朋友在最后的日子里没有留下对家人的嘱托，而是一再强调要搞一套完整的核燃料后处理工程，保留住技术和人才。

从1963年到第二机械工业部从事核事业到1983年底辞世，曹本熹将他生命的最后20年献给了核工业。在他逝世两年后，因为在热核材料研制生产方面的重大贡献，他作为"氢弹突破及武器化"项目的主要完成者之一，荣获"国家科技进步特等奖"。

54. 在这里他"不是"国家主席的儿子

刘允斌是一位放弃国外优越生活，不远万里回到祖国，为了党的核科技事业勤勤恳恳、孜孜不倦的共产党员；一位有着苦难童年、并且刚正不阿、忍辱负重的高干子弟；一位为党和国家的科学事业作出卓越贡献的科学家。

1924年，刘允斌出生于江西安源。这一年年底，正在那里领导安源煤矿工人罢工运动的父亲刘少奇接组织通知，赴广州参加筹备全国第二次劳动大会。此后，刘少奇夫妇为革命东奔西走，根本顾不上孩子。直至1938年父子才又相见。而此时，年仅32岁的母亲何葆珍却已在南京雨花台英勇就义。

1939年，刘允斌远赴异国他乡求学，先后在莫斯科国际儿童院、莫斯科钢铁学院和莫斯科大学读中学、大学、研究生。1952年刘允斌以优异成绩从莫斯科大学化学系毕业，又攻读核放化专业研究生。1955年他研究生毕业后作为中国代表团工作人员留苏工作。

刘允斌学习勤奋是出了名的。每天清晨，他都第一个去上早自习，每天夜晚最后一个离开图书馆。所有中苏同学都很钦佩他这种拼命精

刘允斌

神。刘允斌不仅学习好，组织能力也很强，上大学时被选为中国留苏学生同乡会的会长。

此时的新中国奇缺核研究人才。父亲刘少奇来信说，祖国和人民等待你的归来。在个人利益和党的利益发生冲突的时候，我相信你一定能无条件地牺牲个人利益而服从党和国家的利益。刘允斌表示："祖国和人民培养了我，我要回去报效祖国。"

1957年10月，刘允斌告别他生活了18年的苏联，回到了他朝思暮想的祖国。

中南海一座平房的门口，清瘦挺拔的党中央副主席刘少奇早已站在那儿。当轿车戛然停在刘少奇眼前，一声"爸爸"的亲切呼唤从窗口传来，喜不自禁的刘少奇走近车门，刘允斌的手紧紧与父亲温暖的手握在一起："允斌，你终于回来了！""回来了！刘允斌兴奋地回答。刘少奇久久凝望着眼前身材清瘦、目光清澈的儿子。

刘允斌被分配到中国原子能科学研究所工作。在这里，他接受的第一项任务，就是验证当时苏联提供的核燃料后处理工艺流程。

核燃料后处理工艺技术，属于核领域三大敏感技术之一，它的任务是把核反应堆辐照过的乏燃料元件，用化学方法溶解为含有铀、钚和裂变产物的溶液，然后用水法流程或干法流程，提取钚-239和回收铀堆后料，并去除裂变产物。

20 世纪 50 年代，这项技术在中国还是空白。当时苏联援助提供的是沉淀法。刘允斌任原子能研究所第十研究室副主任，参与组织领导沉淀法后处理工艺流程的验证、消化吸收和改进工作。

经过几年的研究实践，大家逐渐感到，苏联提供的沉淀法后处理工艺流程比较落后，工艺繁杂、流程长、设备多。经过反复研究论证，刘允斌等科研人员放弃了原苏联提供的沉淀法流程，改由我国自主研发的萃取法流程。此项技术革新为我国核燃料后处理工厂建设节省了大量资金和不锈钢材料，并在技术上跨越发展到国际先进水平。

1961 年底，面对苏联撤走专家，撕毁协定，停止供应一切设备的严峻局面，第二机械工业部党组决定采取研究所与工厂相结合的办法，加速攻克和掌握热核材料生产技术，将刘允斌和原子能研究所的锂同位素分离课题组的科研力量，全部调入包头核燃料元件制造厂，组建该厂以锂同位素分离和铀化工新工艺为研究主体的第三研究室。

从北京原子能研究所调到包头核燃料元件厂后，刘允斌带领有关人员大胆改革旧的落后工艺，取得了跨越式的技术进步。他采用技术人员、工人、干部"三结合"与设计、科研、生产单位"大协作"的办法，组织大家进行了在卧式搅拌床中制取四氟化铀的干法小中型工艺试验，紧接着又开始了立式流化床干法氢氟化工艺的实验研究，为开展大生产采用干法技术奠定了理论和技术上的坚实基础。

中国第一条氘化锂 -6 生产线，为我国含有热核材料的原子弹爆炸试验和第一颗氢弹爆炸试验提供了热核装料，为我国核武器研制和发展建立了重要的技术物质基础。刘允斌领导的第三研究室就承担了

刘允斌（右）与父亲刘少奇（左二）在一起

这个困难又复杂的技术攻关任务，刘允斌因此成为该产品生产科研的领军人物。

在新方案的实施过程中，刘允斌终日忙碌、头发蓬乱，一双磨掉了毛的翻毛皮鞋穿在脚上就没脱下来过，一件蓝布上衣伴随着他度过春夏秋冬。他日常生活随便、自然，没有一点专家的架子。除有要事，他很少乘轿车去厂区上班，总是背着装有饭盒的黑色书包同普通工人一起匆匆行走在通往厂区的路上。新春和假日，他常把单身的科研人员和老工人请到家中做客，与他们交流思想、增进感情。科研攻关时，他在研究室里一待就是十天半个月，饿了，到食堂打些饭菜吃；困了，盖上大衣躺在办公室里就睡。

刘允斌高度重视发现人才和使用人才。他从上任伊始就广揽贤才，先后从原子能研究院等科研单位以及留苏学生和清华北大等高等院校选拔来一批英才。一个偶然的机会他听说北大著名化学家张青莲教授有个研究生很有才华，毕业后原准备到第二机械工业部从事核科研，但因出身不好被分配到昆明医学院。他力排众议，马上发函将此人调来。由于刘允斌重视人才，敢于起用人才，许多知识分子都愿意在他手下工作。一度包头核燃料元件厂第三研究室聚拢了许多高级知识分子和名校的毕业生，可以说是精英荟萃、人才济济。

刘允斌为人谦和低调，除个别厂领导外，并没有人知道他是国家主席刘少奇的长子，只知道他是留苏回国的专家。刘少奇给子女们制定了一条规矩，不管哪个子女在外上学或工作，都不许提或填写父母的真实姓名，这样做就是为了不让单位领导特殊照顾。

当时正值国家经济困难时期，商品供应奇缺，粮食不够吃，许多身强力壮的年轻人得了浮肿病，刘允斌叫他们躺床上多休息、少说话以便减少体力消耗。他还把国家补助给科学家的油都拿出来送给病号或身体虚弱的同志，并由室里福利组的同志用它炸成油条送到集体宿舍让同志们吃。那时给科研人员发营养品，一般工程师每月只有黄豆两斤，而像刘允斌这样的高级知识分子每月可购食油一斤，白糖几两。刘允斌总是把它转让给其他同志。逢年过节，刘允斌和妻子便把单身的科研人员请到家里吃饭，他甚至亲自骑着自行车，来回十几里地从厂里出发去接赶不上班车的职工。

刘允斌夫妇的两个儿子出生之后，便都交给保姆照看。他们的儿子刘维泽回忆说："那时我父母整天忙于工作，根本顾不上我们，几乎完全把我俩交给了保姆，以至我们和保姆比跟父母还亲。而他们因工作繁忙更无暇带我们回北京，以至我和弟弟未曾见过爷爷一面。这也成了我们终生的遗憾。"

　　北大著名化学家张青莲的儿子张毅然大学毕业后，也在包头核燃料元件厂第三研究室从事科研工作。他在《回忆刘允斌》一文中说，刘允斌是一位不同寻常的高干子弟，一位从苏联留学回来的红色专家。他说话和气，平易近人，为人总是那么和蔼可亲。从他身上看不到一点点傲气、官气和特殊的优越感。记得有一年，他和我们一同回北京。到达北京后，他要去中南海看望父亲。但没见小轿车来火车站接他，也没见别的专车送他，只见他和夫人两个人带着简单的旅行袋，自己雇了辆三轮车，径直进了新华门。

　　刘允斌无论对科研人员还是普通工人，都平等相待，坦诚恳切。与刘允斌接触过的人无不对他赞誉有加，佩服至极。刘少奇也曾多次说，允斌在各方面都是几个弟弟妹妹们的学习榜样，是刘家的骄傲。他很重情义，谁有什么困难，他都是想方设法帮助解决。

　　"文革"中，因受父亲刘少奇牵连，刘允斌受到了迫害。

　　1967年11月27日，塞外包头风雪交加。夜深了，刘允斌和衣躺在床上对妻子说："我来到这个世上42年，对得起人民对得起党，对不起的是你，跟着我受了这么多罪，你把两个孩子拉扯大，我就无憾了。"

　　半夜时分，妻子突然发现丈夫不在家，她预感到不妙，连忙跑到保姆家叫上保姆的老伴王大爷，四处寻找……天亮了，人们在居住区北面的铁轨上发现了刘允斌的遗体。他含冤离世了。

55. 刚刚完婚丈夫就"失踪"

作为妻子，她万万没想到刚刚完婚，丈夫就"失踪"了，连公公生病、住院、病危、去世，他都不在身边。等他完成任务回到家，父亲病逝已过"五七"了。

时间定格在 1970 年 5 月 23 日中午，八达岭长城脚下怀来县工程兵试验场的军营里，孟宪玉、郭爱荣这对年轻人，在首长和战友们的祝福声中喜结连理。两斤水果糖、两包恒大牌香烟，就是他们对战友们最好的答谢和招待。随后，妻子郭爱荣便乘火车回到了老家山东省东明县。开始郭爱荣还沉浸在新婚的喜悦中，谁知到了下半年，丈夫孟宪玉以及家中接二连三发生了许多事情，使她失望、绝望、甚至到了内心崩溃的边缘。

首先是那年夏天，丈夫孟宪玉仅寄来一封简短的信，便悄然"失踪"了。

那是一天下午，郭爱荣正在上班，邮递员送来一封信，上面只写着一句话："你好！我执行任务去了，回来再和你联系。"

看完信，郭爱荣感到丈二和尚摸不着头脑。但她还是给丈夫

孟宪玉、郭爱荣的结婚照

写了两封回信，结果都石沉大海。那时他俩刚刚完婚，刚刚组建家庭不到两个月，丈夫就杳无音讯，他到底上哪儿了？

那年秋天，公公生病，继而病危。她给部队连续发了三份电报，都没有回音。最后只收到了部队的回电，说派孟宪玉执行任务去了。并寄来了孟宪玉三个月的工资，让抓紧给老人看病。

丈夫孟宪玉一"失踪"就是十个月。作为长媳，当时家里有公公、婆婆，兄弟姐妹，全家老小的生计全都落在了郭爱荣身上。先是伺候病重的公公、接着料理后事，让郭爱荣感到点喘不过气来。更令她费解的是公公临终想见丈夫一面，他也不在身边。

其实，1970 年 6 月至 1971 年 3 月的近十个月里，孟宪玉根本没有失踪。新婚妻子郭爱荣离开连队后，他便和战友们接到了去新疆执行氢爆试验的特殊任务。孟宪玉临时负责参加这次氢爆试验的200多名战友的生活后勤保障工作。兵马未动，粮草先行。六七月份，孟宪玉就开始奔波于怀来县城和京津之间订购生活用品。他到北京西单菜市场采购蔬菜、副食品、肉加工品、海产品，又带车前往天津塘沽调运小站米。之后他和战友一起乘军用专列从北京出发，向着罗布泊进发。他在旅途中的主要任务，是通过车站的调度电话，提前联系沿途兵站，给列车上的战友准备早、中、晚三顿饭。列车到达吐鲁番大河沿车站后，他们又换乘汽车，装上随火车携带的备用物资，翻越天山、托克逊山和乌什塔拉山，艰难行军多日才来到了罗布泊的马兰基地，在那里他们一待就是半年多。

1960年8月，孟宪玉从山东老家应征入伍，一直在河北怀来当兵。当时那里的环境、气候恶劣，一过十月风就吹得电线呜呜作响，冬天吃水须到官厅水库的冰面上凿洞取水。但是，到了新疆的马兰基地，环境更加艰苦、气候更加恶劣。戈壁滩多风少雨温差较大，空气十分干燥。战友们初入场区，个个口干舌燥，嘴唇干裂，甚至流鼻血。茫茫戈壁滩上杳无人烟，军用帐篷就是战友们唯一的家。有一天晚上，狂风大作。睡眼蒙眬中，只听一声命令：拉住帐篷！孟宪玉和战友一骨碌爬起来，钻出帐篷，迅速兵分三路，在军用帐篷外呈三角形展开，几个人拉一根绳子，使足劲，拼命拽住固定帐篷用的斜拉绳。风要是把帐篷吹跑了，他们就连个遮身的地方都没了。当时，大伙也来不及戴配发的防风

孟宪玉（后中）在核试验厂与战友们的合影

眼镜，只能紧闭着眼睛，抿住嘴巴，始终保持着拔河赛的姿势。

风，呼啸着，战友们始终保持一个姿势，坚持、坚持、再坚持……

风停了，天亮了，战友们睁开眼睛，你看看我，我看看你，个个灰头土脸，相视而笑，人人都变成了小泥猴。

在马兰基地，孟宪玉在生活组负责后勤保障，他要确保战友们吃饱喝好。那时，罗布泊流传着这样的顺口溜："天上无飞鸟，地下不长草，吃水贵如油，风吹石头跑。"战友们每天起床的第一件事就是排队领水。一人一小缸漱口水，半盆洗脸水。刚开始，用完水就倒掉了。后来，战友们知道在马兰基地用水确实不易，用水得靠水车从千里外的地方拉过来，1吨水的价值相当于1吨汽油，说吃水贵如油并不是夸张。于是，战友们展开了一场节约用水的革命，洗脸水早上洗了、中午洗，中午洗了、晚上洗。再后来，洗脚、擦身子，按说这该把水倒掉了吧，一个战友提出，把用过的水存起来，砌墙、垒灶台，还可以和泥用。当时这个提议很快得到采纳，这位战士因此获得嘉奖，荣立了三等功。

进入10月份，天气慢慢转冷，试验进入了最后冲刺的倒计时阶段，许多同志中午不休息。管生活的孟宪玉和战友们就把饭菜送到试验现场。送饭前，他对炊事班长反复交代：一定要把饭菜做得可口一点，尽量保持温度。因为科学家和战友们，一直奋战在前线，加班加点十分辛苦。

氢爆试验的前一天，孟宪玉和战友们每人领到了一副特殊的防护眼镜，可以观看氢爆试验。那一晚，他兴奋得几乎一夜没合眼。

第二天，他和参加氢爆的战友们早早起床，带上特殊的防护眼镜，在 70 公里外的地方静静地等候着分享氢爆试验成功的喜悦。

远处，像是升起了一轮圆圆的、红红的，还没有来得及发光的太阳。瞬间，天空中腾起了耀眼的蘑菇云……成功了！我们成

功了！现场的人们簇拥在一起，欢呼雀跃。

第二天，孟宪玉和战友们受到临时"嘉奖"，可以参观氢爆成功的试验现场。他们穿上防护服，戴好防毒面具，沿着指定的路线来到爆炸区。在现场看到那些应试物，如房子、墙壁全部被摧毁，飞机、坦克、汽车扭曲变形，变得七零八落，戈壁滩上的沙子、石头被高温炙烤融化成了琉璃状凝结在地面上。

孟宪玉和他的战友们圆满完成了这次氢爆试验任务，当他从罗布泊撤回到北京，再匆匆赶回老家山东时，父亲"五七"都过了。

孟宪玉在试验场聆听工程兵副政委沂冰做动员

1
2

5

6

7

1. 导弹核潜艇出航
2. 导弹核潜艇驶向大洋深处
3. 导弹核潜艇到达预定发射地点
4. 导弹核潜艇乘风破浪
5. 导弹核潜艇开始下潜
6. 导弹核潜艇水下发射
7. 导弹核潜艇胜利返航
8. 导弹核潜艇进入港口

3

4

8

第六章 国之重器

第六章 国之重器

有了"两弹"，还要有装载工具。除了陆上机动发射车和空中战略轰炸机，海上还要建设核潜艇，圆我"两弹一艇"梦。

1954年，美国第一艘核潜艇"鹦鹉螺"号服役；1958年，苏联第一艘核潜艇（N级）也升起了海军军旗。

也是1958年，我国第一座实验性重水反应堆在北京建成。当年6月，聂荣臻元帅向毛泽东和党中央提交了关于开展研制我国弹道导弹核潜艇的报告，并很快得到了批准。之后毛泽东主席发出了"核潜艇，一万年也要搞出来"的伟大号召。

彭士禄，中国共产党早期农民运动领导人、被毛泽东称为农运大王的彭湃的儿子，凭其行业翘楚、领域扛鼎的威望及其高尚的人格魅力，相继从原子能研究所、"两弹"试验场、核潜艇基地以及大型发电厂感召140名工程师，组成中国核工业"梦之队"。

赵仁恺，和他率领的年轻设计队伍，在一张白纸上画出了中国潜艇核动力装置的蓝图，这是一幅强国防、壮军威的最新最美的画图。

1965 年 3 月，周恩来主持中央专委第十一次会议，批准核潜艇研制工作重新上马，由第二机械工业部组织研制。第一步先研制鱼雷攻击核潜艇，第二步再研制导弹核潜艇。

1966 年 2 月，核潜艇动力堆燃料元件在包头核燃料元件厂开始工业性试验，年底就完成了首批零功率元件研制。

1970 年 4 月 28 日，我国自行设计的核潜艇陆上模式堆建成；7 月 17 日，开始提升功率；7 月 30 日达到满功率。

1971 年 9 月，我国第一艘核潜艇下水。1974 年，我国第一艘核潜艇交付部队，并最终建立了一支庞大的核潜艇舰队，使我国具有了陆、海、空"三位一体"的战略核力量，大大提高了我国在国际上的战略地位。

在"两弹"已突破，潜艇核动力装置即将启动之时，周恩来总理从国家全局和核工业发展出发，于 1970 年 11 月提出：第二机械工业部不光是爆炸部，而且要搞核电站。周总理生前 3 次抱病听取核电站建设方案的汇报。在听取潜艇模式堆启动准备情况汇报时，周总理指示，模式堆一定要搞好，这也是为核电站奠定基础。

1970 年 2 月 8 日，上海市组建了核电站工程筹建处，定名为728 工程。核工业部抽调核二院副总工程师欧阳予到 728 工程主持技术工作，他成为伴随我国核电事业走过峥嵘岁月的第一代核电人。

1983 年 6 月 1 日，我国第一座核电站在秦山拉开建设帷幕；1991 年 12 月 15 日，秦山核电站并网发电，实现了中国大陆核电

导弹核潜艇到达预定发射地点

  "零"的突破，也实现了周恩来总理发展核电的遗愿。

  核工业第一次创业，实现了决定国家命运的"两弹一艇"梦想。

同时，又开启了核工业第二次创业的军民结合、发展核电之梦。

56. 核潜艇　一万年也要搞出来

赫鲁晓夫的回绝并没有打消中国研制核潜艇的决心，反而增强了我国研制核潜艇的信念。1959 年 10 月，毛泽东发出了"核潜艇，一万年也要搞出来"的伟大号召。

1958 年，时任国务院副总理的聂荣臻元帅以一个战略家的远见和胆识向中央提出，中国也要研制核潜艇。这一提议得到毛泽东主席、周恩来总理和国防部长彭德怀的支持，并迅速组织力量开展研制工作。

为了加快研制速度，中国希望得到苏联的援助。1959 年 9 月 30 日，苏联领导人赫鲁晓夫访问中国时，毛泽东向他提出了这个问题。而赫鲁晓夫却认为，中国要研制核潜艇只是异想天开，核动力技术复杂，价格昂贵，中国搞不了。赫鲁晓夫的回绝并没有打消中国研制核潜艇的决心，反而增强了我国研制核潜艇的信念。1959 年 10 月，毛泽东发出伟大号召："核潜艇，一万年也要搞出来！"

研制核潜艇的关键是核动力反应堆装置的研制。当时我国在这方面是一片空白，连核动力反应堆是什么样子都不知道。没有技术资料，没有专家，再加上当时正值三年自然灾害，研制工作困难重重。就是在这种情况下，我国第一座压水型核反应堆研制的先驱们在彭士禄、赵仁恺等专家的带领下开始了艰难的学习、摸索与科研工作。

老专家黄士鉴回忆，当时可以说是一无所有。控制棒驱动机构是核反应堆中唯一的动部件，也是很关键的部件，但他仅有两张模糊不清的照片。当时参加研制工作的人几乎都是刚毕业的青年大学生，很多人所学的专业都与核不沾边，一切都需要重新开始学。在这种情况下，只能白手起家，发挥实践出真知、团结协作、互教互学、顽强拼搏、想尽一切办法啃硬骨头的精神。他们中的许多人没有星期天，没有节假日，早晨五六点钟起床，到深夜才睡觉，有时遇到难题就彻夜不眠。大家不断地提出问题，然后讨论。人人都是老师，人人又都是学生。经过艰苦钻研和努力，他们最终拿出了我国第一座压水型核反应堆设计草案。他们用计算尺计算着反应堆结构，用手摇计算机轮流计算物理公式，就这样使反应堆堆芯结构、控制、物理、热工等设计有了重大突破。

1965年，峰回路转，中国核潜艇终于渡过重重难关，在完成早期探索和预先研究后，被列入国家科研计划，正式开始型号研制，一场十年之久的核潜艇"大会战"再次在中国大地上秘密展开。核潜艇第二次"上马"了。

1965年3月20日，周总理主持召开第11次中央专门委员会会议，决定将核潜艇工程重新列入国家计划，全面开展研制工作，并要求第二机械工业部负责在1970年建成陆上模式堆，作为研制潜艇核动力的阶梯，先经陆上模式堆试验验证后，再建造潜艇用核动力装置。

然而，1966年，正当重新"上马"的核潜艇研制工作刚刚突破重重难关进入攻坚阶段时，中国大地上掀起了一场史无前例的"文化大革命"，政治浪潮逐步渗透到全国各地。为核潜艇配套和参与核潜艇研制的厂、所、院、校有上千家，在这种形势之下，核潜艇工程不免也受到令人担忧的影响。

中央军委及时发出了新中国成立以来的第一个关于核潜艇工程的《特别公函》。公函强调，核潜艇工程是伟大领袖毛主席亲自批准的，对国防建设有极为重要的意义，任何人不得以任何理由冲击研究生产现场，不得以任何借口停工、停产，必须保质保量按时完成任务。这个《特别公函》调动了一切力量，在工程指挥部和试验基地军管会的统一领导下，8000多名工人、干部、技术人员和解放军战士为夺回失去的时间日夜奋战。全体参试人员凭着高度的革命责任感，全心全意、一丝不苟地奋力拼搏，当时的口号是："为毛主席争光，为全国人民争气。"

1968年7月18日，毛泽东签发中央文件，决定派出解放军部队支援核潜艇陆上模式反应堆的建设工作（即"7·18"批示）。

为了建设陆上模式堆，核动力研究设计队伍告别了繁华的都市，带着重于泰山的责任，神圣的理想和崇高的使命来到西南一个偏僻的山沟。当时那个地方，荒草遍野、蛇虫出没，人迹罕至。研究设计人员刚到时，住的是简易工棚，喝的是稻田泥浆水，走的是山野间的羊肠小道。由于山区雨水多，气候潮湿，蚊子又大又多，居住的草棚也成了蛇、青蛙、老鼠们的栖身之所。即便在如此艰苦的条件下，这些人也没有一个退缩，施工现场反而处处洋溢着团结拼搏的高昂热情。

与此同时，核动力装置近万台（件）设备也正在全国近千家科研

第一代核潜艇四位总设计师（从左至右）赵仁恺、彭士禄、黄纬禄、黄旭华

院所和工厂进行攻关研制。时值"文化大革命"，不少关键项目和设备的研制陷入停顿，不少科技骨干、专家被批斗。就在这个关键时候，党和国家领导人给予了工程建设极大的关注，采取强有力的措施，

核潜艇陆上模式堆建设现场指挥部会务组合影

加强对现场的领导。广大科研人员时刻挥洒着汗水，迸发着激情。就这样，实验数据做出来了，各种设备也陆续到达并完成调试，准备进行安装。一大批来自全国各地的科技人员和工人日夜兼程奔赴现场，汇入了我国第一座压水型核反应堆安装调试队伍，开始进行一场空前规模的群英大会战。这支队伍吃住在现场，困了便躺在一边歇一会儿，饿了吃几个馒头。这其中，涌现出了许多感人肺腑、可歌可泣的动人事迹。一位叫李宣传的工程师，他在反应堆安装前切除了一个

肾，大家怕他身体吃不消，劝他不要和大家一样坚持。但他不仅不离开，还干脆把被子搬到控制值班室，吃住在现场，直至反应堆成功达到满功率。其后，他又拖着病体再次请战，奔赴核潜艇试验航行第一线参加保航护航，最后终因劳累过度牺牲在核潜艇试验现场。

基地旧貌

在我国第一座压水型核反应堆开始升温升压的这一天，周恩来总理在中南海的办公室里，通宵达旦守着那部连接核反应堆试验现场的电话，亲自坐镇指挥。两台发电机组首次实现核能发电后，8 月 30 日又首次实现满功率运行！

当年曾有幸参加了升温升压试验工作的黄士鉴至今仍清晰地记得，那一天担任指挥长的彭士禄率领几十个参加试验的工程技术人员紧张有序地工作。试验现场气氛凝重，没有一个人说话，人们的眼睛紧紧盯着试验大厅中闪烁不停的仪表。当在试验现场负责测量温度和流量的黄士鉴第一次计算出反应堆达到满功率运行的参数时，有人打破了沉静，轻轻说了一句："达到满功率了！"但此刻的黄士鉴并没有激动，他沉住气，告诫自己要谨慎，不能有丝毫差错，接着又计算了一次，再计算了一次，当计算到第四次参数都吻合时，黄士鉴轻声对彭士禄说："达到满功率了，还超过了一点点。"彭士禄一言未发，转身向那部专线电话奔去,向周恩来总理报告了这个激动人心的喜讯。

核潜艇建造的过程，比起原子弹的研制有着更多的曲折。在这无数个起起落落当中，总是有人冒着承担重大责任的风险站出来挽救这个事业，推动其发展。

核潜艇的总设计师彭士禄就是尝尽这其间各种滋味的人之一。

赵仁恺，这位核潜艇研制过程中的动力总设计师抱着"工程师应该无所不能"的信念，把诸多的不可能变成了可能……

1974 年 8 月，朱德元帅检阅这艘名为"长征 1 号"的核潜艇时，握着彭士禄、赵仁恺等科研人员的手激动地说："谢谢你们，感谢你们为建设强大海军所作的贡献！"

57. 激情澎湃的核动力人生

　　彭士禄说，他一辈子只做了两件事：一是造核潜艇，二是建核电站。

　　从中国的潜艇核动力、秦山一期核电站、大亚湾核电站再到秦山二期核电站都曾留下了他的足迹和汗水……他就是中国核潜艇第一任总设计师——彭士禄。

　　彭士禄属牛，1925 年 11 月出生于广东海丰。他的父亲彭湃是中国共产党早期农民运动的主要领导人之一，母亲蔡素屏是广东海丰县妇女解放协会执行委员。他三岁时母亲壮烈牺牲，四岁时父亲光荣就义，他成了孤儿。但那时的他并没有感到孤独，因为他得到了众多普通百姓的关爱，他是吃百家饭、穿百家衣长大的。

　　地下党把他从一家转到另一家……1940 年，彭士禄辗转到了延安，并在延安读书和工作。彭士禄回忆说："我时常忆起小时候那份被人关爱的温饱而又温馨的生活，尤其后来在艰苦的工作环境里，那种回忆有着非常甜美幸福的感觉。这给我带来了战胜困难的无穷动力，也使我至今对善良、勤劳而朴实的农民有着朴素而浓厚的感情。坎坷的

彭士禄在海军核潜艇基地留影

童年经历磨炼了我不怕困难艰险的性格。几十位'母亲'给我的爱抚感染了我热爱百姓的本能。父母亲把家产无私分给了农民，直到不惜生命……他们给了我要为人民、为祖国无私奉献的热血。在延安圣地的艰苦奋斗、自力更生培育了我艰苦拼搏直率坦诚的性格。更使得我对生活充满热爱，对未来充满了坚定的信心，尤其对我后来从事不仅要拼智慧而且要拼意志和信心的核动力事业很有助益。总之，我虽姓彭，但我心中永远认为自己属于'百家姓'。"

中国建造核潜艇时，苏联政府撤走全部援华专家。当时，不要说外国人，就是国内也有相当一些人对建造核潜艇持怀疑态度，但彭士禄却对此充满信心。

1989 年彭士禄（中）在秦山二期建设现场

在设计潜艇核动力模式堆的时候，一无像样的技术资料，二无必要的实验设备和现代化的计算工具，大量的计算工作都主要依靠人工完成，借助台式计算机完成一种方案需要好几个人连续工作一个多月。"当时，我们主要参考的是苏联'列宁'号动力破冰船、德国'奥托汉'

号动力矿砂船和美国'希平港'核电站的一些照片及零星的相关报道。我们凭借着学到的知识，硬是靠自己钻研，终于在 1965 年 7 月将核潜艇动力堆的陆上模式堆设计方案上报中央专门委员会，并很快获得批准。当时，有人在技术问题上提出一些疑问，认为，'彭士禄设计的反应堆会爆炸，不安全'。为此，我们果断地在反应堆内采取补救措施，彻底解决了这个问题。"彭士禄回忆说。

1970 年 7 月，正在基地做核潜艇陆上模式堆启动准备工作的彭士禄被紧急召回北京，向中央专门委员会汇报工作进展情况。周恩来总理聚精会神地听着彭士禄他们的汇报，不时地询问着关键的环节。周总理说，现在的试验已经经过了设计、设备、安装、调试四大关，但是要记住：还有一个试验关！千万不要认为已经是百分之百地有把握了就不在乎了，哪一个环节不加以注意，试验都要出问题！科学试验与革命工作一样，既要大胆积极，又要有步骤地、稳妥地进行……会后，周总理用自己的专机送彭士禄等专家一行回试验基地。

8 月 28 日，进行主机满功率试验，8 月 30 日，指挥长何谦噙着热泪颤抖着声音宣布：主机达到满功率转数，相应的反应堆功率达99%。

"我们成功了！我们成功了！"人们尽情地欢呼着。而此时的彭士禄却一屁股坐在椅子上，沉重的眼帘垂了下来，他的头靠在椅背上，颤抖的手费力地摸出一包烟，一口气把一支烟吸掉了半截。为了提升功率，为了保证试验成功，他已经把全部精力都投入进去了，仿佛连分享成功喜悦的力气都没有了。

1970 年 2 月 8 日，上海市组建了核电站工程筹建处，启动 728 工程。

　　彭士禄凭其行业翘楚、领域扛鼎的威望及其高尚的人格魅力，相继从原子能研究所、"两弹"试验场、核潜艇基地以及大型发电厂感召140名工程师（内含27名专家），组成承担核电起步重任的国家队。

　　经过努力，彭士禄他们完成了压水堆30万千瓦方案设计，确定主参数、系统配置、主设备选型等工作，并于1974年3月底向周总理及中央专门委员会汇报。汇报会上，压水堆方案得到周总理的肯定和认可。周总理在参观模型时问彭士禄：核废物如何处理？彭士禄说：经处理后深埋在无人的深山中。总理又问，这是你在苏联学来的？彭士禄说：全世界都是这样办的。总理接着吩咐，要认真考虑核废料的处理问题，应该为子孙万代着想。

　　1974年3月，秦山30万千瓦核电站方案被批准，1991年12月投产运行，至今已安全运行20多个年头。目前，全国已建、在建、筹建的核电站，绝大部分采用压水堆方案。彭士禄院士对秦山一期核电站的堆型选择、方案确定起了关键性的作用。

　　彭士禄还首次把招投标制引入核电工程建设。他说，对于设计和制造，要坚决实行招投标制。这在当时遇到了很大的阻力。一些同志仍按计划经济时期的做法主张设备要定点生产，并为此争论得很厉害。最后，还是彭士禄拍板：坚持设备、订货实行招投标制，设计由谁来做也全部实行招投标制。因为招投标制解决了靠拉关系争项目的不良现象，充分发挥了各个参建单位的特长。实践证明，这一做法是完全正确的。但在当时实行招投标制，也得罪了一些人，但彭士禄是个急性子，看准的事就拍板决定。

　　在中国核电事业滚滚长河里，彭士禄永远奔腾向前。

彭士禄院士

58. 为中国 "潜龙" 画心脏的人

> 赵仁恺和他率领的年轻的设计队伍, 在一张白纸上画出了中国潜艇核动力装置的蓝图, 这是最新最美的强国防、壮军威的图画。

晋代有个传说, 画家张僧繇画龙不点睛, 点睛龙能飞上天。核潜艇就是中国的潜龙, 核动力装置就是巨龙的心脏, 赵仁恺就是为中国核潜艇这条钢铁 "潜龙" 画心脏的大师。1946 年, 23 岁的赵仁恺大学毕业, 在南京永利化工厂工作, 一心想用平生所学, 报效祖国, 赡养历尽艰辛的母亲。

1956 年 7 月, 第二机械工业部将赵仁恺从化工部调到第二机械工业部正在筹备的设计院。此时, 苏联援建的 "一堆一器" (重水实验堆、回旋加速器) 正开始建设。二机部又把赵仁恺派到中国科学院原子能研究所, 参加 "一堆一器" 的建设。

赵仁恺学的是化工机械, 参加原子能反应堆建设属于隔行。在原子理论面前, 他就是一张 "白纸"。但赵仁恺自从进入 "原子能反应堆工程", 便立下了 "献身国防事业, 甘当无名英雄" 的壮志, 他全

赵仁恺在原子能研究院介绍核反应堆

大山深处的核动力院

身心投入到学习中去。白天忙工作，晚上抓紧学习原子理论。这段时间，他自学了《原子能原理和应用》、《核物理》《原子核反应堆工程》，有时听苏联专家讲课，真是一场"恶补"。忘我工作，勤奋学习，为他积累和掌握原子能反应堆原理、应用和工程设计打下了坚实的基础。

1957年12月，赵仁恺又被调到设计院工作，并被选派到苏联，参加军用生产堆中苏联合设计组的设计工作。当时的联合设计，主要还是听苏联专家关于生产堆的一些系统与业务的讲课。赵仁恺和他的同事们牢牢抓住这个难得的机会，全身心地投入到"军用生产堆"知识的学习中去。就像一群蜜蜂围着鲜花，辛勤地忙碌着、采集着。

1958 年 9 月，赵仁恺从苏联参加军用堆联合设计回来，第二机械工业部又任命他为潜艇核动力研究设计组组长。赵仁恺就这样闯进了核动力反应堆领域。他对"重水实验堆"建设的实践和对"军用生产堆"设计的了解；他两年多时间在反应堆物理、热工水力、结构、核安全等方面知识的积累，为他能迅速站在我国潜艇核动力装置研发阵地上攻坚克险、建功立业打下了良好的基础。从此，赵仁恺与潜艇核动力结下了不解之缘。

研制工作首先要选定适用于潜艇核动力反应堆最佳堆型、反应堆功率的大小、主参数、核动力功率输出方式、核动力装置结构组成等等，与其说是研制，不如说是摸索，是在"摸着石头过河"。赵仁恺带着他的第五大组近 200 余名同事，充分发挥了集体攻关、重点突破的优势。不懂就啃书本，搞调研，互教互学，请老师讲课，形成了高速高效的科研速度，取得了"各个击破"的良好战绩，出色地为确定主方案、主参数创造了条件，完成了早期探索研究的艰巨任务。

1960 年 5 月 16 日，第二机械工业部决定，立即开展潜艇核动力初步设计，一个月之内完成，向部党委汇报。赵仁恺率领他的第五大组全体成员，日夜加班加点，将 20 个月以来研究设计、科研实验各专业、各系统取得的参数、方案归纳整理，详细论证，形成了核动力的主参数和方案。

1960 年 7 月 4 日，刘杰部长等部、局领导及原子能所各室负责人开会，审查"潜艇核动力装置初步设计方案"，审查结果令人振奋。钱三强副部长高兴地连说："有门儿，有门儿……"宋任穷部长最后审批时认为，这是第一次搞，还是留点余地好，叫"初步设计草案"，批准上报国防科委。赵仁恺和他率领的年轻的设计队伍，在一张白纸上画出了中国潜艇核动力装置的蓝图，这是最新最美的一幅强国防、壮军威的图画。

1965 年 8 月，中央专门委员会再度批准核潜艇工程研制及陆上模式堆工程建设上马。赵仁恺被任命为潜艇核动力陆上模式堆工程设计（工艺及土建）设计队队长。建造中国的核潜艇，这是他多年的夙愿啊！他兴奋地抖去戈壁风沙，匆匆辞别妻儿老母，意气风发地直奔"三线"，这一去就是三十年！

正当他大展宏图的时候，"文革"开始了。赵仁恺被扣上"反动学术权威"的帽子，他的妻子被下放湖北钟祥县劳改农场，大女儿和两个儿子也相继下乡。子女们这一去，有的在 26 年后才回到北京。家中只有风烛残年的母亲。夫妻相思，母子牵挂，儿女骨肉分离……离情别绪，一齐纠结在赵仁恺的心里。更让他痛心的是，自己以身相许的潜艇核动力装置技术再难以继续下去，他被剥夺了工作权利。

中国的知识分子非常注重气节，为了人格尊严，可以以死相拼，但为了国家民族大义，也可以忍辱负重。赵仁恺为了他的强国梦，忍辱负重地工作着。赵仁恺生于 1923 年，他的成长时期，国家民族正经历着外敌入侵的苦难，赵仁恺一家，由他母亲带着，从南京逃往武汉，再经武汉逃往重庆，历尽了百般的艰辛和煎熬。苦难的经历，使他养成了坚韧的性格和不屈的精神。这才使他熬过了"文革"那一段人生苦难。能经得起苦难煎熬的人，才有辉煌壮美的人生。

熟悉赵仁恺的人，总是记得他那高高的额头下闪烁着一双智慧的眼睛，胖胖的脸上总是堆着笑，显得那么慈祥可亲。他平时是这样，

赵仁恺率领的青年团队

就连他在冒着风险，做出决断的时候，也是这样一副笑模样。

有一次，首艇试航发现，反应堆顶出水口温度有 1 摄氏度的偏差，并伴有轻微的响声。对此现象，原因分析争议很多。赵仁恺当即断定，该故障是总装厂在安装时，安装不到位所致，故障会随运行而发展，必须检修。故障对当前堆的出功无碍，重要的是要严密监视运行。于是，他在故障分析报告上签字。他要求运行人员加强对噪声的监测，反应堆仍然可以保持一定的功率运行。对于赵仁恺的判断与决定，现场不少人都为他捏着一把汗。但他的自信和他的微笑使大家恢复了镇静，后来，事实证明他的判断是具有科学性的，人们对他更加敬仰。

20 世纪 80 年代中期，有一艘核潜艇因为误操作造成故障。由于出现的是新问题，大家不知所措，此时，赵仁恺又亲临现场，主持排障工作。核艇重新启动时，出现异常情况，海军装备部及核动力技术人员都十分紧张，议论纷纷，有人甚至说酿出了大事故，必须立即停堆。排障现场意见分歧非常大，甚至有人从政治角度上纲上线。但赵仁恺仍然坚持自己的判断，他力排众议，驳斥危言，认为只要处置得当，监督措施得力，反应堆完全能够按计划运行。他在报告上写下了他对造成异常原因的分析与判断。仍然是眯着眼睛，一副笑模样，显得那么睿智和慈祥。运行后的结果，再次证明了他判断的准确性和处置方法的科学性。

1988 年春，赵仁恺再次率队参加第一代核潜艇的深海试验，这是一次考验核动力装置生命力与可靠性的极限试验。通过几个层次、几个项目的不同试验，尤其是在水下全速行驶时，反应堆良好的做功状态令人满意。试验考核证明了我国第一代核潜艇的核动力装置在极限状况下，性能具有安全可靠性好、隐蔽性高、机动性强的特点。满足了我国战时战备的要求。赵仁恺向中央军委递交了一份满意的答卷，证明中国"潜龙"的心脏是坚强有力的。

59. 一滴水能反射太阳的光辉

因为有一个团结协作、凝聚力强的领导班子，有一支素质高、作风好、能打硬仗、善打硬仗、吃苦耐劳的员工队伍，才能肩负起历史的重任，圆满完成各批次动力堆燃料元件的生产任务。

20世纪60年代中期，毕业于甘肃工业大学机械制造专业的刘芳言，来到了这里大漠深处的某厂。他时年25岁，身材魁梧，国字脸，浓眉下一双眼睛炯炯有神，充满智慧和力量。

一踏进工厂大门，刘芳言就与其他同事一道，参与负责某控制元件零部件的加工制作和元件密封包装的研制工作。完成首批试生产任务后，紧接着，他便参与并组织了动力堆燃料元件试制工作。

当时，科研装备落后，试验条件简陋，一切都在实践中探索。经过一次又一次地反复试验，白天黑夜连轴转，刘芳言作为技术骨干，协同技术人员，相继试制完成了动力堆堆外冲刷组件、堆内综合考验组件、零功率组件，从而确保了工程计划的顺利实施。

"工程必须在两年内建成！"国务院、中央军委下达了指令。

张世平在作攻关记录

已调往八一二厂的刘芳言，立即全身心地投入到了紧张的工作之中。

那是一个严冬的夜晚，寒气逼人。刚吃过晚饭，刘芳言顾不上休息，就从生活区来到厂区生产车间巡视。他每天晚上都要照例到厂房巡视一番，这不仅是熟悉生产的需要，还因为"文革"那场"政治风暴"尚未结束，生产现场还不是那么平静。

"不好，情况异常！"正要跨进厂房的刘芳言，凭着自己多年养成的职业习惯和敏感的听觉断定，厂房内"隆隆"响动的声音是非正常的声音。待他进去一看，果不出所料，厂房内所有风机都启动了。机器，隆隆地转动着；风，呼呼地吹着。这里没有生产却开着风机！他来不及细想这是谁粗心大意忘了关电机，还是有人故意搞鬼，便果断进行了处理。

从 1968 年底开始，核动力堆元件生产线全面进入了生产准备阶段。在那特殊的年代里，因刘芳言没有参加任何派别组织，当然也就省去了打派仗、斗口角等诸多的烦恼。他按照工厂领导班子的统一部署和安排，在顾永华、于学堂、李洪路等工程技术人员的协助下，见缝插针，一边抓组织机构的落实，相继成立了化工、粉冶、元件、零部件和密封包装、无损检测以及设备维护检修等生产组织形式；一边抓设计、施工、生产三者的紧密配合，使试车、试验、试生产交错进行，缩短了工程周期，提高了工程质量。另外，还组织工人做好了工艺设备、工具、量具、仪器、容器的准备，并坚持自己设计，自己制作，提高了使用性能，保证了产品质量。

"工欲善其事，必先利其器。"不打无把握之仗，不打无准备之仗。刘芳言始终遵循这样的原则。有坚实的基础准备工作，再加上第二机械工业部二局总工程师张沛霖在现场督阵，一道工序一道工序地严格把关，使生产有条不紊地进行。

经过一年多的边基建，边试车、试验、试生产，1970 年进入全面投产的攻坚阶段。

经过工厂广大工程技术人员和工人同志们的共同努力，奋力拼搏，两批核动力堆燃料元件生产任务圆满完成，并相继顺利通过了出厂验收，确保了工程的如期建成，振了国威，扬了军威，工厂也荣获了国家科研成果特等奖。

研制新型核动力堆燃料元件，这是历史赋予八一二厂人的神圣使命和光荣任务。

　　零部件加工车间承担着动力堆元件管座、格架等重要零部件的研制和加工任务。这里的"全国三八红旗手"、研究员级高级工程师夏成烈，"全国劳动模范"、高级工程师张世平等发挥着骨干作用。在1996年开始管座研制时，夏成烈已接近退休年龄，然而，高度的事业心和强烈的责任感驱使着她继续在管座焊接工艺研究、设备选型过程中起着挑大梁的作用。面对正式生产时，材料变更的情况，她舍弃了大量的业余休息时间，加班加点，重新制定研制方案，变无坡口焊接为有坡口焊接，并将焊接速度改

刘芳言（左一）在介绍技术攻关情况

难得闲暇的孙莉菁

为分段变速焊接，从而解决了这一技术难题。

张世平作为管座制造工艺总负责人，将全身心都投入到了产品研制、加工之中。由于新型核动力堆燃料元件管座比其他类型的燃料组件管座体积小，结构复杂，其加工难度增加了若干倍，特别是框板和板弹簧尺寸小、槽尺寸深，在加工上不能一次完成，要分次完成，他不断探索，认真思考，通过无数次实验，最终改进了专用刀具，即将原细而长刚性差的刀具，改为短而粗刚性强的刀具，使这一问题迎刃而解，提高了工效，降低了成本。

在定位格架的研制中，原车间副主任黄自雄作为工艺负责人，

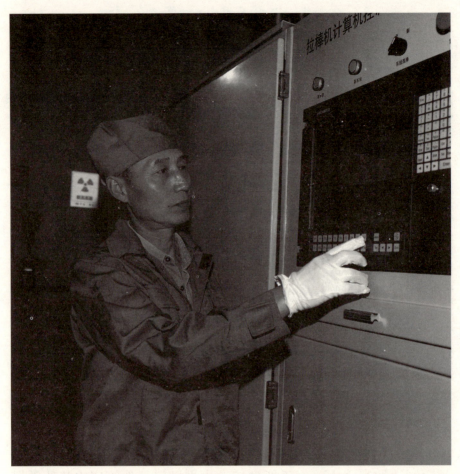

精心操作的莫国安

发挥了老同志传、帮、带的积极作用，他带领工艺技术人员展开工艺攻关试制工作。在研制过程中，将原来长条带改为短条带，并增加筛块和合理的夹具设计，通过多次、反复的试验，改进钎焊涂料方法，使焊接后的格架平整、光洁，产品质量大幅度提高，一举攻克了格架制造难关。

在新型核动力堆燃料元件工程基本建设项目固定资产投资计划

安排及工程进度网络计划编制战线上，"巾帼不让须眉"，用在厂劳模孙莉菁身上是再贴切不过了。她是一个工作起来不知疲倦的知识女性和"工作狂"。虽然身患甲状腺恶性淋巴瘤等多种疾病，也没能阻挡住她那痴迷工作的热情。在厂修建处，当她还在科长的任期内，新型核动力堆燃料元件工程建设正如火如荼地展开，她承担了工程建设各子项的电气、自控、通讯、消防报警系统、特检、实体保卫 6 个专业的预决算以及工程施工合同的谈判签订等工作。其工作量之大，任务之繁重，可想而知。面对这一状况，她急工程所急，想工程所想，给自己压担子，废寝忘食，放弃休息，为自己规定每天必须完成大量工作任务。由于超负荷的工作，她累病倒了，手术后刚出院她就回到了自己的岗位，完成了自己因病而放下的工作。因为手术后未能得到很好的休息，不久她又受到病魔的侵袭和折磨，再次住进了医院，而这次在做完甲状腺恶性淋巴瘤切除手术不到一个月，她又毫不犹豫地接下了工作，一边做化疗以控制病情扩散，一边忘我地工作。为了按时完成任务，她不顾身体不适，加班加点，夜里甚至工作到凌晨三四点，终于按时间要求编写完成了相关材料，为竣工验收奠定了良好的基础。孙莉菁在平凡的岗位上做出了超常的不平凡的业绩，她以坚忍不拔、战胜疾病的顽强精神，为新型核动力堆燃料元件工程建设做出了不可磨灭的贡献……

俗话说："一滴水能反射太阳的光辉"。在新型核动力堆燃料元件工程建设、生产中，以上所叙述的事例可谓举不胜举，他们只是众多典型事例、典型人物中的集中代表。正是因为八一二厂有一个团结协作、凝聚力强的领导班子，有这样一支素质高、作风好、且能打硬仗、善打硬仗、吃苦耐劳的员工队伍，才能肩负起历史的重任，圆满完成各批次动力堆燃料元件生产任务，为我国国防现代化建设做出了应有的贡献！

60. 为祖国设计核电"太阳"

从中国第一座军用生产核反应堆总设计师，到中国第一座核电站总设计师，欧阳予见证了"国之光荣"的创业历程。

在我国第一颗原子弹、氢弹爆炸成功 20 多年之后，由我国自行设计、建造的第一座核电站——秦山核电站于 1991 年 12 月 15 日 0 时 14 分并网发电成功，实现了中国大陆核电史上零的突破。为了这一时刻的到来，核电建设者们用他们辛勤的汗水铸成了一条通向辉煌的康庄大道。

1974 年 3 月的北京，乍暖还寒。在宽敞、笔直的长安街最西端的京西宾馆里住了几个极平常的人。他们是周恩来总理请来的客人——从事中国核电站建设的普普通通的知识分子。他们接到通知，总理要听核电站情况汇报。什么时间？请等候。这些人中，有一个个子不高，敦敦实实的中年人，一副镜片厚厚的眼镜架在宽阔的脸膛上，给人一种沉稳、厚实的感觉。他就是中国第一座核电站的总设计师欧阳予。

这位曾经留学苏联，主持设计过中国第一座军用核反应堆的核工程专家，1971 年 9 月，被第二机械工业部部长一个电话召回，被指派去上海支援 728 工程设计，担起了核电站的总设计师的重任。到上海后，经过几番论证，拟选定压水堆为核电站的堆型。1972 年，他们向周总理写了书面汇报。总理指示，要看模型，并亲自听取汇报。1974 年 3 月 31 日，周总理在人民大会堂新疆厅审视了模型并批准了方案。

早在 1959 年，建造军用核反应堆的时候，欧阳予和核工业战线上的广大科技工作者们，都盼着有朝一日铸剑为犁，将核能应用于和平事业。这一天终于到来了。欧阳予被任命为上海核工程研究设计院总工程师，全面负责核电站的研究设计工作。

在焦急的等候中，他的心忐忑不安：不知总理能否批准这个方案。总理，您知道么，为了完成您的嘱托，建造一座实用、可靠的核电站，设计队的同志忍受政治上的压力，据理力争，才确定了压水堆的方案。为了实现您的愿望，两年多的时间，大家都是通宵达旦地工作。

1974 年 3 月 31 日，欧阳予终于盼来了中央专委审议这个方案的时刻。在北京人民大会堂新疆厅，周恩来、叶剑英、李先念、邓小平、谷牧等国家领导同志坐在一起，聚精会神地听取欧阳予、彭士禄等人的汇报。欧阳予演示了带来的核反应堆模型，引起各位领导同志的浓厚兴趣。

这是周恩来生前带病主持的最后一次关于核工业的会议，他对每一个关键点都仔细地提出问题。听了整整一个下午的汇报，他兴奋地挥手点头。

会议批准了欧阳予及其同事的电功率为 30 万千瓦的建设方案和

欧阳予（右）与核工业部副部长赵宏在秦山一期庆功典礼上

设计任务书，决定以周恩来最先提出建设核电站的日子——1970年2月8日命名，称作"728工程"。

会后，周总理与欧阳予等人共进午餐。他握着欧阳予的手说，你们一定要抓紧时间，以只争朝夕的精神，把我国第一座核电站建起来！欧阳予感动地点了点头。

欧阳予向张爱萍将军等介绍堆芯模型

望着总理清癯憔悴的脸庞，欧阳予不禁一阵心酸。他心里暗下决心：就冲着周总理抱病主持这次关系我国和平利用原子能的关键会议，我们无论如何也要把核电站建起来！

一批批核电专家，从西北戈壁滩和西南的山沟、从核潜艇基地，汇集到了杭州湾，来到浙江省海盐县秦山之麓。

中国第一座核电站的建设，从一开始就面临着公众舆论的考验。支持的、反对的、怀疑的、担忧的……各种意见通过各种渠道，传到各类决策机构和诸多决策者手中。

在 1978 年的春天，王淦昌、连培生等科学家，联名给中央领导写了一封长信，请求中央重视我国核电发展的统一规划和集中领导问题，字字句句洋溢着他们对发展核电的紧迫之情和强烈的责任心。

天有不测风云。1979 年 3 月 28 日，美国三哩岛压水堆核电站发生了堆芯熔毁的核事故，世界上刮起了一股反对修建核电站的旋风，"728"工程也受到了这股旋风的冲击。

欧阳予仔细研读了关于三哩岛事故的报道资料后认为：这次事故主要是由于错误操作所致，不是核电的本质问题。另一方面，由于三哩岛核电反应堆有安全壳做屏障，事故并没有造成环境污染和人员伤害，这恰好从反面说明了压水堆核电站的安全性。

他加紧做好稳定人心的工作，在"728"工程尚未确定为基本建设项目的情况下，坚持不懈地继续进行设计工作。

改革开放的浪潮激荡着祖国的大地，古老的神州焕发出勃勃活力，也给欧阳予他们一代核电人带来了机遇。迅速发展的经济越来越需要电力。1981 年 11 月，国务院审议了以欧阳予为首的专家们编

欧阳予（中）与技术人员现场技术攻关

写的《"728"核电站开展工程建设的可行性报告》，批准"728"
工程立项。

　　时序虽是隆冬，熬了十年的欧阳予却感受到了核电春天的来临，
眉梢眼角都是笑。

　　"轰，轰，轰！"开山炮拉开了核电建设的序幕。1983年6月1
日，中国第一座自行设计的核电站开始平整地基了。秦山，这座因
秦始皇东巡曾经驻足观海而得名的荒山野岭，在沉寂了2000年后，
人声鼎沸，机器轰鸣，一夜之间成为国人的骄傲，世界瞩目的焦点。

　　建设核电站，比欧阳予设计过的军用核反应堆技术难度更大，
技术要求也更高更繁杂。为了强化工程技术指挥系统，有效地协调
各方面的力量，1984年国家经委、国家科委和国防科工委联合发文，

明确秦山核电工程技术方面的总负责人是总设计师欧阳予。

如果说设计师们是核电站的灵魂，那么总设计师自然就是这灵魂的龙头。欧阳予带领技术人员，先后排出了380多项科研试验项目。他细细地研究每一项技术难题。伴随着潮涨潮落，他和同事们一道，在一次又一次枯燥的实验、分析论证和设计研究中，送走了一个个寒夜，迎来了一次次充满喜悦和希望的黎明。

由上海核工程研究设计院设计的反应堆控制棒驱动机构，是一个关键设备。上海和北京的两家工厂分别制造出其中的机械和电器控制两大部分。他们的样机，经细致的检验鉴定后，都合格。没想到，试验时发生了故障。"赶快查找症结所在！"欧阳予关切地发出指示。可是，两位负责机械和电控设计的工程师，查来查去，好长时间都没查到原因。欧阳予着急了。他赶到上海现场，主持技术协调会，制订出新的试验方案。位于四川的中国核动力研究设计院与来自上海的技术人员，共同承担了试验任务。欧阳予穿梭般地频繁往返于秦山、上海、四川之间进行协调。有耕耘，必有收获。历经一年多的反复试验，故障的原因终于查清了。经过对症下药改造后，机器性能大大超过了设计要求。欧阳予喜出望外。这一自创性能强、有技术突破的机器，迅速投入了批量生产，成功地达到了国际同等水平。1990年底，秦山工地欢天喜地迎来了首次由我国自行设计制造的40台反应堆控制棒驱动机构。

类似这样的难题，一道道，一件件，从宏观上协调，由细微处入手，欧阳予扎扎实实地亲自攻关解决。

正当秦山进入热火朝天的安装阶段，1986年4月26日，传来

被誉为"国之光荣"的秦山核电站

了苏联切尔诺贝利核电站发生4号反应堆芯熔毁放射性泄漏的消息。全世界的核电发展又一次受到猛烈冲击,顺利建设中的秦山核电站也受到了影响。

核电站的安全,牵动着全国上下的每一根神经。国务院专门发文,对保证秦山核电站的安全和质量,提出了14项要求。

1987年2月,国务院任命核工业部副部长赵宏为秦山核电公司总经理,欧阳予为第一副总经理,技术设计、建设安装、运营管理的日常工作,由欧阳予全面负责。时任国务院总理的李鹏,一再叮咛:赵宏和欧阳予直接承担指挥和技术责任，要确保安全。

欧阳予理解国务院和中央领导指示的分量，他比谁都明白"安全"二字的全部含义。他和赵宏一起采取有效措施，坚决不让切尔诺贝利的悲剧在中国重演。

中国的核电之梦正从这里起步。

对于核电站最核心的反应堆，欧阳予设计了三道防护屏障。第一道，核燃料棒锆金属包壳；第二道，反应堆压力容器和密闭的一回路系统；第三道是高 63 米、直径 38 米、壁厚 1 米，并有 6 毫米碳钢板衬里的预应力混凝土安全壳。

1987 年夏天，欧阳予迎来了核工业部组织的由各方面专家组成的安全审查团。238 位专家以职业性的挑剔目光，对重点部位的设计与施工，进行了深入细致的复查。安全壳这个庞然大物，是重中之重。所有内衬钢板的焊接，用 X 光透视还不放心，又作了真空探漏；对 20 米以下混凝土，也是超声波检测和钻芯取样并用，进行强度试验。结果表明：安全壳密封性能比设计标准高三倍，与国际相比名列前茅。

欧阳予很清楚，核电站的安全，除了物质保障以外，更需要依靠严格的规章制度，以防止人为操作失误的发生。他亲手制定了安全设计必须遵循的四个原则和十条措施，并切实监督实施。又建立起一套权威的标准、法规、导则和极其严密的安全保证体系，被参加审查的专家们称为三道安全屏障之外的"第四道屏障"。

1989 年 4 月，国际原子能机构组织了美国、日本、法国、德国、意大利、加拿大、西班牙和罗马尼亚 8 个国家的 11 位资深核电专家，到秦山进行了三个星期的运行前安全评审。结论是：整个核电厂的建设是高标准的，并且正在按令人满意的国际水平向前推进，国内生产的设备是高质量的。

第二年，国际原子能机构又派美、法、日的三位专家来复查。他们对建造质量和安全性再次作了肯定的评价，尤其对详细、具体、周密、可操作性强的应急计划和防范措施，表示赞赏。

1990年7月，秦山核电站主体安装工程完成了，调试的结果表明，设计是正确的，主要系统的质量和功能都是令人满意的。

7月31日，反应堆开始历时9天的装核燃料。10月29日16点进行首次临界试验，至31日10点50分，首次达到临界，反应堆的首次链式核裂变反应实现了。

欧阳予满心欢喜，下令开始联网发电的准备工作。

历史永远记住这个庄严的时刻——1991年12月15日零点14分。欧阳予和同事们紧张地盯着操作员合上巨大的电闸。就在那一瞬间，核裂变转化发出的强大电流，平稳地输入了华东电网。

"成功啦！"人们欢呼雀跃，喜悦溢满了30万平方米的厂区。

从此，中国大陆拥有了自己的核电站。

碧浪滔滔，东海扬波高歌；绿树婆娑，秦山点头欢笑。在景色秀丽的杭州湾畔，欧阳予和他的伙伴们用勤劳智慧的双手，为祖国捧起了一轮绚丽夺目的核电"太阳"。

秦山核电站，一个划时代的工程。它标志着中国和平利用原子能的开始，它是高科技转化为现实生产力的典范。从1971年到1991年，欧阳予们用整整20年的心血，推动了我国核工业由军用到民用的历史性跨越，用自己的创造性劳动，竖起了一座巍峨雄伟的历史丰碑。

它的意义不亚于我国当年第一颗原子弹的爆炸。

秦山核电站并网发电，实现了中国大陆核电"零"的突破，也实现了周恩来总理发展核电的遗愿。

新中国"两弹一艇"研制大事记
（1950—1971 年）

1950 年

5 月 19 日 中国科学院近代物理研究所（以下简称近代物理所）成立，政务院任命吴有训为所长，钱三强为副所长。

10 月 17 日 近代物理所决定开展理论物理、原子核物理、宇宙线、放射化学等方面的研究工作，重点是原子核物理方面的研究。

1951 年

2 月 13 日 钱三强担任近代物理所所长。

1952 年

10 月 8 日 近代物理所制订出 1953—1957 年发展核科学技术的第一个五年计划，其目标是，在核科学技术研究上打下基础，为进一步开展核物理实验和建造反应堆创造条件。

1953 年

10 月 6 日 中国科学院近代物理所改名为中国科学院物理研究所（以下简称物理所）。

1954 年

地质部部长李四光、国务院第三办公室副主任兼地质部副部长刘杰向毛泽东、周恩来等中央领导人汇报我国铀矿发现情况，毛泽东说，我们国家也要发展原子能。

4 月 地质部普查委员会第二办公室成立，其主要任务是负责开展我国铀矿地质普查工作；周恩来指示中国科学院，组织在北京的有关科学家和教授向中央和各部委以及地方的领导人宣讲原子能的科普知识；云南落雪山高山宇宙线实验室建成。

1955 年

1 月 地质部三局成立，雷荣天任局长，由国务院第三办公室领导，主管铀矿地质勘探工作；原地质部普查委员会第二办公室撤销。

1 月 15 日 毛泽东主持召开中共中央书记处扩大会议，讨论并决定建设原子能工业，毛泽东就此作了重要讲话。李四光、刘杰、钱三强列席了会议。

1 月 20 日 中苏签订关于两国合营在中国勘察铀矿的协定。

1 月 31 日 国务院举行第四次全体会议，通过了关于接受苏联帮助中国研究和利用原子能问题的决议。

3 月 31 日 毛泽东在中国共产党全国代表大会上指出："我们进

入了钻社会主义工业化，钻社会主义改造，钻现代化的国防，并且开始钻原子能这样的历史的新时期。"

4月27日 中苏双方签订《关于苏维埃社会主义共和国联盟援助中华人民共和国发展原子能核物理研究事业以及为国民经济需要利用原子能的协定》。

7月1日 国家建设委员会建筑技术局成立，刘伟任局长，主管苏联援助的研究性重水反应堆和回旋加速器的建设工作。

7月4日 中共中央指定陈云、聂荣臻、薄一波组成3人小组，负责指导原子能事业的发展工作。

10月19日 钱三强、彭桓武等13人赴苏参加"一堆一器"的设计审查，并同苏联接洽中国实习人员的专业分配等事项。

11月4日 中国派26名科学技术人员（包括13名在苏联学习的研究生，留学生）赴苏联学习反应堆、加速器技术和理论物理与实验物理。

12月10日 国务院第三办公室制订出《关于一九五六至一九六七年发展原子能事业计划大纲（草案）》。《大纲》提出的方针是："在苏联大力援助下，积极地建设我们自己的原子能工业，使我国以最近代的科学技术，发展国民经济，巩固国防。"

1956 年

1月14日 周恩来在《关于知识分子问题的报告》中指出："科学技术新发展中的最高峰是原子能的利用。原子能给人类提供了无比强大的新的动力源泉，给科学的各个部门开辟了革新的远大前途。"

3 月 20 日 苏联等 11 个国家在莫斯科举行关于成立联合原子核研究所问题的国际会议。

3 月 26 日 刘杰代表中华人民共和国在 11 国《关于成立联合原子核研究所的决定》上签字。

4 月 23 日 中共中央发出《关于抽调干部和工人参加原子能建设工作的通知》，从全国 15 个省、市、自治区和中央 37 个部门抽调干部和工人参加原子能事业的建设工作。

4 月 25 日 毛泽东在中共中央政治局扩大会议上的讲话中指出，要有原子弹，"在今天的世界上，我们要不受人家欺侮，就不能没有这个东西。"

5 月 25 日 研究性重水反应堆和回旋加速器在北京房山县坨里开工兴建。

8 月 17 日，中苏两国政府签订关于苏联援助中国建设原子能工业的协定。

9 月 15 日 中国共产党第八次全国代表大会通过的刘少奇、周恩来的两个报告和"二五"计划，都强调要积极发展原子能事业。

9 月 中国科学院物理研究所成立兰州物理研究室。

11 月 16 日 第一届全国人大常委会第五十一次会议通过决定，设立"中华人民共和国第三机械工业部"（以下简称三机部），主管我国核工业的建设和发展工作。宋任穷为部长，刘杰、袁成隆、刘伟、雷荣天、钱三强为副部长，张献金、何克希为部长助理。

12 月　原子能的和平利用被列为全国科学技术发展的十二年（1956—1967 年）远景规划中 12 项重点任务的第一项。

12 月 19 日　中苏签订关于苏联援助中国勘察铀矿的新协定。从此 1955 年 1 月 20 日旧协定失效，中苏合营改为中国自营。

1957 年

3 月 11 日　三机部制定出第二个五年计划期间原子能工业建设的计划方案，并报周恩来和中共中央批准。

10 月 15 日　中苏签订国防新技术协定。

1958 年

1 月 17 日　中共中央批准三机部关于为西北 3 个工厂和工程设计院等 7 个单位抽调 215 名干部的报告。

1 月 22 日　冶金部组建第三司，负责铀矿、水冶厂和内蒙古包头核燃料元件厂的建设工作。

2 月 11 日　第一届全国人民代表大会第五次会议决定，将第三机械工业部改名为第二机械工业部（以下简称二机部）。

3 月　经中共中央批准，第二机械工业部从建工部兰州建筑工程局挑选 5000 名职工，组建了一〇一、一〇二、一〇四等三个建筑工程公司，分别担负第二机械工业部兰州铀浓缩厂、酒泉原子能联合企业、青海西北核武器研制基地三个工程的土建施工。

5 月 16 日　毛泽东在第二机械工业部的报告上批示："尊重苏联

同志，刻苦虚心学习。但又一定要破除迷信，打倒贾桂！贾桂（即奴才）是谁也看不起的。"

5 月 31 日　中共中央总书记邓小平批准第二机械工业部上报的五厂（衡阳铀水冶厂、包头核燃料元件厂、兰州铀浓缩厂、酒泉原子能联合企业、西北核武器研制基地）、三矿（郴县铀矿、衡山大浦铀矿、上饶铀矿）选点方案。

6 月 21 日　毛泽东在中共中央军事委员会扩大会议上的讲话中指出："搞一点原子弹、氢弹、洲际导弹，我看有十年工夫完全可能。"

7 月 1 日　《人民日报》发表消息：研究性重水反应堆和回旋加速器建成。中国科学院物理研究所改名为中国科学院原子能研究所（以下简称原子能所）。

7 月 8 日　中共中央批转第二机械工业部 6 月 30 日《关于全民办铀矿的报告》。

7 月 13 日，第二机械工业部成立北京第九研究所（核武器研究所）。

8 月　经中共中央批准，第二机械工业部从建工部兰州第九设备安装公司选调 700 人，从一机部、冶金部、化工部等部选调 500 人组建第二机械工业部一○三安装工程公司，承担兰州铀浓缩厂、酒泉原子能联合企业、青海西北核武器研制基地 3 个工程的设备安装任务。

8 月 24 日　第二机械工业部向中共中央提出《关于发展原子能事业的方针和规划的意见》，提出了"苦战三年，基本掌握原子能科学技术"、"边干边学，建成学会"的具体工作方针。

8 月　中共中央发出了《关于发展海军潜艇新技术问题》的文件，

决定由第二机械工业部负责核潜艇动力堆及其控制系统、防护设备等的研究设计任务。

9 月 11 日 中共中央发出通知，从其他各有关部门抽调 16000 多名干部和工人充实核工业建设队伍。

9 月 13 日 建筑工业部北京第三工业建筑设计院划归第二机械工业部，改名为第二机械工业部设计院。

9 月 27 日 苏联援建的研究性重水反应堆和回旋加速器正式移交生产。国务院在现场举行移交生产典礼。《人民日报》发表《大家来办原子能科学》的社论。

10 月 1 日 我国第一座研究性反应堆生产出 33 种同位素。

10 月 15 日 中共中央批转第二机械工业部和中国科学院《关于大家办原子能问题》和《关于放射性同位素应用推广的问题》的两个请示报告。

12 月 冶金部第三司划归第二机械工业部，改名为第二机械工业部第十二局（铀矿冶局）。

1959 年

1 月 20 日 王淦昌被选为杜布纳联合原子核研究所副所长。

2 月 20 日至 3 月 1 日 第二机械工业部在北京召开"跃进献礼积极分子代表大会"，周恩来、朱德等接见了全体代表。

2 月 24 日 我国自己设计的第一座零功率装置建成。

6 月 20 日 苏共中央致信中共中央拒绝提供原子弹教学模型和技

术资料。

7 月　周恩来向宋任穷传达中央决策："自己动手，从头摸起，准备用八年时间搞出原子弹。"

12 月 23 日　第二机械工业部制定出原子能事业八年规划纲要，提出"三年突破，五年掌握，八年适当储备"的奋斗目标。

1960 年

1 月　中共中央批准第二机械工业部从全国选调 106 名高中级科技骨干，加强核武器的研制工作。

1 月　毛泽东就能否对从苏联引进的技术和主工艺设备进行技术革新问题，对宋任穷说：像小孩学写字，要先写正楷，后写草书。

1 月 19 日　原子能所的游泳池式研究反应堆工程开工。

2 月 12 日　原子能所的铀浓缩实验室建成，正式移交生产。

3 月　王淦昌在联合原子核研究所领导的研究小组发现了反西格玛负超子。

4 月　第二机械工业部决定，核工业建设的第一期工程以铀 -235生产线为工作重点，其中又以铀浓缩工厂为重中之重。

6 月 10 日　商业部、解放军总后勤部决定在兰州成立综合二级批发站，以加强西北地区特种部队、部门的生活资料供应工作。第二机械工业部在该地区的企事业单位均在供应范围之内。

7 月 16 日　苏联政府单方面撕毁了同中国签订的所有协定和合同。

7 月 18 日　毛泽东在北戴河会议上指出：要下决心搞尖端技术。

赫鲁晓夫不给我们尖端技术，极好！如果给了，这个账是很难还的。

8 月 9 日　第二机械工业部向所属单位发出《为在我国原子能事业中彻底实行自力更生的方针而斗争》的电报指示。

8 月 23 日　在第二机械工业部工作的苏联专家全部撤走。

9 月 10 日　中共中央任命刘杰为第二机械工业部党组书记、刘伟为党组副书记。

9 月 30 日　刘杰被任命为第二机械工业部部长。

10 月 1 日　第二机械工业部成立核安全防护卫生局，同时也是卫生部的工业卫生局，由两个部实行双重领导，主管核工业的卫生防护工作。

12 月　六氟化铀简法生产装置试生产成功，获得合格产品。

12 月　第二机械工业部确定了"自力更生，过技术关，质量第一，安全第一"的工作方针。

1961 年

3 月 28 日　原子能所的放射线生物室和技术安全室的一部分迁往太原，与太原华北原子能所合并，成立华北工业卫生研究所。

5 月 8 日　第二机械工业部向中央提交《关于当前若干问题的请求报告》，详细汇报了核工业建设工作的进展情况，存在的困难和问题，并提出了若干建议。

7 月 16 日　中共中央发出《关于加强原子能工业建设若干问题的决定》，指出：为了自力更生突破原子能技术，加速我国原子能工业的建设，中央认为有必要进一步缩短战线，集中力量，加强有关方面对原子能工业建设的支援。

7 月 24 日 中共中央决定，从全国有关部门抽调技术骨干、高级医务干部及行政干部参加核工业建设。

10 月 国家计委和一机部决定将天津钻镗床厂、北京综合仪器厂、上海光华仪表厂、苏州阀门厂划归第二机械工业部。

11 月 29 日 中共中央决定，成立国务院国防工业办公室，归口管理第二机械工业部、第三机械工业部和国防科委所属范围的工作。任命罗瑞卿为国防工业办公室主任，赵尔陆、孙志远、方强、刘杰、刘西尧为副主任。

12 月 第一机械工业部、第二机械工业部联合提出了《关于加强原子能工业设备研制的七年规划》。

1962 年

4 月 湖南郴县铀矿开始试采。

8 月 国务院任命刘淇生为第二机械工业部副部长。

9 月 11 日 第二机械工业部在副总理罗瑞卿的主持下，向中共中央、毛泽东写出《关于自力更生建设原子能工业情况的报告》，提出了争取在 1964 年或者 1965 年上半年实现第一颗原子弹爆炸试验的奋斗目标。11 月 3 日，毛泽东在罗瑞卿《关于成立专门委员会加强原子能事业领导的报告》上批示："很好，照办。要大力协同做好这件工作。"

11 月 3 日 江西上饶铀矿经国家验收，正式投产。

11 月 17 日 为了加强对核工业的领导，中共中央决定成立以周恩来为主任，有国务院 7 位副总理及 7 位部长级干部参加的中央 15 人专门委员会（以下简称中央专委）。在国防工业办公室设立了办事机构。

11 月 22 日 第二机械工业部制订出《一九六三年、一九六四年原子武器、工业建设、生产计划大纲》。

12 月 4 日 中央专委第三次会议，讨论和批准了第二机械工业部提出的 1963、1964 年两年工作规划。

12 月 包头核燃料元件厂四氟化铀车间投料生产。

12 月 原子能所的同位素应用研究室迁往上海，并入上海原子核研究所。

1963 年

1 月 21 日 国防工办、国防科委派出联合工作组到第二机械工业检查工作。

3 月 19 日至 21 日 中央专委第四、五次会议，讨论和批准了第二机械工业部两年主要工作任务总进度和措施计划。会上，周恩来在讲话中，要求第二机械工业部的领导自上而下都要具有高度的政治思想性、高度的计划科学性和高度的组织纪律性。

4 月 2 日 毛泽东、周恩来、彭真、陈毅、谭震林、李富春、薄一波等国家领导人接见了第二机械工业部铀矿成矿规律会议的代表。

4月2日 中共中央正式发出文件，同意第二机械工业部建立政治部，第二机械工业部党组改为党委。

5月19日 中央专委发出《关于原子能设备仪器制造问题的若干规定》。

7月5日 牛书申被任命为第二机械工业部副部长兼政治部主任。

7月24日 刘西尧被任命为第二机械工业部副部长、党组副书记。

7月26日 中央专委第六次会议在听取联合检查组关于第二机械工业部工作情况的汇报后认为：第二机械工业部的工作基本上是好的。今后，要戒骄戒躁，小心谨慎，防止任何工作中的疏忽大意，避免一切可以预防的事故，争取实现两年规划。

8月23日 衡阳铀水冶厂一期工程完工并开始试生产。

11月28日 六氟化铀工厂生产出第一批合格产品。

12月4日 钱信忠被任命为第二机械工业部副部长。

12月24日 一比二核装置聚合爆轰产生中子试验成功。

1964 年

1月 第二机械工业部决定成立反应堆工程研究所，担负核潜艇动力堆和其他堆型的研究工作。

1月14日 兰州铀浓缩厂取得了高浓铀合格产品。

1月31日 中央专委在向中共中央、毛泽东的报告中提出，为了国防安全，尽快调整核工业战略布局，根据"靠山、分散、隐蔽"的方针，建设后方基地。

4月 由第二机械工业部开始组织大型扩散机的研究工作。

5月1日 生产出第一套合格的铀-235部件。

5月20日 第二机械工业部决定化工后处理工厂停止，原设计方案采用的沉淀法设计，改为萃取法流程。

6月6日 西北核武器研制基地进行一比一的模型爆轰试验，达到预期目的。

7月14日 周恩来对第一次核试验预演工作应注意的问题作了重要指示。

8月25日 包头核燃料元件工厂生产出合格元件铀芯棒。

9月16至17日 中央专委召开第九次会议，讨论我国第一次核试验的准备工作和原子能事业近期发展及调整工业战略布局问题。

9月17日 包头核燃料元件厂生产出合格的锂-6产品。

10月4日 中共中央批准，第二机械工业部党委由刘杰任书记，刘西尧、刘伟任副书记。

10月7日 第二机械工业部发出《调整战略布局，突出建设三线新基地的行动大纲》。

10月16日15时 中国成功地进行了第一次核试验。新华社发表了新闻公报。中国政府发表声明，郑重宣布：中国在任何时候，任何情况下，都不会首先使用核武器。

10月17日 周恩来致电世界各国首脑，转达中国政府关于召开世界各国首脑会议，讨论全面禁止和彻底销毁核武器的建议。

12月1日 第二机械工业部下达《加速建设钚-239生产线的工作

大纲》。

12月3日　第二机械工业部在向中央专委写的《关于加速发展核武器问题报告》中提出，尽速解决氢弹理论与技术和热核材料生产等两方面的问题，力争在1968年进行氢弹装置试验。

1965 年

2月28日　国务院任命李觉为第二机械工业部副部长。

3月24日　中央专委召开第十一次会议，要求第二机械工业部1970年建成核潜艇陆上模式堆。

4月　原子能所游泳池式研究试验堆建成并提升至额定功率。

5月4、5日　中央专委召开第十二次会议，原则批准第二机械工业部4月26日所拟的三线第一批项目的定点和建设方案。周恩来就第二次核试验的有关问题指示：核试验要"一次试验，全面收效"。

5月14日　中国在本国西部上空进行了第二次核试验。

8月20日　第二机械工业部向中共中央报告《关于突破氢弹技术问题的工作安排》。

8月25日　中共中央、国务院批转国家计委、经委、国防工办《关于铀矿普查勘探和综合利用的若干规定（草案）》。

11月2日　邓小平、李富春、薄一波等中央领导和有关部委、省的领导，听取了第二机械工业部副部长刘淇生关于第二机械工业部三线选厂工作的汇报。邓小平作了指示。

11月6日　邓小平、薄一波等中央领导到新选的一个工厂察看厂址。

11月12日 第二机械工业部成立三线建设指挥部，指挥长刘淇生。

11月30日 原子能所研究宇宙线高能物理的大云雾室基本建成。

12月 中央专委第十四次会议原则批准第二机械工业部"关于核武器科研、生产两年（1966年至1967年）规划"。

1966年

1月31日至3月8日 第二机械工业部在北京召开工作会议和政治工作会议。中央领导人刘少奇、周恩来等接见了会议代表。

3月14日至30日 邓小平、薄一波等党和国家领导人先后视察了兰州铀浓缩厂、酒泉原子能联合企业和西北核武器研制基地。

5月9日 中国在本国西部上空进行了一次含有热核材料的核试验（第三次核试验）。

9月11日 第二机械工业部、上海市联合向周恩来总理报告，建议由上海在华东地区建设一座一万千瓦的压水式动力堆，在发电的同时，为核潜艇动力堆的改进作出努力。

10月20日 酒泉原子能联合企业的反应堆实现了链式核裂变反应。

10月27日 中国进行了导弹核武器试验（第四次核试验）。

10月30日 中央军委发出贺电，祝贺中国第一座生产反应堆建成。

12月28日 中国在本国西部地区进行了第五次核试验（氢弹原理试验）。

1967 年

3 月 8 日 第二机械工业部和人民解放军海军第七研究院决定建立核潜艇动力堆工程指挥部。

3 月至 11 月 毛泽东、周恩来、叶剑英、聂荣臻等中央领导连续签发电报，指示第二机械工业部所属企事业在"文化大革命"中实行军事管制，不准串联，不准夺权，不准停产，进行正面教育。

5 月 15 日至 1973 年 7 月 第二机械工业部机关实行军事管制。

6 月 17 日 中国第一颗空投氢弹爆炸试验（第六次核试验）成功。

8 月 30 日 中央军委发出特别公函，号召加快完成核潜艇研制任务。

12 月 17 日 国务院、中央军委决定从 1968 年 1 月 1 日起，将第二机械工业部所属的核武器研制单位划归国防科委（1973 年 7 月 26 日又划归第二机械工业部）。

12 月 24 日 中国进行了第七次核试验。

1968 年

7 月 18 日 毛泽东签署中央文件，派出解放军部队支援核潜艇陆上模式堆的建设工作。

12 月 27 日 中国进行了第八次核试验。这是一次新的热核试验。

1969 年

9 月 23 日 中国进行了首次地下核试验（即第九次核试验）。

9月29日 中国进行了氢弹爆炸试验（即第十次核试验）。

1970 年

1月3日 第一机械工业部、第二机械工业部联合发出《关于大型扩散机的研制工作的通知》。

4月28日 核潜艇陆上模式堆土建安装工作提前完成。

7月1日 第二机械工业部成立党的核心小组和革委会。

7月15日、16日 周恩来在核潜艇陆上模式堆提升功率前夕听取工作情况汇报。指示"要安全可靠，万无一失，以搞好为准。"

7月17日 核潜艇陆上模式堆提升功率，于7月30日达到满功率。

10月14日 中国进行了第十一次核试验。

11月6日 经周恩来和中央军委办事组批准，海军七院十五所划归第二机械工业部。

11月 周恩来在人民大会堂针对第二机械工业部企事业单位实施什么样的管理体制问题时说，第二机械工业部不光是爆炸部，而且要搞核电站。

12月15日 周恩来在主持中央专委会听取关于建设核电站的方案汇报时指出，中国建设核电站要采取"安全、适用、经济、自力更生"的方针。

1971 年

4月10日 国务院、中央军委下达《关于加强二、七机部和国防科委直属研究院京外单位领导问题的决定》，规定这些单位实行主管部门同省、市、自治区双重领导。

9月　中国第一艘核潜艇下水。

后　记

　　参加本书撰稿工作的有：李鹰翔、杨连堂、王菁珩、杨志平、侯德义、龚远会、李丽、杨新英、李枭雄、曹珏、黄雪梅、强家华、安纯祥、潘恩霖、王军艳、梁丽、刘涛、张巍、杨晓军、刘建尧、降边嘉措、刘丽敏、叶娟、李杰、李平、黄占元、谭晓云、刘章建、贺定之、李虹、陈玉萍、刘惠芬、杨晓晶、刘树青、张纪夫、陈鸿根、刘晓波、周红斌、袁瑞珍、江铭记、王永才、张新初、郑敬东、彭若倩、郑锐、苏圣兵、杨爱民、费红霞、陈明焌等同志。张昌明、朱向军、李丽、杨新英同志自始至终参加了组织、编写、修改、统稿和出版工作。

　　本书在编写过程中，得到了解放军总装备部、中国工程物理研究院、中国核工业建设集团、《军工文化》杂志社、"两弹一星"历史研究会等单位以及专家学者、核工业老领导的大力支持。聂力、张胜、刘维泽、杨家翔、黄国俊、李鹰翔、郑庆云、彭继超、侯艺兵、徐建华等同志进行了具体指导并提出了宝贵的意见。中国社会科学出版社社长赵剑英鼎力支持该书出版，责任编辑郭沂纹编审认真负责。在此，对以上同志表示衷心感谢。本书编写工作由孙勤、李学东同志主持。

编者

2013 年 10 月